AF667287

Gröls Verlage

„Bücher sind wie Fallschirme. Sie nützen uns nichts, wenn wir sie nicht öffnen."

Gröls Verlag

Redaktionelle Hinweise und Impressum

Das vorliegende Werk wurde zugunsten der Authentizität sehr zurückhaltend bearbeitet. So wurden etwa ursprüngliche Rechtschreibfehler *nicht* systematisch behoben, denn kleine Unvollkommenheiten machen das Buch – wie im Übrigen den Menschen – erst authentisch. Mitunter wurden jedoch zum Beispiel Absätze behutsam neu getrennt, um den Lesefluss zu erleichtern.

Um die Texte zu rekonstruieren, werden antiquarische Bücher von Lesegeräten gescannt und dann durch eine Software lesbar gemacht. Der so entstandene Text wird von Menschen gegengelesen und korrigiert – hierbei treten auch Fehler auf. Wenn Sie ebenfalls antiquarische Texte einreichen möchten, finden Sie weitere Informationen auf www.groels.de

Viel Freude bei der Lektüre wünscht Ihnen das Team des Gröls-Verlags.

Adressen

Verleger: Sophia Gröls, Im Borngrund 26, 61440 Oberursel

Externer Dienstleister für Distribution & Herstellung: BoD, In de Tarpen 42, 22848 Norderstedt

Unsere „Edition | Werke der Weltliteratur“ hat den Anspruch, eine der größten und vollständigsten Sammlungen klassischer Literatur in deutscher Sprache zu sein. Nach und nach versammeln wir hier nicht nur die „üblichen Verdächtigen“ von Goethe bis Schiller, sondern auch Kleinode der vergangenen Jahrhunderte, die – zu Unrecht – drohen, in Vergessenheit zu geraten. Wir kultivieren und kuratieren damit einen der wertvollsten Bereiche der abendländischen Kultur. Kleine Auswahl:

Francis Bacon • Neues Organon • **Balzac** • Glanz und Elend der Kurtisanen • **Joachim H. Campe** • Robinson der Jüngere • **Dante Alighieri** • Die Göttliche Komödie • **Daniel Defoe** • Robinson Crusoe • **Charles Dickens** • Oliver Twist • **Denis Diderot** • Jacques der Fatalist • **Fjodor Dostojewski** • Schuld und Sühne • **Arthur Conan Doyle** • Der Hund von Baskerville • **Marie von Ebner-Eschenbach** • Das Gemeindekind • **Elisabeth von Österreich** • Das Poetische Tagebuch • **Friedrich Engels** • Die Lage der arbeitenden Klasse • **Ludwig Feuerbach** • Das Wesen des Christentums • **Johann G. Fichte** • Reden an die deutsche Nation • **Fitzgerald** • Zärtlich ist die Nacht • **Flaubert** • Madame Bovary • **Gorch Fock** • Seefahrt ist not! • **Theodor Fontane** • Effi Briest • **Robert Musil** • Über die Dummheit • **Edgar Wallace** • Der Frosch mit der Maske • **Jakob Wassermann** • Der Fall Maurizius • **Oscar Wilde** • Das Bildnis des Dorian Grey • **Émile Zola** • Germinal • **Stefan Zweig** • Schachnovelle • **Hugo von Hofmannsthal** • Der Tor und der Tod • **Anton Tschechow** • Ein Heiratsantrag • **Arthur Schnitzler** • Reigen • **Friedrich Schiller** • Kabale und Liebe • **Nicolo Machiavelli** • Der Fürst • **Gotthold E. Lessing** • Nathan der Weise • **Augustinus** • Die Bekenntnisse des heiligen Augustinus • **Marcus Aurelius** • Selbstbetrachtungen • **Charles Baudelaire** • Die Blumen des Bösen • **Harriett Stowe** • Onkel Toms Hütte • **Walter Benjamin** • Deutsche Menschen • **Hugo Bettauer** • Die Stadt ohne Juden • **Lewis Caroll** • *und viele mehr….*

Guy de Maupassant

Ein Menschenleben

Inhalt

I

Johanna hatte die Koffer gepackt und trat ans Fenster, aber der Regen hörte noch immer nicht auf, die ganze Nacht hindurch hatte er gegen die Scheiben und auf die Dächer geprasselt. Der Himmel, an dem die regenschwangeren Wolken tief hingen, schien zu bersten und sich auf die Erde zu ergießen, die er zu Schmutz zerrührte und zerschmolz wie Zucker. Ab und zu kam ein Windstoß daher und trug eine drückende Hitze mit sich. Das Brausen der überströmenden Gossen erfüllte die verödeten Straßen, in denen die Häuser gleich Schwämmen die eindringende Feuchtigkeit einsogen, sodaß die Mauern schwitzten vom Keller bis zum Boden hinauf.

Johanna war am Tage vorher aus dem Kloster gekommen, nun war sie endlich auf immer frei, sie konnte alles Glück des Lebens sich erobern, von dem sie solange schon geträumt.

Aber wenn es nicht besseres Wetter würde, fürchtete sie, würde der Vater noch nicht abreisen, und nun sah sie schon zum zehnten Male nach dem Himmel.

Dann fiel ihr ein, daß sie vergessen ihren Kalender in die Reisetasche zu stecken. Sie nahm von der Wand das Papptäfelchen, auf dem die einzelnen Monate eingeteilt waren und das inmitten einer Zeichnung in Golddruck, die Jahreszahl des laufenden Jahres 1819 trug. Dann strich sie mit dem Bleistift die ersten vier Kolonnen aus, indem sie die Namen der Heiligen bis zum zweiten Mai, dem Tage, da sie das Kloster verlassen, auslöschte.

Hinter der Thür rief eine Stimme:

– Hannchen!

Johanna antwortete:

– Komm doch Papa! – Und ihr Vater trat ein.

Baron Simon Jacob Le Perthuis des Vauds war ein Edelmann aus dem vorigen Jahrhundert, toll und gut. Als begeisterter Schüler Rousseaus liebte er zärtlich die Natur Felder, Wälder, und Tiere.

Als geborener Aristokrat haßte er instinktiv das Jahr 1793, aber von Natur Philosoph und liberal erzogen, haßte er ebenso jede Tyrannei mit einem nicht verletzenden, aber wortreichen Haß.

Seine große Kraft und seine Schwäche zugleich war die Güte, eine Güte, die nicht Hände genug hatte zu lieben, zu schenken, zu umarmen, eine Güte des Schöpfers, grenzenlos, widerstandlos, wie eine Lähmung des Willens, eine Durchlöcherung der Thatkraft, beinahe eine lasterhafte Güte.

Theoretisch hatte er einen ganzen Erziehungsplan für seine Tochter entworfen, er wollte sie glücklich, gut, aufrichtig und weich machen.

Bis zum zwölften Jahr war sie zu Hause geblieben, dann wurde sie trotz der Thränen der Mutter in das Sacré-Coeur gesteckt. Dort hatte er sie streng eingeschlossen, eingemauert, daß niemand von ihr wußte und auch sie die Dinge der Welt nicht kannte. Im Alter von siebzehn Jahren sollte sie ihm unschuldig wieder gegeben werden, und er wollte ihr dann selbst eine vernünftige, poetische Welt-Anschauung beibringen.

Auf dem Land, inmitten der fruchtbaren Erde, wollte er ihr die Seele öffnen und ihre Unwissenheit beim Anblick der naiven Liebe, der einfachen Zärtlichkeiten der Tiere, der reinen Gesetze der Natur belehren.

Nun kam sie glücklich, voll schlummernder Träume aus dem Kloster, sie wollte das Glück erjagen, alle Freuden genießen, und alle reizenden Zufälle, die im Nichtsthun der Tage, in langen Nächten, in einsamem Nachdenken und Hoffen ihr Geist sich ausgemalt.

Sie sah aus wie ein Bild von Veronese mit ihrem leuchtendem Blondhaar, das den Eindruck machte, als hätte es abgefärbt auf der Haut, einer nur leicht rosig angehauchten aristokratischen Haut, bedeckt mit seinem Flaum, wie matter Sammet, dessen man nur gewahr wurde, wenn die Sonne sie liebkoste. Ihre Augen waren blau, von jenem dunklen Blau, wie Delfter Malerei.

Auf dem linken Nasenflügel hatte sie einen kleinen Schönheitsfleck, einen andern rechts auf dem Kinn, wo ein paar Härchen wuchsen, aber von der Farbe der Haut, so daß sie sich kaum abhoben. Sie war groß, voll, von biegsamer Figur, ihre klare Stimme hatte manchmal etwas Scharfes, aber ihr helles Lachen verbreitete Freude um sie. Oft hob sie die beiden Hände mit ihr eigentümlicher Bewegung an die Schläfe, als wollte sie ihr Haar glatt streichen.

Sie lief ihrem Vater entgegen, küßte und umarmte ihn und fragte:

– Nun, geht es fort?

Er lächelte, schüttelte sein schönes, weißes Haar, das er ziemlich lang trug, und deutete zum Fenster:

– Wie willst Du bei dem Wetter reisen?

Aber sie bat schmeichelnd und zart:

– Ach Papa, wir wollen doch fort, ich bitte Dich, heute nachmittag wird es ja schön!

– Aber das wird die Mama nicht wollen!

– O ja, ich verspreche es Dir, ich will es ihr schon sagen!

– Ja, wenn Du die Mama herumkriegst, mir soll es recht sein.

Und sie lief zum Zimmer der Baronin, denn sie hatte auf diesen Tag der Abreise mit wachsender Ungeduld gewartet.

Seit sie in das Sacré-Coeur gekommen, hatte sie Rouen nicht verlassen, denn ihr Vater erlaubte keine Zerstreuungen vor dem Alter, das er bezeichnet. Nur zweimal war sie vierzehn Tage in Paris gewesen, aber das war ja eine Stadt, und sie sehnte sich nach dem Lande.

Sie sollte jetzt auf ihrer Besitzung Les Peuples den Sommer zubringen, einem altem Familiensitz, einem Schloß, das an der Küste bei Yport gelegen war, und sie versprach sich unendliche Freude von diesem ungebundenen Dasein am Ufer des Meeres. Und dann war es abgemachte Sache, daß sie einmal den alten Besitz als Mitgift bekommen und dort wohnen sollte, wenn sie erst verheiratet wäre.

Und dieser Regen, der ohne Unterlaß von früh bis abends fiel, war der erste große Schmerz ihres Lebens.

Aber nach zwei Minuten kam sie aus dem Zimmer der Mutter gelaufen und rief durch das ganze Haus:

– Papa, Papa! Mama ist einverstanden! Laß anspannen!

Die Sintflut hörte nicht auf, sie schien sogar noch stärker zu werden, als der Wagen vorfuhr.

Johanna war bereit, in den Wagen zu steigen, als die Baronin die Treppe herunter kam, auf der einen Seite von ihrem Gatten gestützt, auf der andern von einem großen, schlanken, kräftigen Stubenmädchen gehalten, einer Normannin aus der Gegend von Caux, die aussah wie wenigstens zwanzig Jahre alt, obgleich sie höchstens achtzehn zählte. In der Familie ward sie beinahe wie ein zweites Kind angesehen, da sie Johannas Milchschwester gewesen. Sie hieß Rosalie.

Übrigens bestand ihre hauptsächliche Thätigkeit darin, ihre Herrin zu begleiten, die seit ein paar Jahren durch eine Herzerweiterung, über die sie sich unausgesetzt beklagte, ungeheuer dick geworden war.

Die Baronin erreichte, schwer pustend, die Rampe des alten Hauses, blickte in den Hof, wo das Wasser nur so herunter lief und sagte:

– Es ist eigentlich unvernünftig!

Ihr Mann antwortete, immer lächelnd:

– Frau Adelaide, Du hast es so gewünscht!

Da sie den großartigen Namen Adelaide trug, stellte er ihm immer das ›Frau‹ voran, mit einem etwas ironisch gemeinten Respekt.

Nun ging sie weiter und stieg mit großer Mühe in den Wagen, dessen Federn sich bogen. Der Baron setzte sich an ihre Seite, Johanna und Rosalie nahmen auf dem kleinen Rücksitz Platz.

Die Köchin Ludwine brachte eine Menge Mäntel, über die Kniee zu decken, und zwei Körbe, die man unter den Sitzen versteckte; darauf kletterte sie auf den Bock neben den alten Simon, nahm sich eine Decke und wickelte sich von Kopf bis zu Fuß hinein.

Der Portier und seine Frau kamen ›adieu‹ zu sagen und schlossen die Wagenthür, man empfahl ihm noch einmal die Sorge für die Koffer, die auf einem Wägelchen folgen sollten. Dann ging es fort.

Der alte Kutscher Simon verschwand ganz, den Kopf eingezogen und indem er bei dem Unwetter einen krummen Buckel machte, unter dem dreifachen Kutscherkragen. Der Sturmregen schlug prasselnd an die Fenster und überschwemmte die Wege.

Der Wagen rollte in raschem Trabe den Quai hinab, an der Reihe der großen Schiffe vorüber, mit ihren Masten, Raaen und Takelagen, die traurig in den regnerischen Himmel starrten, wie entblätterte Bäume. Dann ging es den langen Boulevard du Mont-Riboudet hinunter.

Bald kamen sie auf die Wiesen, und hier und da zeichnete sich unbestimmt in dem wässerigen Nebel eine überschwemmte Weide ab, deren Zweige herabhingen wie tot. Die Eisen der Pferde klapperten, und die vier Räder sahen aus wie schmutzige rotierende Sonnen.

Man schwieg, sogar das Gehirn schien ertränkt wie die Erde.

Mutting lehnte sich zurück, lehnte den Kopf an und schloß die Lider. Der Baron betrachtete mit starren Augen die monotonen nassen Felder. Rosalie, die ein Paket auf den Knieen hielt, träumte in jener tierischen Döserei der gewöhnlichen Leute, aber Johanna fühlte sich unter diesem lauen Regen erwachen, wie eine lange eingeschlossene Pflanze, die man ans Licht bringt; und ihre unbändige Freude schützte wie das Blätterwerk ihr Herz vor Traurigkeit. Obgleich sie nicht sprach, hatte sie Lust zu singen und die Hände hinaus zu halten, um den Regen darin aufzufangen und zu trinken. Es machte ihr Spaß, so schnell im Wagen dahin zu fahren und draußen die traurige Landschaft zu erblicken, während sie sich doch selbst, mitten in dieser Überschwemmung sicher und trocken unter Dach und Fach fühlte. Und unter dem unausgesetzten Regen dampften die leuchtenden Kruppen der beiden Pferde.

Die Baronin schlief allmählich ein, ihr Gesicht, das von sechs regelmäßig gedrehten Löckchen umrahmt war, die immerfort hin und her baumelten, sank allmählich zusammen, von den drei großen Fettwülsten des Halses gehalten, dessen letzte Woge sich allmählich in der offenen See ihres Busens verlor. Ihr Kopf hob und senkte sich bei jedem Atemzug, ihre Wangen bliesen sich auf, während durch die halb geöffneten Lippen lautes Schnarchen klang. Ihr Mann beugte sich zu ihr und legte ganz leise in ihre über der mächtigen Wölbung ihres Leibes gefalteten Hände eine kleine Ledertasche.

Bei der Berührung wachte sie auf und betrachtete den Gegenstand mit verschwommenen Blicken und jenem törichten Ausdruck, den man nach dem Erwachen aus tiefem Schlaf zu haben pflegt. Das Täschchen fiel und ging auf, Gold und Banknoten verstreuten sich im Wagen. Sie ward ganz munter, und nun machte die Heiterkeit ihrer Tochter sich in lautem Lachen Luft.

Der Baron las das Gold zusammen und legte es in ihren Schoß:

– Liebe Freundin, das ist alles, was von meinem Meierhof Eletot übrig geblieben ist. Ich habe ihn verkauft um Les Peuples, wo wir von jetzt ab öfters wohnen werden, in Stand setzen zu lassen.

Sie zählte sechstausendvierhundert Franken und steckte sie ruhig in die Tasche.

Das war der neunte Meierhof von einunddreißig, die ihm die Eltern vererbt hatten, den sie so verkauften, aber sie besaßen noch etwa zwanzigtausend

Franken Rente aus Grundbesitz, der, bei guter Verwaltung, leicht dreißigtausend hätte einbringen müssen.

Da sie einfache Lebensgewohnheiten hatten, hätte dieses Einkommen vollkommen ausgereicht, wenn in diesem Hause nicht ein unergründlicher Brunnen immer offen gestanden hätte: die Güte. Die ließ das Geld in ihren Händen schmelzen, wie die Sonne das Wasser der Sümpfe aufsaugt. Es lief durch die Finger, es entfloh, es verschwand. Wie? – wußte kein Mensch. Alle Augenblicke sagte eines von ihnen:

– Ich weiß nicht wie es kommt, ich habe heute hundert Franken ausgegeben und eigentlich nichts Besonderes dafür gehabt!

Übrigens war diese Freigebigkeit das große Glück in ihrem Leben, und in diesem Punkt verstand sich das Paar wirklich rührend.

Johanna fragte:

– Ist mein Schloß jetzt schön?

Die Baronin antwortete fröhlich:

– Das wirst Du sehen, Kleine!

Allmählich nahm die Kraft des Regens ab und endlich war er nur noch eine Art nassen Nebels, ein seiner in der Luft schwebender Regenstaub. Die Regenwolke schien zu steigen und Heller zu werden, und plötzlich brach durch ein unsichtbares Loch im Gewölk ein Sonnenstrahl auf die Wiesen herab.

Die Wolken teilten sich und das Blau des Himmels erschien, dann ward der Spalt breiter, wie wenn ein Schleier zerreißt, und allmählich wölbte sich ein schöner, reiner, tiefblauer Himmel über der Erde.

Ein süßer, frischer Hauch strich dahin wie ein glückliches Aufatmen der Welt, und wenn sie an Gärten oder Wäldern vorüber kamen, hörten sie ab und zu das fröhliche Zwitschern eines Vogels, der sein Gefieder trocknete.

Der Abend kam, außer Johanna schliefen jetzt alle im Wagen. Zweimal blieben sie an Wirtshäusern halten, um die Pferde ausruhen und ihnen Hafer und Wasser geben zu lassen.

Die Sonne war untergegangen. Aus der Ferne klang Glockengeläut. In einem kleinen Dorf wurden die Laternen angesteckt, und auch der Himmel erhellte sich und strahlte in einem Meer glitzernder Sterne. Hier und da erschienen erleuchtete Häuser, die einen feurigen Schein durch das Dunkel sandten, und plötzlich stieg hinter einer Anhöhe zwischen den Zweigen der Tannen der Mond auf, rot, riesig und wie verschlafen.

Die Luft war so mild, daß die Fenster offen blieben. Johanna ganz matt vom Träumen und befriedigt von den glücklichen Zukunftsbildern, ruhte jetzt auch. Ab und zu schlug sie, wenn sie zu lange in ein und derselben Stellung geblieben war, die Augen auf, dann blickte sie hinaus und sah in der hellen Nacht Bäume, einen Meierhof oder ein Paar Kühe, die hier und da auf dem Felde lagen und nur die Köpfe hoben, den Wagen vorüber gleiten zu sehen. Dann nahm sie eine neue Stellung ein und versuchte ihren flüchtigen Traum weiter zu träumen, aber das fortwährende Rasseln des Wagens klang ihr in den Ohren, schläferte ihre Gedanken ein, und sie schloß wieder die Augen, denn sie fühlte den Geist müde, wie den Körper.

Dann hielten sie. Männer und Frauen standen, Laternen in der Hand, am Wagenschlage. Sie waren angekommen. Johanna war sofort wach und sprang heraus. Während einer der Landleute leuchtete, trugen der Vater und Rosalie beinahe die völlig erschöpfte Baronin, die unausgesetzt wimmerte und fortwährend mit sterbender Stimme rief:

– Ach mein Gott! Meine Kinder! Meine Kinder!

Sie wollte nichts essen, nicht trinken, legte sich zu Bett und schlief sofort ein.

Johanna und der Baron aßen zusammen zu Abend. Sie lächelten, wenn sie sich anblickten, reichten sich über den Tisch die Hände und fingen beide, von kindischer Freude gepackt, an, das alte, renovierte Herrenhaus anzusehen. Es war eines jener großen, weiten, normannischen Wohnhäuser, halb Pachthof, halb Schloß, aus weißen, mit der Zeit grau gewordenen Steinen gebaut und geräumig, um einen ganzen Volksstamm aufzunehmen.

Ein riesiger Flur teilte das Haus in zwei Teile und durchschnitt es von einem Ende zum anderen. Rechts und links führten große Thüren zu ihm. Eine doppelte Treppe schien über dem Eingang breitbeinig zu stehen, sodaß die Mitte frei blieb und die beiden Aufgänge sich im ersten Stock zu einer Brücke vereinigten.

Im Erdgeschoß trat man rechts in einen Riesenraum bespannt mit Stickereien, auf denen Bäume zu sehen waren und Vögel. Das ganze Mobiliar war gepolstert mit Canevas- Stickerei, lauter Illustrationen zu den Fabeln von Lafontaine.

Johanna war glückselig, als sie einen Stuhl wiederfand, den sie als ganz kleines Kind so gern gehabt, auf dem die Fabel vom Fuchs und vom Storch zu sehen war.

Neben dem Salon that sich die Bibliothek auf, wo lauter alte Bücher standen, und noch zwei andere nicht benutzte Räume. Links lag das Eßzimmer, frisch getäfelt; die Wäschekammer, der Anrichteraum, die Küche und eine kleine Stube mit einer Badewanne.

Ein Gang lief durch die ganze Mitte des ersten Stockes, zehn Thüren von zehn Zimmern mündeten auf ihn. Ganz hinten befand sich rechts Johannas Zimmer. Sie traten ein. Der Baron hatte es völlig neu herrichten lassen, indem er dazu einfach Möbel genommen hatte, die unbenutzt auf dem Boden gestanden.

Tapeten flämischen Ursprungs und sehr alt, bevölkerten das Zimmer mit seltsamen Figuren.

Aber als das junge Mädchen sein Bett sah, stieß es einen Freudenschrei aus. An den vier Ecken trugen vier große eichengeschnitzte, ganz schwarze und glänzend gefirnißte Vögel die Bettstelle, wie Beschützer; an den Seiten waren breite Blumen- und Fruchtguirlanden geschnitzt, und vier fein-kannelierte Säulen, die in korintischen Kapitalen endeten, hielten ein Gewinde von Rosen und damit umkränzte Amoretten.

Trotz der ernsten Farbe des durch die Zeit gebräunten Holzes sah das Bett sehr graziös aus und zugleich monumental. Bettdecke und Himmel des Bettes glitzerten, wie das Firmament von Sternen. Sie waren aus alter, himmelblauer Seide, mit großen, goldgestickten Blumen gefertigt.

Als Johanna es genug bestaunt hatte, hob sie ihr Licht und betrachtete die Tapeten, um zu sehen, was sie darstellten.

Ein junger Herr und eine junge Dame, seltsam in grün und rot und gelb unterhielten sich unter einem blauem Baume, auf dem weiße Früchte reiften. Ein dickes Kaninchen von derselben Farbe fraß etwas graues Gras.

Gerade über den Personen erblickte man auf einem konventionellen Hintergrunde fünf kleine, runde Häuser mit spitzen Dächern und ganz oben, beinahe im Himmel eine feuerrote Windmühle. Große Zweige, die Blumen darstellen sollten, wuchsen überall.

Die beiden andern Bilder an der Wand ähnelten sehr den ersten, nur daß man aus den Häusern vier kleine Männchen kommen sah, flämisch gekleidet, die die Arme zum Himmel emporstreckten als Zeichen höchsten Erstaunens und größter Wut. Das letzte Bild aber stellte ein Drama dar. Neben dem Kaninchen, das noch immer fraß, lag der junge Mann, wie es schien, tot ausgestreckt. Die junge Dame durchbohrte, den Blick auf ihn gerichtet, ihren Busen mit einem Schwert. Die Früchte an den Bäumen waren schwarz geworden. Johanna wollte es schon aufgeben, die Bedeutung zu kapieren, als sie in einer Ecke ein winziges Tierchen entdeckte, das das Kaninchen, wenn es gelebt hätte, hätte auffressen können, wie einen Grashalm; und doch war es ein Löwe.

Da erkannte sie die unglückliche Geschichte von Pyramus und Thisbe, und obgleich sie über die Einfalt der Zeichnung lächeln mußte, fühlte sie sich doch glücklich, hier von dieser berühmten Liebesgeschichte nun immer umgeben zu sein, die ihr immerfort von süßen Hoffnungen reden und jede Nacht die alte, sagenhafte Zärtlichkeit über ihren Schlaf breiten würde.

Die übrigen Mübel zeigten die verschiedensten Stile. Es waren jene Möbel, von denen jede Generation etwas in der Familie zurückläßt, und die so aus alten Häusern eine Art Museum machen, in dem alles mögliche vorkommt. Eine wundervolle Kommode im Stil Louis XIV., mit glänzenden Kupferbeschlägen, stand zwischen zwei Fauteuils im Stil Louis XV., noch mit kunstvoll gesticktem Seidenstoffe überzogen. Ein Schreibtisch aus Rosenholz befand sich dem Kamin gegenüber, auf dem unter einer runden Glasglocke eine Empire- Uhr stand.

Sie stellte einen Bienenkorb aus Bronze dar, von vier Marmorsäulen getragen, über einem Beet von vergoldeten Blumen; aus dem Bienenkorb ragte ein schmales Pendel durch einen länglichen Spalt und schwang über den Blumen immerfort eine kleine Biene mit Emailleflügeln hin und her.

Das Zifferblatt aus gemalter Fayence war an der Seite des Bienenkorbes eingelassen.

Die Uhr schlug gerade elf. Der Baron umarmte seine Tochter und zog sich zurück.

Johanna konnte sich nur schwer zum Schlafen entschließen, einen letzten Blick warf sie noch auf ihr Zimmer, dann löschte sie das Licht. Aber neben dem Bett, dessen Kopfseite an der Wand stand, befand sich zur linken ein Fenster, durch das der Mond fiel, einen hellen Fleck auf den Fußboden zeichnend.

Der Widerschein traf die Wand, ein bleicher Schein, der ein schwaches Licht auf die unbewegliche Liebesscene zwischen Pyramus und Thisbe warf.

Durch das andere Fenster, ihr zu Füßen, bemerkte Johanna einen großen Baum, ganz in mildes Licht getaucht. Sie wandte sich zur Seite, schloß die Augen, aber nach einiger Zeit öffnete sie sie wieder.

Sie meinte noch immer im Wagen, dessen Rütteln und Rollen sie noch hörte, hin und her gestoßen zu werden.

Zuerst blieb sie unbeweglich liegen in der Hoffnung, so endlich einschlafen zu können, aber bald teilte sich die Unruhe ihres Geistes auch ihrem Körper mit.

Es prickelte ihr in den Beinen, und sie wurde immer erregter. Da stand sie auf und schritt barfuß, mit nackten Armen, in ihrem langen Nachthemds das ihr das Aussehen eines Gespenstes gab, auf dem Lichtschein am Boden hin und her, öffnete das Fenster und blickte hinaus.

Die Nacht war so klar, daß man sehen konnte wie am hellen Tag, und das junge Mädchen erkannte die Gegend wieder, die sie als Kind so gern gehabt.

Vor ihr lag ein großer Rasenplatz, jetzt gelb wie Butter im nächtlichen Licht. Zwei Riesenbäume reckten sich vor dem Schlosse in die Höhe, eine Platane auf der Nord-, eine Linde auf der Südseite.

Am Ende der breiten Rasenfläche schloß ein kleines Gehölz diesen Raum ab, vor dem Sturm durch fünf Reihen alter Ulmen geschützt, die krumm gebogen, abrasiert, zerzaust und schief geweht waren wie ein Dach, durch die immer vom Meere her wehenden Stürme.

Dieses Stück Park war rechts und links durch zwei lange Alleen riesiger Pappeln begrenzt, die das Herrenhaus von Den daran stoßenden beiden Meierhöfen trennten, der eine von der Familie Couillard, der andere von der Familie Martin bewohnt.

Die Pappeln hatten dem Schloß den Namen gegeben. Jenseits dieses umfriedeten Raumes dehnte sich eine weite, unbebaute Fläche aus, auf der Stechginster wuchs und der Wind pfiff und brauste Tag und Nacht. Dann plötzlich fiel die Küste in einem hundert Meter breiten Weißen Klippenstreifen ab, der seinen Fuß in den Fluten badete.

Johanna erblickte in der Ferne die weite, gekräuselte Wasserfläche, die im Sternenschein zu schlafen schien.

Jetzt in der Stille, nachdem längst die Sonne untergegangen, zogen alle Düfte der Erde daher. Ein Jasminstrauch, der um die Fenster gezogen war, strömte von unten unausgesetzt seinen durchdringenden Atem aus, der sich mit dem schwächern Duft der Knospen und Blüten mischte. Ein langer Windstoß trug den kräftigen Geruch der Seeluft und die klebrige Ausdünstung des Seetangs herbei.

Zuerst überließ sich das junge Mädchen der Wonne, nur zu atmen; die Ruhe des Landes that ihr wohl wie ein erfrischendes Bad.

Alle Tiere, die erwachen, wenn es Abend wird und ihr dunkles Dasein in der Stille der Nacht verbergen, erfüllten die halbe Dunkelheit mit schweigender Bewegung. Große Vögel flogen ohne Schrei schattenhaft durch die Luft, das Summen unsichtbarer Insekten traf das Ohr, im betauten Gras oder auf dem Sande der verlassenen Wege kroch es stumm dahin.

Nur ein Paar melancholische Kröten sandten ihren kurzen Schrei zum Mond empor.

Johanna war es, als weitete sich ihr Herz, und fülle sich mit murmelnden Geräuschen wie diese klare Nacht, und plötzlich mit tausend Wünschen, die wie all dieses nächtliche Getier in ihr erwachten und umherirrten und tasteten. Sie fühlte sich dieser lebenden Poesie verwandt, und in der milden Helle der Nacht liefen übermenschliche Schauer über ihren Leib, zitterte sie unter unbestimmten Hoffnungen, traf sie etwas wie ein Hauch des Glücks.

Und sie träumte von der Liebe.

Die Liebe! Seit zwei Jahren erfüllte sie sie mit wachsender Angst vor ihrem Nahen. Jetzt durfte sie lieben, sie brauchte ihm nur zu begegnen, aber wie würde er sein?

Sie wußte es nicht, und sie fragte nicht darnach. Er war es und mehr wollte sie nicht.

Sie wußte nur, daß sie ihn lieben würde aus tiefster Seele, und er sie lieben würde mit aller Kraft. An solchem Abend wie heute würden sie unter der leuchtenden Asche dahin schreiten, die von den Sternen niederstäubte, Hand in Hand, einer gegen den andern gepreßt, daß sie den Schlag ihres Herzens, daß sie die Warme ihrer Körper fühlten, indem sich ihre Liebe vermischte mit der süßen Klarheit der Sommernacht, so beide eins, daß sie allein durch die Macht ihrer Neigung die geheimsten Gedanken des andern errieten.

Und das würde immer so weiter gehen in unendlicher nie sich lösender Liebe.

Und plötzlich war es ihr, als fühlte sie ihn an ihrer Seite, und ein jäher Hauch der Sinnlichkeit lief ihr von Kopf zu Fuß. Mit unwillkürlicher Bewegung preßte sie die Arme gegen die Brust, als wollte sie ihren Traum umarmen, und ihre Lippen, die sie dem Unbekannten entgegenstreckte, streifte etwas, daß sie beinahe die Sinne verlor, als ob der Hauch des Frühlings sie mit dem Kuß der Liebe berührt.

Plötzlich hörte sie, ganz weit, hinter dem Schlosse, auf der Straße, Schritte, und sie dachte in jähem Aufschwung ihrer verzückten Seele, in fanatischem Glauben an das Unmögliche, an Wunder der Vorsehung, an göttliche Ahnung, an romantische Schicksalsfügungen: „Wenn er es wäre!"

Ängstlich lauschte sie auf den gleichmäßigen Schritt des Fußgängers, und sie wußte, daß er am Gitter stehen bleiben und Einlaß begehren würde.

Als er vorüber war, fühlte sie sich traurig wie nach einer Enttäuschung, aber sie sah die Überspanntheit ihrer Erwartung ein und lächelte über den Unsinn. Dann ward sie etwas ruhiger und dachte in vernünftiger Weise über ihre Zukunft nach, wie sich ihr Schicksal wohl gestalten würde.

Sie würde mit ihm hier leben, in diesem stillen Schloß, am Meer.

Zwei Kinder würden sie haben, einen Sohn für ihn, ein Mädchen für sie selbst, und sie sah sie schon vor sich im Grase herumlaufen, zwischen der Platane und der Linde, während Vater und Mutter ihnen mit entzückten Augen folgten, indem sie über ihre Köpfe hinweg Blicke der Leidenschafb wechselten.

Und lange, lange blieb sie so am Fenster träumend stehen, während der Mond, indem er seine Reise durch die Himmelsweiten vollendete, ins Meer versank.

Die Luft wurde frischer, gen Osten erbleichte der Himmel. Im Meierhof rechts krähte ein Hahn, andere antworteten im Hofe links. Ihre heiseren Stimmen schienen von weit her zu kommen aus dem Verschlag des Hühnerhofes, und an der unendlichen Himmelswölbung, die unmerklich heller ward, erbleichten die Sterne.

Ein leiser Vogelruf klang von irgend woher, leise antwortete es aus dem Blättermeer, dann wurden die Stimmen kräftiger, fröhlicher und schallten von Ast zu Ast, von Baum zu Baum.

Johanna sah sich plötzlich in der Tageshelle, und indem sie den Kopf hob, den sie in den Händen verborgen hatte, schloß sie die Augen, geblendet vom Morgenrot.

Ein großer, purpurner Wolkenberg, zum Teil hinter der großen Pappelallee verborgen, warf einen blutigen Schein auf die erwachende Erde.

Und langsam erschien, die hellen Wolken durchbrechend, die Bäume, die Ebenen, den Ozean, den ganzen Horizont in Feuer tauchend, die mächtige leuchtende Kugel.

Johanna fühlte sich ganz närrisch vor Glück, unsägliche Freude, unendliche Ergriffenheit vor der Schönheit der Welt erfüllte ihr schwaches Herz. Das war ihre Sonne, ihr Morgenrot, der Beginn ihres Lebens, der Aufgang ihrer Hoffnungen. Sie streckte die Arme in die stille Weite hinaus, als wollte sie die Sonne zu sich ziehen. Sie wollte sprechen, irgend etwas Göttliches in diese erwachende Welt hinausrufen, aber in ohnmächtiger Begeisterung blieb sie stumm.

Da ließ sie die Stirne in die Hände sinken, Thränen stiegen auf in ihren Augen, und ein glückseliges Weinen kam über sie.

Als sie den Kopf wieder hob, waren die Wunder des anbrechenden Tages schon verschwunden. Sie fühlte sich etwas ruhiger, ein wenig müde, wie erkältet. Ohne das Fenster zu schließen warf sie sich auf das Bett, träumte noch ein paar Minuten und schlief dann so fest ein, daß sie um acht Uhr das Rufen ihres Vaters nicht hörte und erst erwachte, als er ins Zimmer kam.

Er wollte ihr die Verschönerungen des Schlosses, ihres Schlosses zeigen.

Die Façade, die nach dem Lande zuging, war von der Straße durch einen breiten, mit Apfelbäumen bepflanzten Hof getrennt. Diese Straße, der sogenannte Gemeindeweg, der zwischen den Gehöften der Bauern hinlief, traf eine Meile weiter auf die große Landstraße von Havre nach Fécamp.

Eine gerade Allee führte vom hölzernen Thor bis an die Rampe.

Die Wirtschaftshäuser, kleine Gebäude aus unbehauenen Steinen, mit Stroh gedeckt, lagen zu beiden Seiten des Hofes, längs der Gräben, die die Grenze der Meierhöfe bildeten.

Die Dächer waren ausgebessert, das Fachwerk repariert, die Mauern ausgebessert, die Zimmer neu tapeziert, im Innern alles frisch gestrichen, und auf dem alten gedunkelten Schloß hoben sich wie Flecken in silbernem Weiß die frisch gestrichenen Fensterläden und der Gypsbewurf auf der großen, angegrauten Facade ab.

Auf der andern Seite, wo die Fenster von Johanna lagen, hatte man den Blick über Buschwerk und die Reihe oer vom Wind zerzausten Ulmen, nach dem Meer.

Johanna und der Baron besichtigten alles Arm in Arm, ohne einen Winkel zu vergessen. Dann gingen sie durch die lange Pappelallee, die das, was man einen Park nannte, umschloß; unter den Bäumen wuchs das Gras wie ein grüner Teppich. Sie schritten auf und ab im kleinen Hain am andern Ende, auf seinen geschlängelten Wegen, die durch Blattpflanze von einander getrennt waren. Plötzlich sprang ein Hase auf, sodaß das junge Mädchen erschrak, setzte über den Graben und ward flüchtig nach der Küste zu in die Binsen.

Nach dem Frühstück schlug der Baron, da Frau Adelaide noch zu müde war, sich ausruhen wollte und doch unsichtbar blieb, vor, bis Yport zu gehen.

Sie machten sich auf und durchschritten zuerst Etouvent, wo die Besitzung lag. Drei Bauern grüßten, als ob sie sie seit langer Zeit schon kennten.

Sie traten in das sich zum Meer hinabziehende Gehölz, indem sie im Bogen einem Thale folgten. Bald erschien das Dorf Yport. Vor den Häusern saßen auf den Schwellen Frauen, die ihre Kleider ausbesserten und ihnen nachblickten. Die schief geneigte Straße, mit der Gosse in der Mitte und den Misthaufen vor den Thüren strömte einen starken Fisch- Geruch aus. An den Thüren der Hütten trockneten braune Netze, in denen hier und da, wie Silbergeld leuchtende Schuppen hängen geblieben waren.

Aus den Häusern strömte jener Armeleuteduft, der entsteht, wenn zahlreiche Familien in einem einzigen Raum zusammengepfercht hausen.

Ein paar wilde Tauben spazierten am Rande der Gosse auf und ab und suchten sich Nahrung.

Johanna beobachtete das alles, und es erschien ihr seltsam und neu, wie ein Schauspiel im Theater.

Aber als sie um eine Mauer bogen, erblickte sie plötzlich das Meer, das dunkelblau und eben sich vor ihr ausdehnte, soweit das Auge reichte. Am Strande blieben sie stehen, um den Anblick zu genießen. Weiße Segel, wie die Flügel eines Vogels, zogen in weiter Ferne dahin. Rechts und links erhob sich der hohe Klippenrand, auf der einen Seite wurde der Blick durch eine Art Vorgebirge aufgehalten, während sich auf der andern Seite das Ufer bis in die Unendlichkeit fortsetzte, sodaß es nur noch eine unbestimmte Linie war.

In einem der nächsten Einschnitte der Küste erschien ein Hafen mit einzelnen Häusern, und mit leisem Plätschern rollten ganz kleine Wellchen, die wie eine Franze aus Schaum das Meer einsäumten, an den Strand.

Die Fischerboote waren auf den mit runden Steinen bedeckten Strand gezogen und lagen auf der Seite, indem sie ihre runden, mit Theer gestrichenen Wangen zur Sonne wandten. Ein paar Fischer setzten sie in Stand für den abendlichen Fischfang.

Ein Matrose kam heran, Fische zu verkaufen, und Johanna erstand eine Butte, die sie selbst gleich mitnehmen wollte. Da bot sich der Mann zu Segelfahrten auf dem Meere an, indem er seinen Namen mehrmals wiederholte, daß sie sich ihn merken sollten. „Lastique, Joseph Lastique!"

Der Baron versprach, ihn nicht zu vergessen, und sie kehrten zum Schloß zurück.

Da der große Fisch Johanna zu schwer wurde, steckte sie ihm den Spazierstock des Vaters durch die Kiemen, und jedes packte an einem Ende an.

Fröhlich schritten sie dahin, die Küste hinan, schwatzend wie zwei Kinder, während die Butte, die allmählich ihre Arme immer mehr ermüdete, mit ihrem fetten Fischschwanz auf dem Grase schleppte.

II

Für Johanna begann jetzt ein reizendes, freies Leben. Sie las, träumte und durchstreifte ganz allein die Umgebung. Langsam ging sie auf den Landwegen spazieren, in Gedanken verloren, oder sie lief das gewundene kleine Thälchen hinab, das beide Höhenrücken trennte und wie eine goldene Kappe einen Überzug von Stechginster trug. Sein starker, süßer Geruch noch erhöht durch die Hitze, stieg ihr wie parfümierter Wein zu Kopf, und das ferne Plätschern der gegen das Ufer schlagenden Wogen schläferte ihren Geist ein, und oft ließ eine süße Schlaffheit sie sich hinstrecken ins üppige Gras einer Senkung. Ab und zu, wenn sie bei einer Biegung des Weges durch einen Thalausschnitt, wie durch eine dreieckige Öffnung, das blaue, in der Sonne glitzernde Meer, mit einem Segelboot im Hintergrunde, erblickte, ergriff sie eine überschwängliche Jubelstimmung, als wäre ihr plötzlich das Glück nahe, nahe zum Greifen.

In der schönen frischen Landluft, in der Stille des weiten Horizontes kam die Liebe zur Einsamkeit über sie, und sie blieb so lange auf der Spitze der kleinen Hügelchen sitzen, daß wilde Kaninchen in großen Sätzen ihr zu Füßen umher sprangen.

Manchmal lief sie auf dem Klippenrande hin, während sie der Küstenwind peitschte, überselig, so ohne müde zu werden, wie der Fisch im Wasser, oder die Schwalbe in der Luft dahin zu schießen.

Überall, an allem blieb ihre Erinnerung haften, wie man die Saat ausstreut, Erinnerungen, die feste Wurzeln schlagen bis zum Tode. Es war ihr, als bliebe an jeder Bodenwelle dieser Thäler ein Stückchen ihres Herzens haften.

Sie fing an mit Leidenschaft zu baden; unabsehbar weit schwamm sie hinaus, denn sie war kräftig und verwegen und ahnte keine Gefahr in diesem klaren, blauen Wasser, das sie trug, indem es sie schaukelte. Sobald sie weit vom Strande war, warf sie sich auf den Rücken, kreuzte die Arme auf der Brust und blickte in das tiefe Blau des Himmels hinauf, durch das schnell einmal eine Schwalbe schoß oder der weiße Schatten einer Möve. Man hörte nichts mehr als ganz entfernt das Murmeln der Wellen am Strande und unbestimmte Laute vom Lande her, die über die Wogen glitten, aber fast nicht wahrzunehmen, nur ganz dumpf. Johanna richtete sich auf im plötzlichen Überschwang der Freude und kreischte und schrie laut, indem sie mit beiden Händen auf das Wasser schlug.

Manchmal, wenn sie sich zu weit hinaus gewagt, mußte ein Boot sie zurückholen.

Ganz blaß vor Hunger, aber leicht, flink und fröhlich kehrte sie ins Schloß zurück, ein Lächeln auf den Lippen, die Augen strahlend vor Glück.

Der Baron aber plante große, landwirtschaftliche Unternehmungen, er wollte Versuche anstellen, allerlei Fortschritte einführen, neue Maschinen ausprobieren, fremde Rassen eingewöhnen und einen Teil seiner Zeit verbrachte er in der Unterhaltung mit den Bauern, die den Kopf dazu schüttelten und von seinen Versuchen nichts wissen wollten.

Manchmal fuhr er auch aufs Meer hinaus mit Matrosen aus Yport. Nachdem er die Grotten, Quellen und Felsenpartien der Nachbarschaft besucht, wollte er auf den Fischfang gehen, wie ein einfacher Fischer.

Wenn eine gute Brise wehte und die windgefüllten Segel die runde, bausbäckige Schale des Schiffes über den Rücken der Wogen trieben, das zu beiden Seiten bis auf den Grund des Meeres hinab eine lange Bahn nach sich zieht, der ganze Schwärme von Makrelen folgen, hielt er den dünnen Strick, den er zucken fühlte, sobald ein Fisch angebissen hatte, in seiner zitternden Hand.

Bei Mondschein fuhr er fort um die Netze einzuholen, die am Tage vorher ausgelegt worden waren. Er liebte es, wenn der Mast knarrte, er atmete gern die frischen pfeifenden Böen ein in der Nacht. Und wenn sie lange gekreuzt waren, indem sie auf eine Felsennase zu hielten, auf einen Kirchturm oder den Leuchtturm von Fécamp, um die Bojen wieder zu finden, schwelgte er darin, unbeweglich dazusitzen unter den ersten Strahlen der aufgehenden Sonne, die auf dem Deck des Schiffes die klebrigen Rücken der langen, fächerähnlichen Rochen und die feisten Bäuche der Steinbutten leuchten ließ.

Bei jeder Mahlzeit erzählte er mit großer Freude von seinen Spazierfahrten, und dafür berichtete ihm ihrerseits Mutting, wie oft sie die große Pappelallee auf- und abgegangen und zwar die rechte am Meierhof Cuillard, denn die andere lag zu sehr im Schatten.

Da man ihr anempfohlen hatte, „sich Bewegnng zu machen,“ gab sie sich Mühe zu gehen. Sobald der Nachttau verschwunden war, kam sie herab, auf Rosalies Arm gestützt, in einen Mantel und in zwei Shawls gewickelt, den Kopf mit einer schwarzen Kapuze bedeckt, worüber sie noch eine rote Mütze gezogen hatte.

Dann begann sie ihre ewigen Reisen in gerader Linie, von der Ecke des Schlosses bis hinauf zu den Sträuchern des kleinen Parks. Sie schleppte den linken Fuß, der weniger beweglich war, hinterher, und hatte schon auf dem ganzen Weg, das eine Mal beim Kommen, das andere Mal beim Gehen, zwei staubige Furchen gezogen, in denen kein Gras wuchs.

An beide Enden ihres Weges hatte sie eine Bank stellen lassen und alle fünf Minuten blieb sie halten, indem sie dem armen, geduldigen Mädchen, das sie stützte, zurief:

– Wir wollen uns setzen, mein Kind, ich bin etwas müde.

Und bei jedem Halt ließ sie auf einer der Bänke erst das rote Kopftuch dann einen Shawl nachher die Kapuze und schließlich den Mantel liegen, und alle diese Gegenstände bildeten am Ende der Allee zwei große Kleiderbündel, die Rosalie auf dem freien Arme wieder zurückschleppen mußte, wenn sie zum Frühstück hineingingen.

Nachmittags begann die Baronin wieder ihre Wanderung, aber diesmal etwas langsamer und indem sie länger halten blieb. Ab und zu schlief sie sogar ein Stündchen auf einer Chaiselongue, die man ihr hinaus gerollt. Das nannte sie: „Meine Übung!", Wie sie sagte: „Meine Hypertrophie." Ein Arzt hatte vor zehn Jahren, als sie ihn konsultiert, weil sie Asthma hatte, von Hypertrophie gesprochen, und seit dieser Zeit war dieses Wort, dessen Sinn sie nicht verstand, in ihrem Gedächtnis hängen geblieben. Beharrlich ließ sie den Baron, Johanna oder Rosalie ihr Herz betasten, das aber niemand mehr fühlte, so tief war es unter Fettpolstern begraben.

Aber sie wehrte sich ganz energisch dagegen, sich von einem andern Arzte untersuchen zu lassen, in der Befürchtung, es möchten neue Krankheiten entdeckt werden. Sie sprach bei jeder Gelegenheit von „ihrer" Hypertrophie und so oft, daß es den Eindruck machte, als sei dieses Leiden nur ihr allein eigen, gehörte ihr, wie etwas, auf das die andern Menschen kein Recht hatten.

Der Baron sagte: „Die Hypertrophie meiner Frau" und Johanna: „Mamas Hypertrophie", als ob sie gesagt hätten: „Mamas Hut, Kleid oder Regenschirm."

In ihrer Jugend war sie sehr hübsch gewesen, schlank, wie ein Rohr. Nachdem sie mit allen Waffengattungen der Armee des Kaiserreichs getanzt, hatte sie Corinna gelesen, die sie zu Thränen gerührt. Seitdem stand sie wie unter dem Einfluß dieses Romans.

Je größer ihr Umfang wurde, desto poetischer war ihre Seele geworden, und als die Fettleibigkeit sie an den Stuhl bannte, beschäftigte sich ihre Phantasie mit allerhand zarten Abenteuern, für deren Heldin sie sich hielt. Sie hatte einzelne Lieblingsgedanken, die sich in ihren Träumen immer wiederholten wie die Musik auf einer Drehorgel, wenn man die Kurbel in die Hand nimmt, immer dieselben Melodien leiert. Alle schmachtenden Romanzen, in denen von Gefangenen und Schwalben die Rede war, näßten ihr ohne Widerrede die Augen. Sie verehrte sogar gewisse freie Lieder von Béranger, weil sie in elegischem Tone gehalten sind.

Manchmal blieb sie stundenlang in Gedanken versunken, und das Schloß gefiel ihr unendlich, weil es den Träumen ihrer Seele einen guten Rahmen bot, weil es durch die Wälder der Umgebung, durch die verlassene Haide, durch die Nähe des Meeres an die Bücher von Walter Scott erinnerte, die sie seit einigen Monaten las.

An Regentagen schloß sie sich in ihrem Zimmer ein, um das zu mustern, was sie ihre „Erinnerungen“ nannte: nämlich alle ihre alten Briefe, die Briefe ihres Vaters und ihrer Mutter, die Briefe des Barons aus der Brautzeit und noch andere. In einem Mahagony-Schreibtisch waren sie eingeschlossen, der rechts und links ein kupferne Sphinx trug. Sie sagte mit ganz besonderer Betonung:

– Rosalie, mein Kind, bring mir die Schublade mit den „Erinnerungen“. Das Mädchen schloß das Möbel auf, nahm das Fach und setzte es auf einen Stuhl neben ihre Herrin, die nun anfing, langsam einen Brief nach dem andern zu lesen und von Zeit zu Zeit eine Thräne darauf fallen ließ.

Manchmal nahm Johanna Rosalies Stelle ein und führte Mutting spazieren, die ihr Erinnerungen aus ihrer Kindheit erzählte. Das junge Mädchen fand sich in allen diesen Geschichten wieder und wunderte sich über die Ähnlichkeit ihrer beiderseitigen Gedanken, über die Verwandtschaft ihrer Wünsche, denn jedes Herz bildet sich ein, zu allererst von einer Menge Dingen berührt worden zu sein, die doch schon die Herzen der ersten Menschen bewegten und noch die der letzten bewegen werden.

So langsam wie sie ging, erzählte sie auch, und manchmal mußte ein paar Sekunden inne gehalten werden. Dann entflohen Johannas Gedanken von der Erzählung, die sie gerade begonnen, und irrten in die frohe Zukunft hinaus und wiegten sich in allerhand Träumen.

Eines Nachmittags, als sie auf der Bank saßen, bemerkten sie plötzlich am andern Ende der Allee einen dicken Priester, der auf sie zukam.

Er grüßte von weitem, lächelte, grüßte wieder, als er auf drei Schritte herangekommen war, und rief:

– Nun Frau Baronin, wie geht es denn?

Es war der Pfarrer des Ortes, Mutting, die im Zeitalter der Philosophen geboren und von einem freisinnigen Vater erzogen war in den Tagen der Revolution, ging kaum in die Kirche, obgleich sie vermöge des instinktiven religiösen Gefühls der Frau die Priester verehrte.

Sie hatte den Abbé Picot, ihren Pfarrer, gänzlich vergessen und errötete, als sie ihn sah. Sie entschuldigte sich, daß sie seine Ankunft nicht bemerkt, aber der gute Mann schien gar nicht verletzt zu sein. Er sah Johanna an und sagte artig, daß sie gut aussähe; setzte sich, legte seinen dreieckigen Hut auf die Bank und betupfte sich die Stirn. Er war sehr dick und der Schweiß tropfte nur so herab.

Alle Augenblicke zog er ein gewürfeltes, buntes, schon ganz genäßtes Taschentuch hervor, mit dem er sich den Schweiß abtrocknete. Aber kaum war sein nasses Taschentuch in den Tiefen seines Priesterrockes verschwunden, als neue Tropfen auf der Stirn erschienen und auf das Priestergewand fielen, wo sie nun in kleinen, runden Flecken den Staub von der Straße festhielten.

Er war heiter, der richtige Landgeistliche, sehr tolerant, schwatzhaft, ein ganz braver Mann. Er erzählte Geschichten, sprach von den Leuten der Gegend und schien gar nicht gemerkt zu haben, daß seine beiden Gemeindemitglieder die Kirche noch nicht besucht hatten, denn bei der Baronin ward ihre geringe Gläubigkeit von ihrer Bequemlichkeit unterstützt, und Johanna war glücklich, aus dem Kloster erlöst zu sein, wo sie mit Gebeten gefüttert worden war.

Der Baron erschien. Seine pantheistische Weltanschauung machte ihn gegen die Kirche gleichgiltig. Er war aber liebenswürdig gegen den Geistlichen, den er oberflächlich kannte, und behielt ihn zum Essen.

Der Pfarrer wußte sich einzuschmeicheln, dank jener unbewußten Schlauheit, die das Seelenhirtenamt auch mäßig begabten Leuten verleiht, wenn sie durch den Lauf der Dinge dazu gekommen sind, über ihresgleichen eine Macht auszuüben.

Die Baronin verhätschelte ihn, vielleicht zog sie eine jener Wahlverwandtschaften, die ähnliche Naturen einander nähert, zu ihm. Das vollblütige Gesicht und der kurze Atem des Mannes gefielen ihrer asthmatischen Dicke.

Nach dem Diner war er aufgekratzt wie ein beschwipster Pfarrer und von jener familiären Formlosigkeit, wie sie sich am Ende eines heiteren Mahles einzustellen pflegt. Plötzlich rief er, als hätte er einen guten Gedanken:

– Aber ich habe ja ein neues Gemeindemitglied, das ich Ihnen vorstellen muß, den Herrn Vicomte Lamare.

Die Baronin, die den ganzen Adel der Provinz bis auf das Tz kannte, fragte:

– Ist es ein Lamare de L'Eure?

Der Priester nickte:

– Jawohl gnädige Frau, er ist der Sohn des Vicomte Johann von Lamare, der voriges Jahr starb.

Da fing Frau Adelaide, die den Adel über alles liebte, an, eine Menge Fragen zu stellen, und erfuhr, daß sich der junge Mann, nachdem er die Schulden seines Vaters bezahlt und sein Stammschloß verkauft, eine Wohnung in einem der drei Meierhöfe, die er in der Gemeinde Etouvent besaß, eingerichtet hatte. Im ganzen mochte sein Besitz wohl fünf- bis sechstausend Franken Rente abwerfen; aber der Vicomte war sparsam und vernünftig und wollte so zwei oder drei Jahre lang bescheiden leben, um etwas zusammen zu kratzen, damit er dann in Gesellschaft eine gute Figur machen und sich vorteilhaft verheiraten könnte, ohne Schulden oder Hypotheken auf seine Pachthöfe aufzunehmen.

Der Pfarrer fügte hinzu:

– Er ist ein sehr netter Herr, so ruhig und vernünftig, aber er amüsiert sich nicht gerade übermäßig hier.

Der Baron sagte:

– Herr Pfarrer, bringen Sie ihn uns nur, vielleicht giebt ihm das ab und zu eine Zerstreuung.

Und man sprach von andern Dingen.

Als sie in den Salon hinüber gingen, nachdem sie den Kaffee getrunken, bat der Pfarrer um die Erlaubnis, da er die Gewohnheit habe, nach Tisch sich Bewegung zu machen, in den Garten zu gehen.

Der Baron begleitete ihn. Langsam schritten sie die lange, weiße Fassade des Schlusses ab, um denselben Weg wieder zurück zu machen.

Ihre Schatten, der eine mager, der andere rund, mit einem flachen Hut auf dem Kopfe, kamen und gingen mit, bald vor, bald hinter ihnen, je nachdem sie der Sonne den Rücken kehrten, oder ihr entgegen schritten.

Der Pfarrer hatte eine Cigarette in der Hand, die er aus der Tasche gezogen. Mit der Offenheit eines Landbewohners setzte er den Nutzen derselben auseinander: – Ich brauche das, um den Stuhlgang zu befördern, denn ich habe etwas schwere Verdauung.

Dann plötzlich blickte er zum Himmel auf, an dem das klare Gestirn dahinzog und sagte:

– Daran kann man sich nie satt sehen!

Und er ging hinein, um sich von den Damen zu verabschieden.

III

Am folgenden Sonntag gingen die Baronin und Johanna zur Messe aus zartfühlender Rücksicht gegen ihren Pfarrer.

Nach dem Gottesdienst erwarteten sie ihn, um ihn für Donnerstag zum Frühstück zu laden. Er trat mit einem großen, jungen, eleganten Herrn, der ihm freundschaftlich den Arm gab, aus der Sakristei.

Sobald er die beiden Damen sah, machte er eine Bewegung frohen Erstaunens und rief:

– Nein, wie sich das trifft! Frau Baronin und Fräulein Johanna erlauben Sie mir, Ihnen Ihren Nachbarn vorzustellen, Vicomte Lamare.

Der Vicomte verbeugte sich, sagte, es wäre bereits längst sein Wunsch gewesen, die Damen kennen zu lernen, und fing an sich zu unterhalten wie ein gebildeter Mann, der weiß was sich gehört. Er hatte eines jener glücklichen Gesichter, die alle Frauen in Entzücken versetzen und allen Männern fatal sind.

Sein schwarzes, wohlfrisiertes Haar umrahmte die glatte, gebräunte Stirn, und zwei starke Augenbrauen, so regelmäßig, als wären sie künstlich gezogen, gaben seinen dunklen Augen, deren Weiß einen leichten blauen Schimmer hatte, etwas Tiefes und Zartes.

Dichte, lange Wimpern verliehen seinem Blick jene Beredtsamkeit der Leidenschaft, die sowohl im Salon schönen, hochmütigen Damen gefällt, wie das gewöhnliche Mädchen auf der Straße, mit dem Henkelkorb am Arm, dem Manne nachblicken lässt.

Der schmachtende Reiz dieses Auges ließ Gedankentiefe vermuten und gab jedem seiner Worte eine gewisse Wichtigkeit.

Sein dichter, glänzender, feiner Bart verbarg ein etwas zu starkes Gebiss.

Nach vielen gegenseitigen Artigkeiten trennte man sich. Zwei Tage später machte der Vicomte seinen Antrittsbesuch.

Als er kam, probierte man gerade eine Gartenbank, die diesen Morgen erst, dem Fenster des Salons gegenüber, unter der großen Platane aufgestellt worden war. Der Baron wollte eine andere als Gegenstück unter die Linde setzen lassen. Aber Mutting, das die Symmetrie nicht mochte, war dagegen. Der Vicomte wurde um seine Ansicht gefragt und stimmte der Baronin bei.

Dann sprach er von der Gegend, die er sehr malerisch fand, denn er habe auf seinen einsamen Spaziergängen viele reizende Aussichtspunkte entdeckt. Ab und zu begegneten seine Augen denen Johannas, und bei diesem plötzlichen Blick, der sich schnell abwandte und in dem zärtliche Bewunderung und erwachende Sympathie lag, ward ihr ganz sonderbar.

Der Vater Lamares, der das Jahr vorher gestorben, hatte einen intimen Freund des Herrn von Cultaux, dessen Tochter Mutting war, gut gekannt, und die Entdeckung dieser Bekanntschaft führte eine Unterhaltung über Famlienverbindungen, Daten und Verwandtschaften ohne Ende herbei. Die Baronin leistete Gewaltiges in allerlei Erinnerungen, verfolgte Familien in aufsteigender und absteigender Linie, indem sie, ohne jemals den Faden zu verlieren, die komplizierten Irrgänge der Familiengeschichten verfolgte.

– Sagen Sie mir, Vicomte, haben Sie von den Saunoy des Varfleur gehört? Der älteste Sohn Gontran hatte ein Fräulein von Coursil, Coursil-Eourville geheiratet und der jüngere eine meiner Cousinen, Fräulein von La Roche-Aubert, die mit den Crisanges verschwägert war. Übrigens, Herr von Crisanges war der Intimus meines Vaters und hat sicher auch Ihren Vater gekannt.

– Jawohl, gnädige Frau! Nicht wahr, das ist doch der Herr von Crisanges, der auswanderte und dessen Sohn bankrott machte?

– Derselbe! Er hatte meine Tante, nach dem Tode ihres Mannes, des Grafen Eretry, um ihre Hand gebeten, aber sie wollte ihn nicht, weil er schnupfte. Bei der Gelegenheit übrigens, wissen Sie, was aus den Viloise geworden ist? Sie haben so etwa um 1813 wegen Vermögensverlusten die Touraine verlassen um sich in der Auvergne nieder zu lassen, und ich habe nie wieder etwas von ihnen gehört.

– Gnädige Frau, ich glaube, dass der alte Marquis bei einem Sturz vom Pferde verunglückt und bald darauf gestorben ist. Er hinterließ eine Tochter, die einen Engländer und eine andere, die einen gewissen Bassolle geheiratet hat, einen, wie man behauptete, sehr reichen Kaufmann, von dem sie verführt worden war.

Und allerlei Namen, die sie gehört und die ihr von Jugend an geläufig waren, die sie aus den Unterhaltungen alter Verwandten kannte, kehrten wieder, und die Ehen unter diesen Familien nahmen in ihrem Geist die Wichtigkeit von Staats-Ereignissen an. Sie sprachen von Leuten, die sie nie gesehen hatten, als kennten sie sie genau, und diese Leute wieder in andern Gegenden sprachen auf dieselbe Weise von ihnen, so fühlten sie sich von weitem bekannt, beinahe befreundet, beinahe verwandt allein durch die Thatsache, dass sie derselben Klasse, derselben Kaste angehörten und gleichwertiges Blut in ihren Adern lief.

Der Baron, der etwas wild aufgewachsen war und eine Erziehung genossen hatte, die mit den Vorurteilen und Ansichten der Leute seiner Kreise nicht zusammen stimmte, kannte die Familien der Nachbarschaft kaum. Er fragte den Vicomte nach ihnen.

Herr von Lamare antwortete:

„O hier in der Gegend gibt es nicht viel Adel!“ im selben Ton als hätte er gesagt: ‚Es gibt hier nicht viele Karnickel'; und er erwähnte Einzelheiten. In der Nähe befanden sich nur drei Familien, Marquis von Coutelier, so eine Art Senior der normannischen Aristokratie, Vicomte und Vicomtesse von Briseville, Leute von sehr guter Familie, die jedoch sehr zurückgezogen lebten. Endlich Graf Fourville, eine Art Eisenfresser, von dem es hieß, er quäle seine Frau zu Tode, und der in seinem teichumgebenen Schlosse La Brillette, ein Jägerleben führte.

Hier und da hatten ein paar Emporkömmlinge, die unter einander verkehrten, sich angekauft. Der Vicomte kannte sie nicht.

Er nahm Abschied, und sein letzter Blick galt Johanna, als ob er ihr damit ein besonderes, herzliches und zartes Lebewohl gesagt hätte.

Die Baronin fand ihn reizend und vor allen Dingen sehr *comme il faut*. Papachen sagte:

– Ja, er ist ein wohlerzogener junger Mann.

Man lud ihn die folgende Woche zum Essen ein, und von da an kam er regelmäßig. Meistens erschien er um vier Uhr nachmittags, traf Mutting in „ihrer Allee“ und bot ihr den Arm, um mit ihr ihre „Übung“ abzuhalten. Wenn Johanna nicht spazieren gegangen war, unterstützte sie ihre Mutter von der anderen Seite, und alle drei schritten langsam in gerader Linie den langen Weg unausgesetzt auf und ab. Er sprach kaum mit dem jungen Mädchen; aber sein Blick, weich wie schwarzer Sammet, traf oft das Auge Johannas, das aussah, als wäre es aus blauem Achat.

Öfters gingen sie beide mit dem Baron nach Yport.

Als sie eines Abends am Strande waren, trat der alte Lastique auf sie zu und sagte, die Pfeife im Munde, ohne die man ihn sich schwerer vorstellen konnte, als ohne Nase:

– Herr Baron, bei so 'ner steifen Briese könnten wir morgen nach Etretat fahren und kämen auch bequem wieder zurück.

Johanna legte flehend die Hände zusammen und sagte:

– O Papa, bitte, bitte.

Der Baron wandte sich zum Vicomte:

– Kommen Sie mit, Vicomte? Wir könnten dort frühstücken.

Und die Partie wurde sofort beschlossen.

Sobald der Tag anbrach, war Johanna auf, sie erwartete ihren Vater, der sich langsam anzog. Dann gingen sie in den tauigen Morgen hinein, zuerst über das flache Land, dann durch den Wald, der vom Gesang der Vögel widerhallte.

Der Vicomte und der alte Lastique saßen auf einem Gangspill.

Zwei andere Seeleute halfen bei der Abfahrt. Die Männer stemmten ihre Schultern gegen den Schiffsrand, lehnten sich gegen mit aller Kraft, und nur mühsam brachten sie auf dem flachen Kies das Boot vorwärts. Lastique schob unter den Kiel eingefettete hölzerne Walzen, dann nahm er seinen Platz wieder ein und rief lang gedehnt, immerfort:

„Ohoi, ohoi Hop," was das gemeinsame Vorwärtsschieben regeln sollte, aber als sie an den Abhang kamen, entglitt ihnen das Boot und rutschte auf den glatten Steinen mit mächtigem Getöse, wie wenn Leinwand zerrissen wird, hinab. Im Schaum der kleinen Wogen blieb es plötzlich halten, und alle nahmen darin Platz, dann machten es die beiden Matrosen, die an Land geblieben waren, ganz flott.

Eine leichte, unausgesetzt wehende Brise, die von der See kam, kräuselte die Oberfläche des Wassers. Das Segel wurde aufgezogen, füllte sich allmählich mit Wind, und das Boot glitt langsam davon, kaum vom Meere bewegt.

Zuerst ging es in die See hinaus. Am Horizont schien der Ozean mit dem Himmel zusammen zu stoßen. Auf der Landseite warf die hohe Klippenreihe einen mächtigen Schatten zu ihren Füßen. Hier und da schimmerten Rasenflächen, auf denen die Sonne lag. Dort drüben hinter ihnen kamen braune Segel vom weißen Hafendamm herüber, von Fécamp, und dort im Vordergrund erhob sich ein Fels von seltsamer Gestalt, gerundet und in der Mitte geborsten, der etwa aussah wie der Kopf eines riesigen Elefanten, der den Rüssel in die Fluten streckt. Es war das kleine Thor von Etretat.

Johanna hielt sich mit der einen Hand am Schiffsrand, sie war durch das Schaukeln der Wogen etwas erregt und blickte in die Weite. Es schien ihr, als gäbe es nur drei Dinge in der Schöpfung, die wirklich schön waren, Licht, Luft und Wasser.

Niemand sprach. Der alte Lastique hielt Ruderpinne und Schoote, trank von Zeit zu Zeit, aus einer Flasche unter seinem Sitz, einen Schluck und rauchte ununterbrochen seine Stummelpfeife, die niemals auszugehen schien. Immer stieg daraus ein feiner, dünner Rauch, während genau dieselbe Rauchwolke seinem Mundwinkel entströmte, und doch sah man niemals, daß der Matrose seinen irdenen Ofen, der schwärzer war als Ebenholz, je wieder angezündet oder mit frischem Tabak gefüllt hätte. Ab und zu nahm er die Pfeife in eine Hand, zog sie aus dem Mund und spie aus demselben Mundwinkel, dem sonst die Rauchwolke entquoll, einen langen, braunen Saucenstrahl ins Meer.

Der Baron, der vorn saß, überwachte das Segel, an Stelle eines Matrosen. Johanna und der Vicomte saßen Seite an Seite, alle beide etwas verwirrt. Eine unbekannte Gewalt ließ immer wieder ihre Augen sich begegnen, indem sie zu gleicher Zeit aufblickten, wie magnetisch angezogen; denn zwischen ihnen schwebte schon jene weiche Zärtlichkeit, die so schnell zwischen jungen Leuten erwacht, wenn der junge Mann nicht häßlich und das junge Mädchen hübsch ist. Sie fühlten sich glücklich neben einander, vielleicht, weil sie aneinander dachten.

Die Sonne stieg empor, als hätte sie von der Höhe herab das weit unter ihr gebreitete Meer betrachten wollen, aber sie war kokett und hüllte sich in leichten Nebel, der ihre Strahlen dämpfte. Es war ein goldiger, niedrig hinziehender, durchsichtiger Nebel, der nichts verbarg, aber die Ferne weicher machte.

Das Gestirn schoß seine Pfeile herab, sodaß der glänzende Schleier schmolz, und als die Sonne alle Kraft entwickelte, verzog sich der Dampf und verschwand. Und das Meer, das ewige, war wie ein Spiegel und glitzerte im Licht.

Johanna fühlte sich ganz bewegt:

– Ach ist das schön!

Und der Vicomte antwortete:

– Ja, das ist schön!

Die Wunder dieses herrlichen Morgens fanden ein Echo in ihren Herzen. Plötzlich gewahrte man die großen Felswölbungen von Etretat, die aussahen, als marschierten die Klippen mit zwei mächtigen Beinen ins Meer, so hoch, daß die Schiffe darunter hindurchfahren konnten. Vor dem ersten Bogen starrte eine weiße, spitze Felsnadel empor.

Man landete, und während der Baron, der zuerst herausgesprungen war, das Boot durch ein Tau am Ufer festhielt, nahm der Vicomte Johanna auf den Arm, um sie ans Land zu tragen, ohne daß sie sich die Füße naß machte. Dann stiegen sie die steile Küste Seite an Seite hinan, und in beiden zitterte die kurze Berührung noch nach, und sie hörten, wie der alte Lastique zum Baron sagte:

– Die beiden geben ein ganz gutes Paar.

In einem kleinen Wirtshaus am Strande wurde gefrühstückt. Es war reizend. Der Ozean verschlang Stimme und Gedanken, sodaß sie unterwegs geschwiegen hatten. Bei Tisch fingen sie nun an zu sprechen und schwatzten wie die Kinder in den Ferien.

Die einfachsten Dinge machten ihnen den ungeheuersten Spaß. Der alte Lastique steckte sorgfältig, als er sich zu Tisch setzte, die noch immer rauchende und dampfende Pfeife in seine Wollmütze. Und man lachte. Eine Fliege, die seine rote Nase wahrscheinlich angelockt, ließ sich ein paarmal darauf nieder, und als er sie mit einer Handbewegung, die zu langsam war, um sie fangen zu können, weggejagt, setzte sie sich auf die Mousselingardine, die schon viele ihrer Schwestern beschmutzt, und schien gierig die rote Nase des Matrosen zu begucken, denn sofort flog sie wieder auf, um sich darauf von neuem niederzulassen.

Bei jedem Herannahen des Insekts lachten sie wie toll, und als der Alte, den die ewige Krabbelei ärgerte, brummte: „Die ist aber verflucht zäh!" lachten Johanna und der Vicomte beinahe Thränen, wanden sich nur so und preßten die Serviette vor den Mund um nicht laut zu kreischen.

Sobald sie den Kaffee getrunken hatte, sagte Johanna:

– Wir wollen doch ein wenig spazieren gehen!

Der Vicomte stand auf, aber der Baron wollte lieber noch ein bißchen am Strande in der Sonne nicken:

– Geht nur Kinder, ihr findet mich in einer Stunde hier wieder.

Sie gingen geradwegs zwischen den paar Häusern am Strande hindurch. Nachdem sie an einem kleinen Schlößchen vorüber gekommen, das wie ein großer Pachthof aussah, befanden sie sich in einem offenen Thale, das sich vor ihnen erstreckte.

Die Bewegung der See hatte sie ermattet und ihr gewöhnliches Gleichgewicht gestört, die frische Salzluft hatte sie hungrig gemacht, das Frühstück sie dann wieder heiter gestimmt und die Heiterkeit sie ganz schwach gemacht. Jetzt waren sie zu allem aufgelegt und hatten Lust, wie toll durch die Felder zu laufen. Johanna summte es in den Ohren von all den ungewohnten Eindrücken.

Glühend fielen die Sonnenstrahlen auf sie herab. Zu beiden Seiten der Straße bogen sich die reifen Saaten unter der Hitze. Die Grashüpfer, zahlreich wie Grashalme, zirpten, sodaß man im Getreide, in den Binsen und an der Küste ihren betäubenden, schrillen Schrei hörte.

Unter dem glühenden Himmel, der von einem spiegelblanken Blau war und zugleich gelb, als ob er plötzlich rotglühend werden wollte wie Metall, das zu nah am hellen Feuer ist, zeigte sich kein Wölkchen.

Sie hatten, ein Stück entfernt rechts, ein Gehölz entdeckt. Dorthin gingen sie.

Grabeneingesäumt führte ein schmaler Weg hinan unter den großen Bäumen, deren Gezweig die Sonne nicht durchdrang. Als sie eintraten, schlug ihnen eine Art modriger Frische entgegen, jene Feuchtigkeit, bei der einem ein Schauer über die Haut läuft und in die Lungen dringt. Hier wuchs, da Luft und Licht nicht eindrangen, kein Gras, aber Moos bedeckte den Boden.

Sie gingen weiter. – Da könnten wir uns ein wenig hinsetzen, sagte sie.

Zwei abgestorbene, alte Bäume standen dort und durch das dadurch im Blätterdach entstandene Loch fiel das Licht herein, wärmte den Boden und hatte Rasen grünen lassen. Löwenzahn und Lianen, kleine, weiße Blümchen, fein und zart wie ein Hauch, waren erblüht und Fingerhut röhrenartig in die Höhe geschossen.

Schmetterlinge, Bienen, dicke Hummeln, große Mücken, die wie Fliegenskelette aussahen; tausend Insekten, Marienkäferchen, rot und gefleckt, Käfer im grünen Kleid, andere schwarz mit großen Fühlhörnern bewehrt, bevölkerten diesen warmen, lichtdurchfluteten Platz, der sich im kühlen Dunkel des schweren Blätterwerks aufgethan.

Sie setzten sich, den Oberköper im Schatten, die Füße in der Sonne, und betrachteten all das wimmelnde kleine Leben, das ein Sonnenstrahl erweckt.

Johanna wurde ganz weich und sagte:

– Ach wie ist es hier schön, auf dem Lande ist es doch zu schön! Manchmal möchte ich eine Fliege oder ein Schmetterling sein, um mich in den Blumen zu verstecken.

Sie sprach über sich selbst, ihre Gewohnheiten und ihren Geschmack in jenem leisen, eignen Ton, in dem man sich Geständnisse macht.

Er meinte, er sei schon vom Welttreiben angeekelt und hätte dieses inhaltslose Leben satt, es war immer dasselbe, nichts Wahres, nichts Echtes gab es da.

Die Welt! Sie hätte sie gern kennen gelernt, aber sie war von vornherein überzeugt, daß sie den Vergleich mit dem Landleben nicht aushalten könnte.

Und je mehr sich ihre Herzen näherten, desto förmlicher nannten sie sich „Vicomte" und „gnädiges Fräulein", und desto mehr lächelten sich ihre Blicke zu und tauchten in einander. Und es war ihnen, als zöge neue Güte in sie hinein, größere Zärtlichkeit, das Interesse an tausend Dingen, an die sie nie gedacht hatten.

Sie kehrten zurück, aber der Baron hatte einen Spaziergang gemacht zum Jungfernzimmer, einer Grotte, die am Kamm der Klippen lag, und sie erwarteten ihn im Wirtshaus.

Er kam erst um fünf Uhr abends zurück.

Man stieg wieder ins Boot und fuhr, den Wind im Rücken, ohne irgend welches Schaukeln, ohne daß es schien, als käme man vorwärts, zurück. Die Brise wehte in langsamen, lauen Stößen, die eine Sekunde das Segel blähten und es dann wieder schlaff am Mast herunterhängen ließen. Die blaue Flut schien tot da zu liegen, die Sonne, müde von all der Glut, hatte ihren Bogen am Himmel beschrieben und näherte sich langsam dem Rande.

Die Stille auf dem Meer nahm sie wieder gefangen, daß sie schwiegen. Endlich sagte Johanna:

– Ach ich möchte gern reisen.

Der Vicomte gab zurück:

– Aber allein reisen ist langweilig, man muß mindestens zu zweien sein, um sich seine Eindrücke mitzuteilen.

Johanna dachte nach:

– Das ist wahr! Aber ich gehe doch gern allein spazieren, es ist so schön, allein zu träumen.

– Man kann auch zu zweien träumen.

Sie schlug die Augen nieder, war das eine Anspielung? Vielleicht! Sie betrachtete den Horizont, als wollte sie noch weiter hinausblicken, dann sagte sie langsam:

– Ich möchte nach Italien oder Griechenland, ach Griechenland! Oder nach Korsika! Das muß so wild sein und so schön.

Er war mehr für die Schweiz, wegen der Sennhütten und Seen.

Sie sagte:

– Nein! Ich möchte lieber ganz unberührte Länder sehen, wie Korsika, oder sehr alte Länder, an denen lauter Erinnerungen hängen, wie Griechenland. Es muß doch schön sein, dort alles wieder zu finden von diesen Völkern, deren Geschichte wir von Kindheit an kennen, die Stätten zu sehen, wo alle die großen Thaten geschehen sind.

Der Baron, der weniger exaltiert war, erklärte:

– Mich zieht England sehr an, das ist ein sehr lehrreiches Land.

Da suchten sie die ganze Welt ab, besprachen die Annehmlichkeiten jedes Landes von den Polen bis zum Äquator, begeisterten sich über erträumte Landschaften und seltsame Sitten gewisser Völker, wie der Lappen oder der Chinesen. Aber sie schlössen damit, das schönste Land der Welt sei Frankreich mit seinem gemäßigten Klima, kühl im Sommer und mild im Winter, mit seinen blühenden Feldern, grünenden Wäldern, seinen großen, ruhig hinströmenden Flüssen und seinem Kunstgeschmack, der sich seit der Blütezeit Athens nirgends so entwickelt.

Dann schwiegen sie. Die Sonne, die schon tief stand, schien zu bluten, und ein breiter Lichtkegel, ein blendender Streifen, lief über das Wasser, von den Grenzen des Ozeans bis zum Kielwasser des Bootes.

Der letzte Windhauch ließ nach, alle Wellen ebneten sich, und das unbewegliche Segel ward purpurn. Unendliche Ruhe schien die Weite umfangen zu haben, ein tiefes Schweigen angesichts der Vermählung der beiden Elemente, während das Meer unter dem Himmel seinen glänzenden flüssigen Leib krümmte und die feurige Geliebte erwartete, die zu ihm niederstieg. Sie sank jetzt schon schneller herab in purpurner Glut, als ersehnte sie die Umarmung, jetzt trafen sie einander, und allmählich verschlang sie das Meer.

Da wehte ein frischer Hauch aus der Ferne, die unbewegliche Wasserfläche kräuselte ein Zittern, als ob das untergegangene Gestirn noch einen Seufzer der Erleichterung über die Welt gehaucht.

Die Dämmerung war kurz, es kam eine Nacht mit tausend Sternen. Der alte Lastique nahm seine Riemen auf, und nun sahen sie, daß das Meer phosphoreszierte. Johanna und der Vicomte betrachteten Seite an Seite das hin- und herflutende Feuer, das das Boot hinter sich ließ. Sie dachten fast nicht mehr nach und blickten nur hinaus, in köstlichem Wohlgefühl die Kühle des Abends einatmend. Johanna hatte die eine Hand auf die Bank gestützt, da legte sich wie zufällig ein Finger ihres Nachbars an sie. Überrascht, glücklich und verwirrt über diese leichte Berührung, bewegte sie sich nicht.

Als sie abends wieder in ihrem Zimmer war, fühlte sie sich seltsam bewegt und so weich gestimmt, daß sie immerfort Lust hatte zu weinen. Sie betrachtete ihre Kaminuhr, und ihr war es, als ticke die kleine Biene wie ein Herz, wie ein befreundetes Herz; das Zeuge sein würde ihres Lebens, das mit lebhaftem, regelmäßigen Tik-Tak Leid und Lust begleiten würde, und sie hielt die kleine Fliege an, um einen Kuß auf ihre Flügel zu drücken. Sie hätte irgend etwas küssen mögen, alles! Sie erinnerte sich, daß sie in einem Fach eine alte Puppe aus früherer Zeit versteckt hatte, die suchte sie hervor und sah sie mit der Freude wieder, mit der man liebe Freunde wieder sieht; sie drückte sie an die Brust, bedeckte die gemalten Wangen und den Flachskopf des Spielzeugs mit Küssen, und indem sie die Puppe im Arme behielt, dachte sie nach.

War das wohl er, der ihr durch tausend geheime Stimmen versprochen, den ein gütiges Geschick ihr so in den Weg geführt? War er das für sie erschaffene Wesen, dem sie ihr Leben opfern sollte? Waren sie die beiden für einander bestimmten Geschöpfe, deren Zärtlichkeit sich einen sollte, sich mischen sollte untrennbar und die „Liebe“ erzeugen?

Sie hatte noch nichts von jener großen Erschütterung des ganzen Wesens, von jenem tollen Glück, jenem Zittern in allen Tiefen, das, wie sie meinte die Leidenschaft war, verspürt, und doch war es ihr, als finge sie an ihn zu lieben. Denn manchmal wurde sie ganz matt, wenn sie an ihn dachte, und sie dachte unausgesetzt an ihn. Seine Gegenwart erfüllte und erregte ihr Herz, sie errötete und erbleichte, wenn ein Blick von ihm sie traf, und sie zuckte zusammen, wenn sie nur seine Stimme hörte. Diese Nacht fand sie kaum noch Schlaf.

Da kam über sie von Tag zu Tag mehr der verwirrende Wunsch, zu lieben. Sie erforschte sich unausgesetzt, befragte die Maßliebchen, die Wolken und das Schicksal in Gestalt eines Geldstücks, Kopf oder Wappen?

Da sagte eines Tages ihr Vater zu ihr:

– Mach Dich schön morgen früh. Sie fragte:

– Warum Papa?

Er antwortete:

– Das ist ein Geheimnis.

Als sie am Morgen, wie aus dem Ei geschält, in hellem Kleide herunter kam, fand sie auf dem Tisch im Salon eine Menge Bonbonnièren und auf einem Stuhl einen riesigen Blumenstrauß.

Ein Wagen fuhr in den Hof, auf dem zu lesen stand: „Lerat, Traiteur in Fécamp. Hochzeitsdiners."

Und Ludwine zog, indem sie eine Klappe hinten am Wagen öffnete, mit Hilfe des Küchenjungen eine Menge flacher Körbe, die gut rochen, heraus.

Der Vicomte von Lamare erschien. Seine Hose war gestrafft und unter winzigen reizenden Lackstiefeln, die die Kleinheit seines Fußes zeigten, mit Stegen versehen. Sein langer Gehrock saß eng in der Taille, und ans der Brustöffnung schaute das Spitzenhemd heraus. Eine prachtvolle Kravatte war mehrmals um den Hals geschlungen und zwang ihn, seinen schönen Kopf, auf dem ernste Vornehmheit zu lesen stand, hoch zu halten. Er sah anders aus, als gewöhnlich, er machte jenen fremden Eindruck, den ein besonderer Anzug plötzlich auch den bestgekannten Gesichtern verleiht. Johanna war ganz erstaunt und blickte ihn an, als hätte sie ihn noch nie gesehen; sie fand, daß er riesig aristokratisch aussah! Jeder Zoll ein Edelmann!

Er verbeugte sich lächelnd:

– Nun, Gevatterin, sind Sie bereit?

Sie antwortete:

– Ja! Was denn? Was ist denn los?

– Das wirst Du nachher erfahren, sagte der Baron.

Der angespannte Wagen fuhr vor. Frau Adelaide kam im größten Staat von ihrem Zimmer herab, am Arm Rosaliens, die den eleganten Vicomte so bewundernd ansah, daß Papachen flüsterte:

– Hören Sie mal, Vicomte, ich glaube, Sie haben an unsrem Mädchen eine Eroberung gemacht!

Er ward rot bis an die Ohren, that, als hätte er nichts gehört, und nahm den großen Blumenstrauß, den er Johanna überreichte. Mit noch größerem Staunen nahm sie ihn entgegen, und alle vier stiegen ein. Und die Köchin Ludwine, die der Baronin zur Erfrischung eine Tasse kalter Bouillon gebracht, sagte:

– Gnädige Frau, man könnte wirklich glauben, es ist Hochzeit!

Am Eingang von Yport stiegen sie aus, und als sie in das Dorf kamen, traten die Matrosen in ihren neuen Anzügen aus den Häusern, grüßten, drückten dem Baron die Hand und folgten hinter ihnen wie bei einer Prozession.

Der Vicomte hatte Johanna den Arm gereicht und ging mit ihr voraus. Als sie an die Kirche kamen, blieben sie halten, und das große, silberne Kreuz erschien, von einem Chorknaben gehalten, dem ein anderer in rot und weißem Gewand folgte, der den Weihwasserkessel trug mit dem Wedel darin. Dann kamen drei alte Chorsänger, deren einer hinkte, darauf das Serpent, endlich der Pfarrer, dessen goldne Stola sich über seinem dicken Leib spannte. Er begrüßte sie durch – Lächeln und Kopfnicken.

Dann folgte er mit halbgeschlossenen Augen, die Mütze in die Stirne gerückt, ein Gebet murmelnd, seinem Generalstab im Chorhemd und ging dem Meer zu.

Am Ufer wartete eine große Menschenmenge an einem neuen Guirlanden-geschmückten Boot. Mast, Segel, Takelage waren mit langen Wimpeln geziert, die im Winde flatterten, und hinten stand in goldenen Buchstaben der Name: „Johanna“.

Der alte Lastique, der Führer des Bootes, das auf Kosten des Barons gebaut worden, ging voraus. Wie auf Kommando zogen alle Männer die Kopfbedeckung, und eine ganze Reihe Beterinnen in langen, schwarzen faltigen Kapuzenmänteln, die in langem Faltenwurf über die Schultern fielen, knieten im Kreise nieder, als sie das Kreuz erblickten.

Der Pfarrer trat mit den beiden Chorknaben an das eine Ende des Bootes, während am andern Ende die drei alten Chorsänger, schmierig aussehend, in ihren weißen Gewändern, unrasiert, ernst auf die Noten niederblickend, laut in den hellen Morgen hinein gröhlten.

Das Serpent brummte immer allein weiter, wenn sie Atem holten, und wenn der Bläser die Backen mit Luft füllte, verschwanden seine kleinen, grauen Augen; sogar die Haut des Halses schien sich vom Fleisch loszulösen, so blies er sich auf.

Die unbewegliche, durchsichtige Flut schien in Andacht der Taufe ihres Bootes beizuwohnen, sie trieb nur mit leisem Rauschen, als führe man mit einer Harke über den Strand, kleine, fingerhohe Wellen ans Land.

Und große, weiße Möven schossen mit ausgebreiteten Schwingen daher, beschrieben Bogen am blauen Himmel schwebten davon und kamen wieder daher geflogen, als wollten sie sehen, was da vor sich ging.

Aber nach einem Amen, das fünf Minuten lang gehalten worden war, hörte der Gesang auf, und der Priester stieß mit fetter Stimme ein paar lateinische Worte hervor, deren Endsilben man nur vernahm.

Dann ging er um das Boot herum, indem er es mit Weihwasser besprengte. Endlich begann er das Oremus zu murmeln, indem er nun an der Breitseite, Paten und Patin, die einander an den Händen hielten, gegenüber, stehen blieb.

Der junge Mann behielt sein ernstes Aussehen, aber Johanna überkam eine plötzliche Rührung: sie verlor ganz die Haltung und fing so an zu zittern, daß ihre Zähne klapperten. Der Traum, der sie seit einiger Zeit verfolgte, hatte plötzlich, wie in einer Hallucination feste Gestalt gewonnen. Von Hochzeit war gesprochen worden, dort stand ein Priester mit segnender Gebärde, die Leute im Chorrock sangen Gebete. War es nicht wie ihre Trauung?

Zuckte es ihr nicht in den Fingern? Waren die Gefühle ihres Herzens nicht durch ihre Adern gelaufen, und bis zum Herzen ihres Nachbars gedrungen?

Spürte er etwas? Ahnte er etwas? War auch über ihn etwas, wie ein Rausch von Liebe gekommen? Oder wußte er nur aus Erfahrung, daß ihm kein Weib widerstand?

Plötzlich bemerkte sie, daß er ihre Hand drückte, zuerst langsam, dann stärker, immer stärker, als wollte er sie zermalmen, und ohne daß seine Züge sich dabei veränderten, ohne daß jemand etwas davon merkte, sagte er, ja er sagte es wahrhaftig ganz deutlich:

– Ach, Johanna, wenn Sie wollten, könnte das unsre Verlobung sein.

Sie senkte den Kopf mit langsamer Bewegung, die vielleicht ›ja‹ bedeutete, und vom Priester her, der noch immer bas Boot mit Weihwasser besprengte, spritzten ein paar Tropfen auf ihre Finger.

Es war zu Ende, die Frauen standen auf, und in unordentlichem Durcheinander strömte die Menge zurück. Das Kreuz, das der Chorknabe trug, hatte seine Würde verloren; es zog jetzt schnell dahin, rechts und links hin und herschwankend, oder so weit vornübergebeugt, als wollte es beinahe zu Boden fallen.

Der Priester, der nicht mehr betete, lief hinterdrein. Die Chorsänger, der Serpentbläser waren in einer Seitengasse verschwunden, um sich schneller zurück zu ziehen, und die Seeleute gingen eilig in Trupps zusammen.

Derselbe Gedanke, der Gedanke an das Essen, beschleunigte ihren Schritt, daß ihnen das Wasser im Munde zusammen lief und ihnen der Magen knurrte.

Ein gutes Frühstück erwartete sie im Schloß „Les Peuples".

Unter dem Apfelbaum war ein großer Tisch aufgestellt, an dem sechzig Personen, Fischer und Bauern, Platz nahmen. Die Baronin saß in der Mitte, rechts und links die beiden Pfarrer, der von Yport und der von Les Peuples. Ihr gegenüber hatte der Baron Platz genommen, zwischen dem Ortsvorstand und dessen Frau, einer magern, schon bejahrten Bäuerin, die nach allen Seiten den Leuten zunickte.

Sie hatte ein schmales Gesicht, das von ihrer großen, normannischen Mütze eingerahmt ward, wie der Kopf eines Huhnes von Weißen Federn, und runde, erstaunt umherblickende Augen. Sie aß hastig in kleinen Bissen, als ob sie mit der Nase ihr Essen vom Teller aufpickte.

Johanna saß an der Seite des Paten in glückliche Träume versunken. Sie sah nichts um sich herum, sie wußte von nichts. Das Glück machte sie stumm.

Dann fragte sie ihn:

– Wie heißen Sie mit Vornamen?

Er sagte:

– Julius! Wußten Sie es nicht?

Aber sie antwortete nicht und dachte nur heimlich: "Wie oft werde ich noch diesen Namen sagen!"

Sobald die Mahlzeit beendet war, ließ man die Seeleute auf dem Hof allein und begab sich auf die andere Seite des Schlosses. Die Baronin machte ihre Übung auf den Arm des Barons gestützt, von den beiden Priestern begleitet. Johanna und Julius gingen in den Park hinaus und verloren sich in den kleinen Wegen; plötzlich nahm er ihre Hand:

– Wollen Sie meine Frau werden?

Sie hielt den Kopf gesenkt, aber als er stammelte:

– Bitte, bitte, antworten Sie – schlug sie ganz langsam zu ihm die Augen auf, und er las die Antwort in ihren Blicken.

IV

Eines Morgens trat der Baron in Johannas Zimmer ehe sie noch aufgestanden, und sagte, indem er sich am Fußende des Bettes niederließ:

– Vicomte von Lamare hat uns um Deine Hand gebeten.

Sie wollte ihr Antlitz unter der Decke verstecken. Ihr Vater fuhr fort:

– Wir haben gesagt, wir würden ihm nachher die Antwort geben.

Sie konnte vor Bewegung keinen Atem bekommen. Nach einer Minute fügte der Baron lächelnd hinzu:

– Wir wollten nichts thun, ohne Dich erst zu fragen. Mama und ich haben nichts gegen diese Heirat, aber wir wollen Dich nicht etwa dazu überreden. Du bist viel reicher als er, aber wenn es sich um das Lebensglück handelt, spielt das Geld keine Rolle. Er hat keine Verwandten mehr, wenn Du ihn also heiratetest, so würden wir einen Sohn in die Familie bekommen, während Du bei einem andern als unsre Tochter in eine fremde Familie treten würdest! Der junge Mann gefällt uns. Glaubst Du, daß er Dir auch gefallen könnte?

Sie stammelte, bis zu den Haarwurzeln hinauf errötend:

– Ich will, Papa?

Und Papachen flüsterte, indem er ihr immer lächelnd in die Augen blickte:

– Das haben wir geahnt, mein Fräulein.

Bis zum Abend brachte sie die Zeit hin, als wäre sie trunken. Sie wußte nicht, was sie that. Mechanisch nahm sie ein Ding nach dem andern vor und fühlte sich wie zerschlagen vor Müdigkeit, ohne daß sie einen Schritt gegangen.

Gegen sechs Uhr, als sie mit Mutting unter der Platane saß, kam der Vicomte.

Johannas Herz fing stürmisch an zu schlagen. Der junge Mann trat auf sie zu, er schien nicht erregt zu sein. Als er vor ihnen stand, nahm er die Finger der Baronin und küßte sie, dann zog er die zitternde Hand des jungen Mädchens an die Lippen und drückte einen langen, zärtlichen Kuß darauf.

Und die glückselige Zeit des Brautstandes begann. Sie flüsterten allein miteinander in den Ecken des Salons oder saßen im Park am Grabenrande, vor ihnen die wilde Haide. Manchmal gingen sie in Muttings Allee spazieren, er sprach ihr von der Zukunft, während sie auf die staubige Spur des nachschleppenden Fußes der Baronin blickte.

Nachdem die Sache nun einmal entschieden, wollte man auch alles schnell seinen Gang gehen lassen. Sie kamen überein, daß die Hochzeit in sechs Wochen, am 15. August stattfinden, und das junge Paar sofort auf die Hochzeitsreise gehen sollte. Johanna wurde gefragt, nach welchem Land sie reisen wollte, und sie entschied sich für Korsika, wo man mehr für sich sein würde, als in den italienischen Städten.

Ohne zu große Ungeduld erwarteten sie den Augenblick, aber sie fühlten sich voll köstlicher Zärtlichkeit und reinsten Glückes, und sie genossen den wundersamen Reiz unschuldiger Liebkosungen, eines Händedrucks, eines so langen, leidenschaftlichen Blickes, daß die Seelen sich zu mischen schienen und der unbestimmte Wunsch, ganz ineinander aufzugehen, sie dabei quälte.

Es wurde beschlossen, niemanden zur Hochzeit einzuladen als Tante Liese, die Schwester der Baronin, die in einem Kloster in Versailles als Pensionärin lebte.

Nach dem Tode ihres Vaters hatte die Baronin die Schwester bei sich behalten wollen, aber die alte Jungfer hatte die fixe Idee, daß sie allen Menschen zur Last fiele, daß sie unnütz wäre und im Weg, und zog sich in eines jener Klöster zurück, die alleinstehenden Leuten gegen Bezahlung eine Heimstätte gewähren.

Ab und zu brachte sie einmal vier Wochen oder zwei Monate in der Familie zu. Sie war ein kleines Dämchen, das wenig sprach, sich immer zurückzog, nur zu den Mahlzeiten erschien, dann auf ihr Zimmer ging, wo sie sich immerfort einsperrte.

Sie sah gutmütig und etwas ältlich aus, obgleich sie nur zweiundvierzig Jahre zählte. Ihr Auge hatte etwas Weiches und Trauriges, sie hatte nie in der Familie etwas gegolten. Als sie ganz klein war, hatte man sie kaum geliebkost, sie war nicht hübsch, nicht ausgelassen, still und sanft hielt sie sich bei Seite. Das war an ihr hängen geblieben, und auch als junges Mädchen kümmerte sich niemand um sie. Sie war wie ein Schatten, ein Hausstück, ein lebendiges Möbel, das man gewohnt ist, täglich zu sehen, ohne daß man sich weiter darum kümmert. Ihre Schwester betrachtete sie, wie sie es im väterlichen Hause gewohnt gewesen, als ein Geschöpf ohne jede Bedeutung, das seine Existenz verfehlt hat, sie ward mit rücksichtsloser Familiarität behandelt, worunter sich eine Art wegwerfender Güte verbarg. Sie hieß Lieschen, und dieser jung und geziert klingende Name schien sie zu stören. Als man merkte, daß sie keinen Mann fand und wohl nie einen finden würde, ward aus Lieschen Liese. Seitdem Johanna geboren worden, war sie „Tante Liese" geworden, eine bescheidene, nette, furchtbar schüchterne Verwandte, die selbst gegen ihre Schwester und ihren Schwager so war, obgleich die beiden sie liebten, aber doch mit ziemlich oberflächlicher Zuneigung, die aus gleichgiltiger Zärtlichkeit bestand, aus unbewußter Sympathie und aus natürlicher Güte.

Manchmal, wenn die Baronin von weit zurückliegenden Dingen aus ihrer Jugend sprach, sagte sie, um den Zeitpunkt zu bezeichnen:

– Es war damals, als Liese ihren Rappel hatte.

Mehr wurde nie gesagt. Dieser Rappel war wie von einem geheimnisvollen Schleier umgeben.

Eines Abends hatte sich Liese, die damals zwanzig Jahre alt war, ohne daß man wußte warum, ins Wasser gestürzt. Kein Ereignis in ihrem Leben, nichts in ihrem Benehmen ließ diesen verrückten Streich voraussehen. Schon halb tot, hatte man sie herausgezogen, und ihre Verwandten waren entsetzt, statt nach der geheimen Ursache der That zu suchen. Sie begnügten sich damit immer vom Rappel zu sprechen, wie sie etwa von dem Malheur des Pferdes Coco redeten, das sich ein paar Tage vorher in einer Radspur das Bein gebrochen hatte, sodaß es hatte getötet werden müssen.

Seit dieser Zeit wurde Lieschen, oder bald darauf Liese, wie ein ganz klein wenig schwachsinnig behandelt. Die milde Mißachtung, die sie ihren nächsten

Angehörigen einflößte, teilte sich langsam ihrer ganzen Umgebung mit. Sogar die kleine Johanna kümmerte sich mit jenem natürlichen Ahnungsvermögen der Kinder nicht um sie, kam nie zu ihr ans Bett, ihr guten Morgen zu sagen und betrat nie ihr Zimmer. Es war, als ob das Stubenmädchen, Rosalie, die dieses Zimmer zu besorgen hatte, ganz allein wüßte, wo sie überhaupt gebettet war.

Wenn Tante Liese zum Frühstück ins Eßzimmer kam, ging die Kleine aus Gewohnheit zu ihr und bot ihr die Stirn zum Kuß. Das war alles.

Wollte jemand etwas von ihr, so wurde einer der Dienstboten geschickt, um sie zu holen und war sie nicht da, so kümmerte man sich weiter nicht darum. Man dachte nie an sie, nie wäre jemandem der Gedanke gekommen, beunruhigt zu fragen:

– Herr Gott, ich habe doch Liese heute früh noch gar nicht gesehen?

Sie hatte nirgends einen Platz in der Welt, sie war eines jener Wesen, das sogar die Menschen nicht kennen, die ihm doch nahe stehen. Ihr Tod hätte im Hause keine Lücke hinterlassen. Sie verstand weder in das Dasein, noch in die Lebensgewohnheiten, noch in das Herz derjenigen zu dringen, in deren Kreis sie lebte.

Die Worte „Tante Liese" erweckten keinen freundlichen Widerhall in andern Menschen. Es war, als wenn man die Worte „die Kaffeekanne" oder „die Zuckerdose" ausgesprochen hätte.

Sie huschte immer mit kleinen, eiligen, lautlosen Schritten hin, sie machte nie Lärm, stieß nie irgendwo an und schien den toten Dingen die Eigenschaft, keinen Laut von sich zu geben, abgelauscht zu haben. Ihre Hände waren wie aus Watte, so leicht und zart faßte sie alles an.

Gegen Mitte Juli traf sie ein, ganz verstört über den Gedanken dieser Heirat. Sie brachte eine Menge Geschenke mit, die, weil sie von ihr stammten, kaum einen Eindruck machten, und am Tage nach ihrer Ankunft merkte man schon gar nicht mehr, daß sie da war.

Aber in ihr gährte eine außergewöhnliche Bewegung, ihre Augen und ihre Blicke verließen das Brautpaar nicht. Mit sonderbarer Ausdauer und fieberhafter Thätigkeit arbeitete sie in ihrem Zimmer, wo niemand hin kam, wie eine einfache Näherin an Johannas Aussteuer.

Alle Augenblicke zeigte sie der Baronin Taschentücher, die sie selbst gesäumt hatte, Servietten, deren Monogramm sie gestickt, und fragte:

– Adelaide, ist das gut so?

Und Mutting antwortete, indem sie den Gegenstand gleichgiltig betrachtete:

– Gieb Dir doch nicht solche Mühe, meine arme Liese.

Eines Abends, gegen Ende des Monats an einem erstickend heißen Tage, stieg der Mond auf in einer jener klaren, milden Nächte, die einen seltsam bewegen, weich stimmen, begeistern und alles, was von stiller Sehnsucht in der Seele ruht, erwecken. In den schweigenden Salon strömte die milde Luft von den Feldern. Die Baronin spielte mit ihrem Mann im Rundschein, den der Lampenschirm auf den Tisch warf, langsam eine Partie Karten. Tante Liese saß neben ihnen und strickte. Die jungen Leute standen am offnen Fenster und blickten in den mondhellen Garten hinaus. Der Schatten der Linde und Platane fiel auf den großen Rasenplatz, der sich beleuchtet und leuchtend bis zum ganz dunklen Park erstreckte.

Durch den süßen Reiz dieser Nacht, diese nebelhafte Helle, die auf Bäume und Beete fiel, mächtig angezogen, wandte sich Johanna zu ihren Eltern um:

– Papachen, dürfen wir ein bißchen draußen auf dem Rasen vor dem Schloß spazieren gehen?

Der Baron antwortete, ohne sich im Spiel stören zu lassen:

– Geht nur Kinder!

Sie gingen und begannen langsam auf dem großen, hell beleuchteten Rasenstück bis zu dem kleinen Wäldchen hinten auf und nieder zu schreiten.

Die Zeit verstrich, ohne daß sie dachten, wieder hinein zu gehen. Die Baronin war müde und wollte zu Bett:

– Wir müssen die Verliebten herein rufen.

Der Baron warf einen Blick auf den erleuchteten Garten, in dem die beiden Schatten langsam umherwandelten:

– Ach laß sie doch, es ist so wundervoll draußen. Liese erwartet sie schon, nicht wahr Liese?

Die alte Jungfer hob ihre unsteten Augen und antwortete mit ihrer schüchternen Stimme:

– Ja, natürlich, ich will sie erwarten.

Papachen half der Baronin aufstehen und sagte, selbst etwas ermattet von der Hitze des Tages:

– Ich gehe auch zu Bett. – Und er ging mit seiner Frau davon.

Nun stand ihrerseits Tante Liese auf, ließ auf der Stuhllehne die angefangene Arbeit liegen, lehnte sich ans Fenster und blickte in die wundervolle Nacht hinaus.

Das Brautpaar ging ununterbrochen auf dem Rasenplatz auf und ab, vom Wäldchen bis zum Haus, vom Haus bis zum Wäldchen. Sie drückten sich die Hände und sprachen nicht mehr, als wären sie geistesabwesend, ganz ergriffen vom Zauber der Nacht.

Johanna bemerkte plötzlich am Fenster die Gestalt der alten Jungfer, von der Lampe hinter ihr hell abgezeichnet; da sagte sie:

– Da sieh mal, Tante Liese sieht uns zu.

Der Vicomte blickte auf und sagte in jenem gleichgiltigen Ton, der ganz gedankenlos klingt:

– Ja, Tante Liese sieht uns zu.

Und sie ließen sich nicht stören, weiter zu träumen, langsam dahinzuschlendern und sich zu lieben.

Aber der Tau war schon aufs Gras gesunken, und ein kühler Hauch überlief sie.

– Wir wollen lieber hinein gehen, sagte sie. Sie drehten um.

Als sie in den Salon traten, strickte Tante Liese wieder. Sie beugte sich auf ihre Arbeit, und ihre dürren Finger zitterten, als wären sie sehr müde.

Johanna näherte sich ihr:

– Tante, wollen wir nicht schlafen gehen?

Die alte Jungfer erhob ihre Augen, sie waren rot, als hätte sie geweint. Das Liebespaar achtete nicht darauf, aber der junge Mann bemerkte plötzlich, daß die dünnen Schuhe des jungen Mädchens ganz naß geworden waren. Besorgt und zärtlich fragte er:

– Frierst Du nicht an Deinen lieben kleinen Füßchen?

Da begannen plötzlich die Finger der Tante so zu zittern, daß ihr die Arbeit entfiel, der Wollknäul rollte zu Boden, sie verbarg schnell ihr Gesicht in den Händen und fing an krampfhaft und laut zu schluchzen.

Die Brautleute blickten sich erschrocken an, und plötzlich kniete sich Johanna hin, öffnete die Arme und sagte ganz erschrocken:

– Aber, was hast Du denn? Was hast Du denn, Tante Liese?

Da stammelte das arme Wesen mit thränenerstickter Stimme, zusammenzuckend in ihrem Leid:

– Weil, wie er Dich gefragt hat ...... Frierst Du nicht an Deinen ...... Deinen ...... kleinen Füßchen ... ich gedacht habe .... so was hat mir nie jemand gesagt, mir nie .... nie ...

Johanna war überrascht und voll Mitleid, und dennoch kam ihr fast das Lachen bei dem Gedanken, daß jemand Tante Liese seine Liebe erklären könnte. Auch der Vicomte hatte sich abgewandt, seine Heiterkeit zu verbergen. Aber die Tante stand plötzlich auf, ließ den Wollknäul am Boden liegen, den Strickstrumpf auf dem Stuhl und entfloh ohne Licht die dunkle Treppe hinan, indem sie sich nach ihrem Zimmer tastete.

Die beiden jungen Leute waren allein, sie blickten einander lachend, zärtlich an. Johanna sagte:

– Die arme Tante!

Julius meinte: – Sie scheint heute ein bißchen verdreht zu sein!

Sie hielten einander an den Händen und konnten sich nicht entschließen, sich zu trennen, und leise, ganz leise tauschten sie vor dem leeren Stuhl, den eben Tante Liese verlassen, den ersten Kuß.

Am andern Tage dachten sie an die Thränen der alten Jungfer nicht mehr. Die beiden letzten Wochen vor der Hochzeit war Johanna ziemlich still und ruhig, als ob sie müde sei von all den süßen Träumen.

Am Tage, als es nun so weit war, fand sie auch keine Zeit nachzudenken, ihr schien bloß, als wäre ihr ganzer Körper leer, als wären Fleisch, Blut, Knochen geschmolzen unter der Haut, und wenn sie etwas anfaßte, merkte sie, wie ihre Finger zitterten.

Erst in der Kirche, während des Gottesdienstes, fand sie sich wieder.

Sie war verheiratet, verheiratet! Die Dinge, Bewegungen, Ereignisse, die einander gefolgt waren, seit Tagesanbruch, erschienen ihr wie ein Traum, ein wirklicher Traum. Es giebt Augenblicke, wo alles um uns her sich verändert zu haben scheint. Jede Bewegung gewinnt eine neue Bedeutung, sogar die Stunden scheinen nicht mehr ihren Lauf zu gehen.

Sie war wie betäubt, vor allem erstaunt. Noch am Tage vorher war nichts in ihrem Dasein verändert, nur die ewige Hoffnung ihres Lebens kam näher und näher, daß sie sie fast berührte. Als Mädchen war sie gestern eingeschlafen, heute war sie nun Frau.

Sie hatte also die Schwelle überschritten, welche die Zukunft mit allen Freuden, allem ersehnten Glück zu bergen scheint. Ihr war, als hätte sich ein Thor vor ihr geöffnet und als träte sie in das „Ersehnte“ ein.

Die heilige Handlung ging ihrem Ende entgegen, sie traten in die fast leere Sakristei, denn es war niemand eingeladen worden. Dann gingen sie wieder hinaus.

Als sie am Portal erschienen, erklang ein furchtbares Getöse, sodaß die Braut zurückfuhr und die Baronin laut aufschrie. Es war eine Gewehrsalve, die die Bauern abgefeuert, und nun hörte bis zum Schloß die Schießerei nicht mehr auf.

Ein Imbiß war bereit für die Familie, den Ortspfarrer und den von Yport, die jungen Ehegatten und die Zeugen, die sie unter den Großbauern der Nachbarschaft gewählt.

Dann wurde ein kleiner Spaziergang im Garten gemacht, um das Hochzeitsmahl zu erwarten. Der Baron und die Baronin, Tante Liese, der Ortsvorstand und Pfarrer Picot liefen Muttings Allee auf und ab, während in der gegenüber der andere Priester auf und niederschritt und in seinem Brevier las.

Auf der andern Seite des Schlosses hörte man die lärmende Fröhlichkeit der Bauern, die dort im Schatten der Bäume Apfelwein tranken.

Alle Bewohner des Ortes in ihren Sonntagskleidern füllten den Hof; die jungen Burschen und die Mädchen jagten einander.

Johanna und Julius durchschritten das Wäldchen, stiegen auf den Grenzwall, und blickten beide stumm auf das Meer hinaus. Es war ein wenig frisch, trotzdem es Mitte August war, der Nordwind blies, und am klaren, blauen Himmel leuchtete grell die Sonne.

Die jungen Leute gingen, um Schutz zu finden, durch die Haide und wandten sich rechts, nach dem gewundenen, baumbestandenen Thal, das nach Yport hinunter führt. Sowie sie das Dickicht erreicht hatten, traf sie kein Sonnenstrahl mehr, und sie verließen die Straße, um in einen schmalen Pfad einzubiegen, der in das Blättermeer führte. Sie hatten kaum nebeneinander Platz, da fühlte sie, wie sich sein Arm langsam um ihre Taille legte.

Sie sagte nichts, das Herz schlug ihr, ihr stockte der Atem. Tief herabhängende Äste streiften ihr Haar, sie mußten sich oft bücken, um durch zu kommen. Sie riß ein Blatt ab, auf dem zwei Herrgottskäferchen, wie zwei zarte kleine rote Muschelchen saßen, und sagte ganz unschuldig:

– Da ein Pärchen!

Julius berührte ihr Ohr mit den Lippen: – Heute abend wirst Du meine Frau.

Obgleich sie während ihres Landaufenthaltes viel kennen gelernt hatte, dachte sie doch nur an die Poesie der Liebe und war überrascht.

Seine Frau? War sie denn das nicht schon?

Da begann er sie kurz, glühend auf Schläfe und Hals, wo sich die ersten Härchen lockten, zu küssen. Dieser Kuß des Mannes, den sie nicht kannte, ließ sie jedesmal zusammen zucken. Instinktiv beugte sie den Kopf nach der andern Seite, um dieser Liebkosung auszuweichen, die ihr dennoch angenehm war.

Aber plötzlich befanden sie sich am Waldessaum. Sie blieb stehen, sie ängstigte sich doch, fort zu sein, was sollten die andern denken, und sie sagte:

– Wir wollen umkehren.

Er zog den Arm, den er um ihre Taille gelegt, zurück, und als sie sich umdrehte, standen sie sich einander so nahe gegenüber, daß sie ihren Atem gegenseitig im Gesicht spürten und sie blickten sich an, mit jenem starren, erforschenden, ergründenden Blick, in dem zwei Seelen glauben in eine überzugehen. Sie suchten in ihren Augen, hinter ihren Augen, in jenen unergründlichen Tiefen des Wesens zu lesen, sie erforschten einander in stummer, beweglicher Frage. Was würden sie eines für das andere bedeuten? Wie würde dieses Leben werden, das sie heute miteinander begannen? Welche Freuden, welches Glück, oder welche Ernüchterung würden sie in diesem langen, untrennbaren Beieinandersein, das die Ehe war, finden? Und es war ihnen beiden, als hätten sie einander noch nicht gesehen.

Plötzlich legte Julius beide Hände auf die Schultern seiner Frau und küßte sie, wie er sie noch nicht geküßt, mitten auf den Mund mit einem heißen Kuß. Dieser Kuß strömte durch ihren Körper und ging ihr durch Adern und Nerven und traf sie so seltsam, daß sie Julius mit beiden Armen verzweifelt zurückstieß, sodaß er beinahe gefallen wäre.

– Wir wollen gehen, wir wollen gehen, laß uns gehen, stammelte sie.

Er antwortete nicht, aber er nahm ihre beiden Hände und behielt sie in den seinen. Bis zu Haus sprachen sie kein Wort. Der Nachmittag erschien ihnen lang.

Bei sinkender Nacht setzten sie sich zu Tisch.

Gegen normannische Sitte war das Diner einfach und ziemlich kurz. Eine Art Verlegenheit lähmte die Gäste. Nur die beiden Priester, der Ortsvorstand und die vier Pächter, die eingeladen worden waren, gerieten ein wenig in jene fröhliche Laune, die beim Hochzeitsmahl herrschen soll.

Das Lachen schien erstorben, ein Wort des Ortsvorstands führte es zurück. Es war halb neun Uhr, der Kaffee sollte getrunken werden. Draußen unter den Apfelbäumen begann der ländliche Tanz, durch das offene Fenster übersah man das ganze Fest. An den Zweigen hingen Papierlaternen und beleuchteten die Blätter graugrün. Bauern und Bauermädchen drehten sich im Kreis und brüllten eine Art wüster Tanzweise, die schwach von den Klängen zweier Violinen und einer Klarinette, die man auf einen Küchentisch als erhöhtes Orchester gesetzt hatte, begleitet wurde.

Der laute Gesang der Bauern übertönte manchmal vollkommen den Klang der Instrumente. Die zarte Instrumentalmusik, zerrissen durch das wüste Gebrüll, schien in Fetzen vom Himmel zu fallen, nur in Bruchstücken einzelner, verstreuter Noten.

Zwei große Fässer, von zwei Fackeln hell beleuchtet, spendeten der Menge zu trinken. Zwei Mägde spülten unaussetzt in einem Troge Gläser und Schalen, um sie dann noch wassertriefend, unter die Hähne zu halten, aus denen der rote Strahl des Weines und der goldene des reinen Apfelweines schoß, und die durstigen Tänzer, die stillen Alten, die schwitzenden Mädchen drängten sich herbei und streckten die Arme aus, um ein Trinkgefäß zu erwischen und sich, den Kopf hinten über gebeugt, das Getränk, das sie am liebsten hatten, in die Kehle zu gießen.

Auf einem Tische standen Butter, Brot, Käse, Würste. Jeder aß von Zeit zu Zeit einen Bissen, und unter dem erleuchteten Blätterdach gab dieses gesunde, derbe Fest den trübseligen Gästen im Saale die Lust ein, auch zu tanzen, aus der Wölbung dieser mächtigen Tonnen zu trinken und dazu ein Stück Butterbrot mit roher Zwiebel zu essen.

Der Ortsvorstand, der mit seinem Messer den Takt schlug, rief:

– Jesses nochmal, das ist aber fein heute. So etwa, wie die Hochzeit von Kanaak.

Erstickte Gelächter erscholl. Aber Pfarrer Picot, ein geschworener Feind der staatlichen Obrigkeit, entgegnete:

– Sie meinen, Kana!

Der andere wollte davon nichts wissen:

– Ne, Herr Pfarr', ich verschtehe schon, wenn ich Kanaak sage, is 's äm Kanaak!

Man stand auf, ging in den Salon, dann mal wieder zu der angetrunkenen Menge draußen, und endlich zogen sich die Gäste zurück.

Der Baron und die Baronin hatten leise einen Streit mit einander. Madame Adelaide, mehr außer Atem, denn je, schien das nicht thun zu wollen, was der Baron von ihr verlangte. Endlich sagte sie fast laut:

– Nein lieber Freund, das kann ich nicht, ich wüßte wirklich nicht, wie ich das anfangen sollte.

Da ließ sie Papachen plötzlich stehen und ging zu Johanna:

– Kleine, wir wollen mal ein bißchen mit einander spazieren gehen.

Sie antwortete ganz ernst:

– Wie Du willst Papa. – Und sie gingen hinaus. Sobald sie draußen vor der Thür waren auf der Seite nach dem Meer zu, blies ihnen ein trockener Wind, einer jener Sommerwinde, die schon etwas vom Herbst an sich haben, entgegen.

Wolken jagten über den Himmel, bedeckten die Sterne und enthüllten sie dann wieder.

Der Baron preßte den Arm seiner Tochter an sich und drückte ihr zärtlich die Hand. Sie gingen ein paar Minuten so dahin, er schien verlegen und unentschlossen, endlich entschied er sich, zu beginnen.

– Mein kleines Hannchen, ich habe eine schwierige Pflicht zu erfüllen, die eigentlich der Mama zukommt, aber da sie nicht will, so muß ich es eben thun. Ich weiß nicht, was Du von den Dingen der Existenz weißt; es giebt Sachen, die man den Kindern sorgfältig verbirgt, vor allem den Mädchen. Mädchen, die reinen Geistes bleiben sollen, von tadelloser Unberührtheit bis zur Stunde, da wir sie dem Manne geben, der für ihr Glück zu sorgen hat.

Er zuerst soll den Schleier lüften, der über das süße Geheimnis des Lebens gebreitet liegt. Aber, wenn noch nie ein Gedanke an derartiges die jungen Mädchen berührt hat, werden sie sich oft durch die etwas brutale Wirklichkeit, die hinter diesen Träumen verborgen liegt, verletzt fühlen, sogar körperlich verletzt, und ihrem Gemahl verweigern, was das Gesetz, menschliches wie natürliches, ihm als sein gutes Recht zuspricht. Liebes Kind, ich kann Dir nicht mehr sagen, aber vergiß nur das eine nicht, daß Du Deinem Manne ganz und gar gehörst.

Was wußte sie wohl? Was ahnte sie? Sie fing an zu zitttern. Eine bedrückende, schmerzliche Melancholie überfiel sie, beinahe wie ein Vorgefühl.

Sie gingen wieder hinein. An der Thür des Salons wartete ihrer eine Überraschung. Frau Adelaide schluchzte an Julius' Brust. Der geräuschvolle Thränenausbruch, der ihr entströmte, schien ihr zu gleicher Zeit aus Nase, Mund und Augen zu kommen, und der junge Mann stützte linkisch und verlegen, die dicke Frau, die sich in seine Arme geworfen, um ihm die geliebte, süße, angebetete, kleine Tochter ans Herz zu legen.

Der Baron trat hinzu: – Aber bitte, nur keine Szene jetzt, keine Weichheit.

Er nahm seine Frau, drückte sie in ihren Stuhl, während sie sich das Gesicht wischte. Dann wandte er sich zu Johanna:

– Nun küß mal schnell die Mama und dann geh schlafen.

Selbst den Thränen nahe, umarmte sie ihre Eltern und entfloh.

Tante Liese hatte sich schon auf ihr Zimmer zurückgezogen. Der Baron und Julius blieben mit der Baronin allein, und sie waren alle drei so verlegen, die beiden Männer im Frack dastehend und nicht wissend, wohin sie blicken sollten, Frau Adelaide immer noch wortlos schluchzend, in den Stuhl hingegossen. Als die Verlegenheit unerträglich ward, fing der Baron an, von der Reise zu sprechen, die die jungen Leute in ein paar Tagen antreten sollten.

Johanna ließ sich in ihrem Zimmer von Rosalie entkleiden, der auch die Thränen nur so herunter liefen, und die umhertastenden Hände trafen weder die Senkel noch die Nadeln, und sie schien noch bewegter zu sein, als ihre Herrin. Aber Johanna dachte kaum an die Thränen ihres Mädchens. Ihr schien, als wäre sie auf einer andern Welt, auf einem andern Gestirn, getrennt von allem was sie kannte, von allem was sie geliebt. Ihr ganzes Leben, ihr ganzes Denken schien ihr umgestürzt, und sie stellte sich sogar die seltsame Frage: „Liebte sie eigentlich ihren Mann?“ Er erschien ihr plötzlich wie ein Fremder, den sie kaum kannte. Vor drei Monaten noch wußte sie nicht, daß er überhaupt existierte, – und jetzt? Jetzt war sie seine Frau! Wozu das? Warum so schnell in die Ehe stürzen, wie in ein Loch, das sich vor unsren Füßen aufgethan.

Sobald sie im Nachtgewand war, legte sie sich zu Bett, und das etwas frische Laken, das ihre Haut erschauern ließ, fügte noch ein Gefühl von Kälte zu dem der Einsamkeit und Traurigkeit hinzu, das seit zwei Stunden auf ihrer Seele lastete.

Immer noch weinend lief Rosalie davon, und Johann wartete. Sie erwartete ängstlich mit verzagtem Herzen jenes unbestimmt erratene und durch die verlegenen Worte des Vaters angekündigte, geheimnisvolle große Geheimnis der Liebe.

Ohne daß sie gehört hatte, daß jemand die Treppe herauf gekommen, klopfte es dreimal leise an die Thür. Sie zitterte entsetzlich und antwortete nicht. Man klopfte wieder, dann knarrte das Schloß. Sie versteckte den Kopf unter den Decken, als ob ein Dieb eingedrungen wäre. Leise klangen Stiefel auf dem Parquet, und plötzlich berührte etwas ihr Bett.

Sie bekam einen nervösen Schreck und stieß einen leisen Schrei aus, und als sie den Kopf unter der Decke hervor streckte, sah sie Julius vor sich stehen, der sie anblickte.

– Du hast mich so erschreckt, sagte sie.

Er gab zurück:

– Du erwartetest mich also nicht?

Sie antwortete nicht. Er war im Frack, und sah hübsch aus mit seinem ernsten Gesicht. Sie empfand eine fürchterliche Scham, vor diesem so tadellos angezogenen Mann so dazuliegen.

Sie wußten nichts zu sagen oder zu thun, und in dieser ernsten, entscheidenden Stunde, von der das geheime Glück des ganzen Lebens abhing, wagten sie es nicht einmal, sich anzusehen.

Er fühlte vielleicht unbestimmt, welche Gefahr in diesem Kampfe liegt und welch starke Selbstbeherrschung, welch geschickte Zärtlichkeit nötig war, um die feine Scham und alle die zarten Gefühle einer jungfräulichen, von Träumen erfüllten Seele nicht zu verletzen.

Da nahm er behutsam ihre Hand und küßte sie, er kniete vor ihrem Bett, wie vor einem Altar, nieder und sagte kaum hörbar:

– Willst Du mich lieb haben?

Sie war plötzlich beruhigt und hob vom Kopfkissen ihr spitzenumgebenes Köpfchen, indem sie lächelte:

– Ich liebe Dich ja schon, Du lieber Freund!

Er legte die kleinen, feinen Finger seiner Frau an seinen Mund und sprach mit, durch diesen Knebel gedämpfter Summe:

– Willst Du mir auch beweisen, daß Du mich liebst?

Sie antwortete wieder ganz verwirrt, ohne recht zu verstehen, was sie sagte, und indem sie der Worte ihres Vaters gedachte:

– Ich bin Dein, lieber Freund!

Er bedeckte ihre Hand mit feuchten Küssen, stand langsam auf und näherte sich ihrem Gesicht, das sie wieder zu verstecken suchte.

Plötzlich griff er über das Bett hinüber, umarmte seine Frau über der Decke, wahrend der andere Arm unter das Kopfkissen glitt. Er hob es mit ihrem Kopf und fragte ganz leise:

– Willst Du mir dann ein wenig Platz an Deiner Seite machen?

Sie hatte Angst, eine instinktive Angst, und stammelte:

– O bitte noch nicht.

Er schien enttäuscht zu sein, etwas erkältet, und begann wieder, zwar noch in bittendem Ton, aber dringender:

– Warum später, wenn wir es doch schließlich thun?

Sie war böse über diese Worte, aber unterwürfig und resigniert, wiederholte sie zum zweiten Male:

– Ich bin Dein!

Da verschwand er schnell im Toilettenzimmer, und sie hörte deutlich seine Bewegungen, das Ausziehen von Kleidern, das Klimpern von Geld in der Tasche und das Aufschlagen der Stiefel.

Und plötzlich kam er eilig in Unterbeinkleidern und Strümpfen durch das Zimmer, um seine Uhr auf den Kamin zu legen, dann kehrte er wieder um, lief in das kleine Nebenzimmer, kramte dort noch eine Weile, und Johanna warf sich schnell auf die andere Seite und schloß die Augen, als fühlte sie, daß er käme.

Sie duckte sich zusammen, als wollte sie aus dem Bett springen, als sich plötzlich gegen ihr Bein ein anderes kaltes behaartes Bein schob, und das Gesicht in den Händen, bereit zu schreien vor Angst und Entsetzen, rückte sie ganz weit hinein ins Bett.

Da nahm er sie in die Arme, obgleich sie ihm den Rücken kehrte und küßte wütend ihren Hals, die losen Spitzen ihres Nachthäubchens und den gestickten Kragen des Hemds. Sie bewegte sich nicht, ganz starr vor Schrecken, als sie eine kräftige Hand fühlte, die nach ihrer zwischen den Ellbogen versteckten Brust tastete. Bei dieser heftigen Bewegung atmete sie schnell, hatte Lust aufzuspringen, davon zu laufen durch das Haus, sich irgendwo einzuschließen, weit fort von diesem Mann.

Er bewegte sich nicht. Sie fühlte seine Wärme im Rücken, da ward ihr Entsetzen gelinder, und sie dachte plötzlich daran, daß sie nur sich umzudrehen brauchte, um ihn zu umarmen. Endlich schien er unruhig zu werden und sagte mit betrübter Stimme:

– Willst Du denn nicht meine kleine Frau sein?

Sie flüsterte zwischen den Fingern hindurch: – Bin ich es denn nicht schon? Er antwortete mit leisem Ton und einem Schimmer von Unwillen:

– Aber nein, mein Kind, Du machst Dich ja lustig über mich.

Sie war ganz erschrocken über den unzufriedenen Ton seiner Stimme, und plötzlich drehte sie sich zu ihm um, ihn um Verzeihung zu bitten. Er umschlang sie heftig, heißhungrig, und mit schnellen Küssen, mit beißend wütenden Küssen bedeckte er ihr Gesicht und ihren Hals, indem er sie erstickte in

Zärtlichkeiten. Sie hatte die Hände geöffnet und blieb wie tot bei seinem Angriff. Sie wußte nicht mehr, was sie that, was er that, ihr war, als wären ihr die Sinne geschwunden.

Was darauf geschah? Sie hatte kaum eine Erinnerung daran, denn sie war wie besinnungslos. Es war ihr nur, als überhäufte er ihre Lippen mit dankbaren Küssen. Dann sprach er mit ihr und sie antwortete. Dann näherte er sich ihr wieder, aber sie stieß ihn mit Entsetzen zurück und endlich, müde der vergeblichen Anstrengungen, blieb er unbeweglich auf dem Rücken liegen.

Da dachte sie nach. Sie sagte sich, verzweifelt bis in die Tiefen ihrer Seele, ernüchtert nach einem so ganz anders geträumten Rausch, nach einer süßen Erwartung, die sie getragen, nach einer Glückseligkeit, die zerstört war: – Das nennt er seine Frau sein! Das! Das!

Und verzweifelt blieb sie lange so liegen, indem sie die Blicke über die Tapeten gleiten ließ, über die alte Liebeslegende an den Wänden ihres Zimmers.

Aber als Julius nichts mehr sprach und sich nicht mehr bewegte, wandte sie den Blick langsam zu ihm und sah, daß er schlief. Er schlief mit halboffnem Munde und ruhigen Zügen. Er schlief!

Sie konnte es nicht glauben. Sie fühlte sich empört, fast mehr dadurch beleidigt, daß er schlief, als durch seine Roheit. Konnte er in solcher Nacht schlafen?

Was zwischen ihnen geschehen war, war also nichts Besonderes für ihn. Ach, es wäre ihr lieber gewesen, er hätte sie geschlagen, überwältigt, mit verhaßten Liebkosungen gequält, bis zur Bewußtlosigkeit.

Unbeweglich auf einen Arm gestützt, zu ihm geneigt, blieb sie so und hörte zwischen seinen Lippen den Atem gehen, der manchmal wie Schnarchen klang.

Es ward Tag, zuerst trübe, dann heller, dann rosenjarben, dann leuchtend hell.

Julius schlug die Augen auf, gähnte, reckte die Arme, blickte seine Frau an, lächelte und fragte:

– Hast Du gut geschlafen, liebes Kind?

Sie antwortete:

– Jawohl, und Du?

Er sagte:

– Ganz ausgezeichnet! Dann wandte er sich zu ihr, küßte sie und fing an, ruhig zu schwatzen.

Er setzte ihr seinen Lebensplan auseinander, sprach etwas von Sparsamkeit, und da dies Wort sich öfters wiederholte, verwunderte dies Johanna. Sie hörte ihm zu, ohne eigentlich recht zu verstehen, was er da sagte, blickte ihn an, dachte plötzlich an tausend Dinge, die geschehen, und die ihr kaum recht zu Sinn gekommen.

Es schlug acht Uhr. – O wir müssen aufstehen, wir würden uns lächerlich machen, wenn wir so lange liegen blieben.

Er stand zuerst auf; als er sich angezogen hatte, half er artig seiner Frau bei allen Einzelheiten ihres Anzugs und erlaubte nicht, daß sie Rosalie rief.

Johanna zeigte sich erst zum Frühstück, und der Tag verstrich wie gewöhnlich, als ob nichts Neues geschehen wäre. Es war nur ein Mensch mehr im Hause.

V

Vier Tage später kam der Reisewagen, der sie nach Marseille bringen sollte.

Nach den Ängsten des ersten Abends hatte sich Johanna schon an Julius gewöhnt, an seine Küsse, an seine Zärtlichkeiten, obgleich ihr Widerwille bei ihren intimen Berührungen sich noch nicht gemindert.

Sie fand ihn hübsch und sie liebte ihn ja; sie ward wieder heiter und glücklich:

Das Abschiednehmen war kurz und ohne Trauer, nur die Baronin schien bewegt zu sein, und im Augenblick, wo der Wagen sich in Bewegung setzte, legte sie einen großen Geldbeutel, der schwer war wie Blei, in die Hände der Tochter, mit den Worten:

– Das ist für Deine kleinen Ausgaben als junge Frau.

Johanna that ihn in ihre Handtasche, und die Pferde zogen an.

Gegen Abend frug Julius:

– Wie viel hat Dir denn Deine Mutter in diesem Geldbeutel gegeben?

Sie dachte nicht mehr daran und schüttete ihn auf ihrem Schoß aus. Ein Goldstrom ergoß sich: zweitausend Franken! Sie klatschte in die Hände: – Davon mache ich aber Dummheiten. – Und damit schloß sie das Geld wieder ein.

Nach achttägiger Fahrt in fürchterlicher Hitze kamen sie in Marseille an.

Und am andern Tag trug sie der „König Ludwig," ein kleiner Dampfer, der nach Neapel fuhr und in Ajaccio anlegte, nach Korsika.

Korsika! Das Korsika der Dichter, der Räuber, der Berge! Die Heimat Napoleons! Es schien Johanna, als wäre sie nicht mehr in der Wirklichkeit, sondern in wachem Traum.

Seite an Seite standen sie auf dem Deck und sahen die Küsten der Provence verschwinden. Das Meer streckte sich unbeweglich wie erstarrt, in tiefem Azur, wie gehärtet von dem glühenden Sonnenlicht, unter dem unendlichen Himmel aus, in einem Blau, das fast übertrieben schien.

Sie sagte:

– Erinnerst Du Dich noch an unsre Bootfahrt mit dem alten Lastique?

Statt zu antworten, küßte er sie schnell aufs Ohr.

Die Räder des Dampfers peitschten das Wasser und störten seinen tiefen Schlaf, und hinter ihnen zog eine Schaumspur, eine lange, bleiche Straße hin, in der das aufgewirbelte Wasser wie Champagner moussierte, bis sich die Kielspur des Schiffes ganz in der Ferne verlor.

Plötzlich sprang am Vorderteile, nur ein paar Klafter entfernt, ein Riesenfisch, ein Delphin, aus dem Wasser. Dann schoß er, den Kopf voran, wieder ins Wasser. Johanna war ganz erschrocken, schrie auf und barg sich an Julius' Brust. Darauf lächelte sie über ihre Angst und beobachtete ängstlich, ob das Tier nicht wieder erschien. Nach ein paar Minuten schoß es wieder hervor, wie ein großes, aufgezogenes Spielzeug mit Uhrwerk, dann tauchte es wieder unter, kam von neuem an die Oberfläche, darauf erschienen zwei, dann drei, endlich sechs, die um das schwere Schiff herum zu hüpfen schienen, als ob sie ihren mächtigen Bruder, den hölzernen Fisch mit eisernen Flossen, begleiten wollten.

Sie zeigten sich rechts vom Schiff, kamen dann links wieder zum Vorschein, manchmal alle zusammen, dann wieder einer nach dem andern und schossen spielend, in fröhlicher Verfolgung, in einem mächtigen Satz, der einen großen Bogen beschrieb, in die Luft, um wieder unterzutauchen.

Johanna klatschte in die Hände und zuckte ganz glückselig jedes Mal zusammen, wenn die riesengeschwänzten Schwimmer erschienen. Ihr Herz klopfte in toller, kindlicher Freude.

Plötzlich verschwanden sie, man sah sie noch ein Mal, ganz weit nach dem offnen Meer zu, und dann nicht wieder. Ein paar Sekunden war Johanna traurig darüber.

Der Abend kam, ein stiller, süßer, heiterer Abend, voll Helligkeit und glücklichem Frieden. Nichts regte sich in Luft und Wasser. Diese unendliche Ruhe des Meeres und des Himmels teilte sich auch den Seelen mit, die keine Erregung störte.

Die Sonne sank langsam drüben nach dem unsichtbaren Afrika, dem Afrika, der glühenden Erde, deren Hauch man schon zu spüren meinte, nieder, aber ein frischer Luftzug, der daheim kaum ein Lüftchen gewesen Ware, traf das Gesicht, als das Gestirn untergegangen.

Sie wollten nicht in die Kajüte gehen, wo es nach allen unangenehmen Düften der Dampfboote roch, und streckten sich in die Mäntel gewickelt, Seite an Seite auf dem Verdeck aus. Julius schlief sofort ein, aber Johanna, die das Neue der Reise reizte und erregte, behielt die Augen offen. Das gleichmäßige Geräusch der Räder wiegte sie ein, und über sich sah sie Legionen von Sternen, klar und flimmernd an diesem reinen, südlichen Himmel.

Gegen Morgen nickte sie ein. Lärm und Stimmen weckten sie auf. Die Matrosen reinigten singend das Schiff. Sie weckte ihren unbeweglich schlafenden Mann und sie standen auf.

Gierig sog sie die salzige Seeluft ein, die sie durchströmte bis in die Fingerspitzen, überall war nur Meer, und doch dämmerte vorn etwas Großes, etwas noch Unbestimmtes im Licht des erwachenden Tages; etwas wie zusammengeballte Wolken, spitz und zersägt, schien auf der Flut zu liegen. Dann ward es deutlicher. Am hellen Himmel zeichneten sich die Formen immer mehr ab. Eine lange Kette von seltsamen, spitzen Bergen tauchte auf: Korsika im leichten Nebelschleier.

Und dahinter stieg die Sonne empor und zeichnete alle die Bergspitzen dunkel ab, dann begannen alle die Gipfel aufzuflammen, während der übrige Teil der Insel noch in den Dämpfen lag.

Der Kapitän, ein alter, kleiner Mann, dunkelbraun von Wind und Wetter, erschien auf Deck, und mit seiner, durch dreißig Jahre Kommandoton und durch das Schreien im Sturm, heiseren Stimme, sagte er zu Johanna:

– Riechen Sie das alte, brave Land?

Sie roch in der That einen fremdartigen, sonderbaren, starken Pflanzengeruch.

Der Kapitän fuhr fort:

– Das ist Korsika, das so riecht! Ein ganz eignes Parfüm, wie bei einer hübschen Frau! Wenn ich zwanzig Jahre nicht wieder hinkäme, erkennte ich's auf fünf Meilen gleich wieder. Ich bin daher. Er da unten auf Sankt Helena spricht immer von dem Duft seines Heimatlandes. Er ist nämlich von meiner Familie.

Und der Kapitän zog den Hut, um Korsika zu grüßen und grüßte da drüben am Horizont den großen gefangenen Kaiser, der aus seiner Familie stammte.

Johanna war so bewegt, daß sie fast geweint hätte.

Julius stand neben seiner Frau, hielt sie um die Taille gefaßt, und beide blickten in die Weite, um Korsika zu sehen.

Endlich entdeckten sie ein paar Felsen in Pyramidenform, die das Schiff bald umkreiste, um in einen mächtigen Meerbusen einzulaufen, von einer Menge hoher Gipfel umgeben, deren Hänge mit Moos bedeckt schienen.

Der Kapitän deutete auf das Grün und sagte:

– Das ist das Dickicht.

Je näher sie dem Lande kamen, desto mehr schien sich der Kreis der Berge hinter dem Schiff zu schließen. Es schwamm langsam dahin in der blauen See, deren Flut so durchsichtig war, daß man ab und zu den Grund sah.

Und plötzlich erschien hinten im Hafen, am Ufer des Meeres und am Fuß der Berge, ganz weiß die Stadt.

Im Hafen lagen ein paar kleine, italienische Schiffe vor Anker. Vier oder fünf Boote kamen und umkreisten den „König Ludwig," um seine Passagiere abzuholen.

Julius, der das Gepäck zusammen suchte, fragte leise seine Frau:

– Nicht wahr, wenn ich dem Stewart zwanzig Sous gebe, ist's genug.

Seit acht Tagen fragte er immerfort in dieser Weise, und sie litt jedesmal darunter.

Ungeduldig antwortete sie:

– Wenn man nicht weiß, ob man genug giebt, giebt man lieber zu viel!

Immerfort stritt er sich mit Hotelbesitzern und Kellnern, mit Kutschern und allen Leuten, die etwas verkauften, und wenn er etwas abgehandelt hatte, sagte er jedesmal zu Johanna, indem er sich die Hände rieb:

– Ich mag nicht betrogen werden!

Sie zitterte immer, wenn die Rechnung kam, denn sie wußte schon, wie er über jeden einzelnen Ansatz seine Bemerkungen machte. Dieses Schachern und Feilschen demütigte sie, und sie ward dunkelrot unter dem verächtlichen Blick der Dienstboten, die ihrem Manne nachsahen, das unanständige, knappe Trinkgeld in der Hand. Und nun stritt er sich wieder mit dem Bootsführer, der sie ans Land brachte.

Der erste Baum, den sie sah, war eine Palme.

In einem großen, leeren Hotel, an der Ecke eines mächtigen Platzes, stiegen sie ab und ließen sich das Frühstück bringen.

Sobald sie fertig waren, und Johanna aufstehen wollte, um ein wenig durch die Stadt zu bummeln, nahm sie Julius beim Arm und flüsterte ihr zärtlich ins Ohr:

– Wollen wir nicht ein bißchen zu Bett gehen, Kleine?

Sie war erstaunt:

– Schlafen, aber ich bin nicht müde.

Er umschlang sie:

– Ich möchte gern, begreifst Du nicht? Zwei Tage schon...

Sie ward purpurn vor Scham und stammelte:

– Aber jetzt, was soll man denn von uns denken? Was sollen die Leute sagen? Du kannst doch nicht jetzt am hellenlichten Tag ein Zimmer verlangen, ich bitte Dich Julius ...

Aber er fiel ihr ins Wort:

– Das ist mir ganz gleich, was die Leute im Hotel sagen und denken. Du wirst gleich sehen, wie schnuppe mir das ist. – Und er klingelte.

Sie sagte nichts mehr und schlug die Augen nieder, seelisch und körperlich empört über diesen unausgesetzten Wunsch ihres Mannes, sich immer nur mit Ekel ergebend, resigniert aber gedemütigt nachgebend, indem sie darin etwas Tierisches, Erniedrigendes, Schmutziges sah.

Ihre Sinne schliefen noch, und er behandelte sie, als hätte sie seine Gluten geteilt.

Als der Kellner kam, verlangte Julius, daß sie auf ihr Zimmer geführt würden. Der Mann, ein richtiger Korse, bärtig bis zu den Augen hinauf, verstand nicht und sagte, das Zimmer würde zur Nacht bereit sein.

Julius aber ward ungeduldig und erklärte:

– Nein, sofort, wir sind müde von der Reise und wollen uns ausruhen.

Da glitt ein Lächeln über das Antlitz des Bediensteten, und Johanna wäre am liebsten davon gelaufen.

Als sie eine Stunde später wieder herunterkamen, wagte sie kaum an den Leuten, die ihr begegneten, vorüber zu gehen, sie meinte sie müßten hinter ihrem Rücken lächeln und flüstern. Und sie trug es Julius innerlich nach, daß er sie nicht begriff, daß er nicht die feine Scham, nicht den Takt hatte; und zwischen sich und ihm fühlte sie wie einen Schleier, eine Kluft, indem sie zum ersten Male ahnte, daß zwei Menschen nie einander, bis in ihre Seele, bis in die Tiefe ihrer Gedanken erforschen, daß sie nebeneinander hergehen können, oft Arm in Arm, aber nie eins, und daß das Tiefste, Innerste eines jeden von uns im Leben doch ewig einsam bleibt.

Sie verweilten drei Tage in der kleinen Stadt, die in der Tiefe ihres blauen Golfes versteckt, im Schutz ihrer Bergwände, die niemals einen Windhauch hinein ließen, heiß war, wie ein Hochofen.

Dann wurde der Reiseplan festgesetzt, und um allen Schwierigkeiten gewachsen zu sein, entschlossen sie sich, Pferde zu mieten. Sie nahmen also zwei kleine, unermüdliche, korsische Hengste mit blitzenden Augen und machten sich eines Morgens bei Tagesanbruch auf den Weg.

Ein Führer auf einem Maultiere begleitete sie und trug die Vorräte, denn in diesem wilden Lande giebt es keine Wirtshäuser.

Zuerst folgte die Straße dem Hafen und verschwand dann in einem nicht sehr tiefen Thal, das zu den hohen Bergen führte. Manchmal kamen sie durch fast ausgetrocknete Gebirgsbäche, nur der letzte Rest eines Wässerchens sickerte noch unter den Steinen wie ein verstecktes Tier und gluckste leise.

Das unbebaute Land schien ganz kahl zu sein, die Abhänge waren mit hohem Gras bedeckt, das in dieser heißen Jahreszeit ganz gelb geworden. Ab und zu begegnete man einem Gebirgsbewohner, sei es zu Fuß, sei es auf seinem kleinen Pferde, oder seitwärts sitzend auf einem kleinen Esel, der nicht größer war, wie ein Hund. Alle trugen ein geladenes Gewehr auf dem Rücken, alte, verrostete Waffen, aber doch furchtbar in ihrer Hand.

Der scharfe Geruch der aromatischen Pflanzen, mit denen die Insel bedeckt ist, schien die Luft zu verdicken.

Die Straße folgte langsam steigend in langen Windungen dem Berge. Die Gipfel aus rotem oder bläulichem Granit gaben der Gegend etwas Märchenhaftes, und an den niedrigeren Hängen sahen die riesigen Kastanienwälder aus, wie kleine, grüne Gebüsche, so gewaltig sind hier die Höhenverhältnisse.

Ab und zu streckte der Führer gegen die zerrissenen Berge die Hand aus und nannte einen Namen. Johanna und Julius blickten hin, sahen nichts Besonderes, bis sie endlich etwas Graues entdeckten, wie einen Steinhaufen, der vom Gipfel abgebröckelt zu sein schien. Es war ein Dorf, eine kleine, granitene Ortschaft, die dort oben lag, angeklebt wie ein richtiges Vogelnest, an den riesigen Bergen fast verschwindend.

Das lange Schrittreiten machte Johanna fast ungeduldig. – Wir wollen etwas schneller reiten, sagte sie und trieb ihr Pferd an; aber als sie ihren Mann nicht neben sich galoppieren hörte, drehte sie sich um und fing sofort laut an zu lachen, als sie ihn in langen Sätzen herankommen sah, totenbleich, die Hände in der Mähne des Pferdes fest gekrallt. Bei seinem guten Aussehen, seiner schönen ritterlichen Gestalt, war seine Ungeschicklichkeit und Angst um so komischer. Da fingen sie an langsam zu traben, der Weg führte jetzt zwischen zwei unendlichen Reihen von Buschwerk dahin, die gleich einem Mantel die ganzen Berge bedeckten. Das war das korsische Dickicht, jenes undurchdringliche Dickicht, gebildet aus Eichen-, Wachholder-, Erdbeerbüschen, Mastiks, Alaternen, Laichkraut, Lorbeer-, Myrten- und Buchsbäumen, die in einander gewachsen, sich wie Haare verwirrten. Dazu Waldreben und riesige Farrenkräuter, Jelänger-Jelieber, Rosmarin, Dornen und Dornengestrüpp, die die Bergrücken mit undurchdringlicher Decke überzogen.

Sie hatten Hunger. Der Führer holte sie ein und brachte sie an eine jener reizenden Quellen, die in diesen zerklüfteten Bergen so häufig sind. Ein schmaler, eisigkalter Wasserstrahl, der aus einem kleinen Felsspalt brach und über ein Kastanienblatt lief, das irgend ein Vorübergehender dahin gelegt, um die kleine Quelle bequem bis in den Mund des Durstigen zu leiten, erquickte sie.

Johanna fühlte sich so glücklich, daß sie an sich halten mußte, um nicht laut aufzujubeln.

Sie setzten ihren Ritt fort und den Golf von Sagone umkreisend, stiegen sie wieder hinab.

Gegen Abend kamen sie durch Cargese, ein griechisches Dorf, das einst Flüchtlinge gegründet, die aus ihrem Vaterland Vertrieben worden. An einem Brunnen standen große, schöne, schlanke Mädchen mit länglichen Händen, seiner Taille, wundervoll graziös. Julius rief ihnen guten Abend zu. Sie antworteten in singendem Ton in der harmonischen Sprache ihres ehemaligen Vaterlandes.

Als sie nach Piana kamen, mußten sie in einem Hause um Gastfreundschaft bitten, wie in alten Zeiten und in einsamen Gegenden. Johanna zitterte vor Freude, während sie warteten, bis die Thür sich öffnete, an welche Julius geklopft. Ja, das war einmal eine Reise mit allen Überraschungen unentdeckter Straßen.

Sie kamen gerade zu einem jungen Ehepaar. Man empfing sie, wie wohl einst die Patriarchen den von Gott gesandten Gast empfingen. Sie schliefen auf einer Schütte Mais in dem alten, baufälligen Hause, in dessen Gebälk die Bohrwürmer ihre langen Gänge zogen, so daß es schien, als ob das ganze Haus lebte und atmete.

Bei Tagesanbruch brachen sie auf und befanden sich bald vor einem Wald, einem wirklichen Wald von rotem Sandstein; da standen Spitzen, Säulen, Kirchtürme, wundersame Gestalten die der Zahn der Zeit, der nagende, rüttelnde Sturm, die Seeluft aus den Felsen gefressen hatten.

Diese wundersamen Felsgebilde waren bis zu dreihundert Meter hoch, schmal, abgerundet, schlank, gewunden, ungestalt, phantastisch und seltsam. Sie glichen Bäumen, Pflanzen, Tieren, Monumenten, Menschen, Mönchen in langen Gewändern, gehörnten Teufeln, riesigen Vögeln, eine ganze Welt von Spuk-Gestalten, die irgend eine eigenwillige Gottheit in Stein verwandelt.

Johanna sprach nicht mehr, ihr war das Herz beklommen. Sie nahm Julius Hand, drückte sie, im Bedürfnis, jemand zu fühlen und zu lieben angesichts der Schönheit der Natur.

Und plötzlich, als sie aus diesem Chaos traten, lag ein neuer Meerbusen vor ihnen, rings von blutroter Granitwand eingerahmt.

Im blauen Meer spiegelten sich die scharlachnen Felsen. Johanna stammelte:

– O Julius!

Sie fand keine anderen Worte, sie war ganz weich vor Bewunderung, die Kehle ihr wie zugeschnürt. Zwei Thränen standen in ihren Augen. Er sah sie erstaunt an und fragte:

– Was hast Du denn, Kindchen?

Sie wischte die Wangen, lächelte und sagte mit leise bebender, zitternder Stimme:

– Nichts! Ich bin nervös, ich weiß nicht, es hat mich so gepackt! Ich bin so glücklich, daß mir die geringste Sache solchen Eindruck macht!

Er begriff diese weibliche Nervosität nicht, die zitternden Stimmungen, die durch ein nichts in Schwingung gebracht werden und die der Enthusiasmus packt wie eine Katastrophe, die ein unbestimmter Eindruck aus Rand und Band bringt, vor Freude wie Verzweiflung.

Diese Thränen erschienen ihm lächerlich, und nur mit dem schlechten Weg beschäftigt, sagte er:

– Paß lieber auf Dein Pferd auf!

Auf beinahe ungangbarem Pfade stiegen sie zum Golf herab, dann wandten sie sich rechts, um das dunkle Thal Ota zu durchschreiten.

Aber der Weg war beschwerlich. Julius schlug vor:

– Wir wollen doch zu Fuß hinauf. – Sie war einverstanden, sie freute sich mit ihm allein zu sein nach der eben durchgemachten Gemütsbewegung.

Der Führer ging mit den Pferden voran, und sie folgten langsam.

Der Berg war gespalten von oben bis unten, der Weg führt in diese Kluft hinein, zwischen zwei gewaltigen Mauern hin, und ein Gebirgsstrom braust daneben. Eisig ist die Luft, der Granit scheint ganz schwarz und, daß man oben einen schmalen Streifen vom blauen Himmel sieht, setzt ganz in Staunen.

Plötzlich klang ein Rauschen, und Johanna fuhr zusammen. Sie blickte auf, ein Riesenvogel flog aus einem Spalt. Es war ein Adler. Seine ausgebreiteten

Schwingen schienen die beiden Seitenwände zu berühren, und er stieg zum Himmel empor, wo er verschwand.

Weiter oben teilte sich der Riß im Berge, zwischen den beiden Schluchten führte der Weg im steilen Zick-Zack empor. Johanna eilte leichten Fußes voraus, unter ihren Füßen rollten die Steine, und furchtlos beugte sie sich über den Abgrund. Er folgte ihr außer Atem, den Blick zu Boden gesenkt, weil er fürchtete, schwindlig zu werden.

Plötzlich überflutete sie die Sonne, daß sie meinten aus der Hölle zum Himmelslichte emporzusteigen. Sie hatten Durst, und eine feuchte Spur zeigte ihnen durch ein Steinlabyrinth den Weg zu einer winzigen Quelle, die ein Stück durch einen gehöhlten Baumstamm geleitet war, zum Gebrauch der Hirten. Rings wuchs dichtes Moos. Johanna kniete nieder, um zu trinken, und Julius folgte ihrem Beispiel.

Und wie sie die Frische des Wassers genossen, umfaßte er sie und suchte ihr den Platz streitig zu machen. Sie widerstand, ihre Lippen trafen sich, prallten ab, und während des Kampfes erwischten sie, eines um das andere, einmal den schmalen Ausfluß der Röhre und hielten ihn mit den Zahnen, um nicht los zu lassen, und der kalte Wasserstrahl, der immerfort mit dem Munde gefaßt und wieder los gelassen wurde, teilte sich und floß wieder zusammen, bespritzte Gesicht, Hals, Kleider, Hände. Kleine Tröpfchen glitzerten Wie Perlen in ihrem Haar, und dazwischen küßten sie sich in dem Gespritzer.

Plötzlich kam Johanna auf einen Liebesgedanken; sie füllte den Mund mit der klaren Flut, blies die Backen auf, wie einen Gummillall [*? Gummiball] und deutete Julius an, daß sie ihm Mund an Mund zu trinken geben wollte. Lächelnd, zurückgebeugt mit offenen Armen hielt er ihr die Lippen hin und trank an dieser lebendigen Quelle mit einem tiefen Zug, der seine Wünsche erregte.

Johanna schmiegte sich an ihn mit ungewöhnlicher Zärtlichkeit, ihr Herz klopfte, ihr Busen hob sich, ihre Augen schienen überzugehen, als würden sie feucht, und sie sagte leise:

– Julius, ich liebe Dich! – Und während er sie an sich zog, beugte sie sich zurück und barg ihr schamgerötetes Gesicht in den Händen.

Er warf sich auf sie, umarmte sie glühend. In nervöser Erwartung atmete sie kurz, und plötzlich stieß sie einen Schrei aus, wie vom Donner gerührt durch die Empfindung, die sie durchströmte.

Sie brauchten lange, um die Höhe des Aufstiegs zu gewinnen, so erregt war sie und solche Schwere lag ihr in den Gliedern. Erst abends kamen sie nach Evisa zu Paoli Palabretti, einem Verwandten ihres Führers.

Er war groß und hielt sich etwas gebeugt, mit dem traurigen Ausdruck des Lungenkranken. Er führte sie in ihr Zimmer, ein armseliges, kahles Gemach, aber das immerhin für dieses Land, wo Luxus unbekannt ist, ganz erträglich war. Und in seiner Sprache, einem korsischen Platt, ein Mischmasch von französisch und italienisch, drückte er ihnen seine Freude aus, sie bei sich aufzunehmen.

Da unterbrach ihn eine helle Stimme, und eine kleine Bauernfrau mit großen, schwarzen Augen, sonnenverbranntem Gesicht, schlanker Taille und die bei fortwährendem Lachen die Zähne zeigte, trat vor, küßte Johanna und schüttelte Julius die Hand, indem sie sagte:

– Guten Tag meine Dame, guten Tag mein Herr! Geht es Ihnen gut?

Sie nahm Hüte und Shawls und legte sie mit einem Arm fort, denn den andern trug sie in einer Binde. Dann sagte sie zu ihrem Mann:

– Geh mit ihnen spazieren bis zum Essen.

Herr Palabretti gehorchte sofort, nahm die beiden jungen Leute rechts und links und zeigte ihnen das Dorf. Er ging und sprach langsam, hustete häufig und meinte:

– Die Luft im Thal ist so kühl, das ist mir auf die Brust gegangen.

Unter Riesenkastanien führte er sie einen Weg, plötzlich blieb er stehen und sagte mit seiner monotonen Aussprache:

– Hier ist mein Vetter Johann Rinaldi von Mattias Lori getötet worden. Sehen Sie, ich stand ganz nahe bei Johann, da erschien Mattias zehn Schritte vor uns und rief:

„Johann, geh nicht nach Albertacci, geh nicht hin, Johann, oder das sage ich Dir, ich schieße Dich über′n Haufen!“ Ich nahm Johanns Arm und bat: „Johann, geh nicht hin, er macht's wahr.“ Es war wegen eines Mädchens, dem sie beide nachstellten, Pauline Sinacoupi. Aber Johann rief: „Mattias, ich geh′ hin, Du hinderst mich nicht dran.“

Da schlug Mattias sein Gewehr an, ehe ich meines an die Backe reißen konnte, und schoß. Johann sprang mit beiden Füßen in die Luft, wie ein Kind, das über ein Seil springt. Jawohl, ganz genau so, und er fiel und stürzte auf mich, sodaß mir mein Gewehr aus der Hand geschlagen wurde und bis zu der großen Kastanie da drüben rollte. Johann hatte den Mund weit offen, aber er sagte kein Wort mehr, er war tot.

Die jungen Leute blickten erschrocken den ruhigen Zeugen dieses Verbrechens an. Johanna fragte:

– Und der Mörder?

Paoli Palabretti bekam einen Hustenanfall, dann sagte er:

– Er ist in die Berge entflohen. Das Jahr darauf hat ihn mein Bruder erschossen. Wissen Sie, mein Bruder Philippi Palabretti, der Bandit!

Johanna schauderte:

– Ihr Bruder ist ein Bandit?

Der Korse sagte, und stolz leuchteten seine Augen:

– Jawohl, und ein berühmter! Er hat sechs Gendarmen umgebracht; er ist mit Nikolaus Morali, als sie in Niolo eingeschlossen waren, nachdem sie sich sechs Tage verteidigt hatten und fast verhungert waren, gestorben.

Dann fügte er mit resigniertem Ausdruck hinzu:

– Das bringt das Land so mit sich, – in demselben Ton, wie er vorhin gesagt: Die Luft ist so frisch im Thal.

Darauf kehrten sie heim zum Essen, und die kleine Korsikanerin behandelte sie, als ob sie sie schon seit zwanzig Jahren kennte.

Aber eine Unruhe ließ Johanna nicht los. Würde sie wohl in Julius' Armen diese seltsame, plötzliche Sinnlichkeit wieder finden, die sie auf dem Moos an der Quelle gepackt?

Als sie allein im Zimmer waren, zitterte sie noch immer, unberührt von seinen Küssen zu bleiben, aber sie bekam bald Gewißheit. Und das war ihre erste Liebesnacht.

Und am andern Tage, als sie fort mußten, konnte sie sich nicht entschließen, dieses einfache Haus zu verlassen, wo, wie es schien, ein neues Glück für sie begonnen.

Sie zog die kleine Frau ihres Wirtes in ihr Zimmer und bat sie, daß sie ihr doch sagen möchte, was sie ihr, sobald sie wieder nach Paris kommen würde, schenken dürfe, ein Andenken nur, dem sie fast abergläubische Bedeutung beilegte.

Die junge Korsikanerin wehrte sich lange dagegen und wollte nichts annehmen. Endlich war sie einverstanden und sagte:

– Gut, schenken Sie mir eine Pistole, eine ganz kleine Pistole.

Johanna riß die Augen auf, die andere fügte leise, ganz nahe an ihrem Ohr hinzu, etwa wie man ein süßes, geheimes Geständnis macht:

– Ich will meinen Schwager totschießen.

Und lächelnd löste sie die Binde vom Arm, den sie nicht benutzte und zeigte ihr rundes, weißes Fleisch, das an mehreren Stellen von Dolchstichen durchbohrt war.

– Wenn ich nicht ebenso stark gewesen wäre, wie er, sagte sie, hätte er mich getötet. Mein Mann ist nicht eifersüchtig, der kennt mich, und dann wissen Sie, er ist krank, und das macht ihn ruhig. Übrigens bin ich eine anständige Frau. Aber mein Schwager glaubt alles, was ihm erzählt wird, er ist eifersüchtig für meinen Mann, und er fängt sicher wieder an. Wenn ich aber eine kleine Pistole hätte, wäre ich ruhig, weil ich weiß, daß ich mich rächen kann. Johanna versprach die Waffe zu schicken, und küßte zärtlich die neue Freundin. Dann gingen sie fort.

Die übrige Reise war wie ein Traum, eine unausgesetzte Liebkosung. Sie sah nichts, nicht die Landschaft, nicht die Menschen, nicht die Orte, wo sie sich aufhielten, sie sah nur noch Julius.

Da begann die kindische, reizende Heimlichkeit der Liebe, kleine, thörichte Worte wurden gewechselt, und sie nannten einander mit allen möglichen Kosenamen.

Als sie nach Bastia kamen, mußten sie den Führer bezahlen. Julius suchte in der Tasche, und da er das nötige Geld nicht gleich fand, sagte er zu Johanna:

– Du brauchst ja die zweitausend Franken Deiner Mutter doch nicht, gieb mir sie doch in meinen Gürtel, da sind sie sicherer, und da brauche ich nicht erst wechseln zu lassen.

Und sie gab ihm den Geldbeutel.

Sie kamen nach Livorno, besuchten Florenz, Genua, und eines Morgens, als der Mistral blies, waren sie wieder in Marseille.

Seit ihrer Abreise von Les Peuples waren zwei Monate verstrichen. Man schrieb den 15. Oktober. Johanna traf der starke, kalte Wind, der von dort oben, von der fernen Normandie zu kommen schien, und stimmte sie traurig.

Julius schien seit einiger Zeit verändert zu sein, müde und gleichgiltig. Sie befürchtete etwas, aber sie wußte nicht was.

Sie richtete es so ein, daß sie noch vier Tage warteten, ehe sie heimkehrten. Sie mochte dieses wunderschöne Sonnenland nicht verlassen, es war ihr, als ob hiermit die Zeit des Glückes für sie vorbei wäre.

Endlich reisten sie ab. In Paris wollten sie alle Einkäufe machen für ihre endgiltige Einrichtung in Les Peuples, und Johanna freute sich, dank Mamachens Geschenk, allerlei schöne Dinge mitbringen zu können; aber zuerst dachte sie an die Pistole, die sie der jungen Korsikanerin in Evisa versprochen.

Am Tage nach der Ankunft sagte sie zu Julius:

– Mein Liebling, bitte gieb mir doch das Geld, das ich von Mama bekommen habe, ich möchte Einkäufe machen.

Mit unzufriedenem Ausdruck wandte er sich zu ihr:

– Wieviel brauchst Du?

Sie war erstaunt und sagte:

– Ja, so viel Du willst.

Er antwortete:

– Ich will Dir hundert Franken geben, aber verplempere sie nicht.

Sie wußte nicht mehr, was sie sagen sollte, sie war wie auf den Mund geschlagen, endlich meinte sie zögernd:

– Aber ich habe Dir doch das Geld gegeben, um....

Er ließ sie nicht ausreden:

– Ja gewiß, ob ich es habe, oder ob Du es hast, ist doch ganz gleich, da wir doch eine Kasse haben. Ich schlage Dir ja nichts ab, ich gebe Dir ja hundert Franken.

Ohne ein Wort zu sagen, nahm sie die fünf Goldstücke, aber sie wagte nicht mehr, um Geld zu bitten, und kaufte nur die Pistole.

Acht Tage später reisten sie nach Les Peuples.

VI

Vor dem weißgestrichenen Eingangsthor, das in zwei Ziegelpfeilern hing, erwarteten die Familie und die Dienstboten das junge Paar. Die Post hielt, und lange dauerten die Umarmungen. Mutting weinte, Johanna war bewegt und wischte sich die Thränen, der Vater lief nervös auf und ab.

Dann wurde, während man das Gepäck ablud, am Kaminfeuer die Reise erzählt. Die Worte flossen nur so von Johannas Lippen, alles wurde berichtet in einer halben Stunde, bis auf ein paar Kleinigkeiten, die man bei dem schnellen Erzählen vergessen.

Dann packte die junge Frau aus, Rosalie, die auch ganz gerührt war, half. Als alles fertig war, Wäsche, Kleider und sonstige Gegenstände in die Fächer verteilt, verließ das Mädchen ihre Herrin, und Johanna, die müde geworden, setzte sich. Sie fragte sich, was sie jetzt anfangen sollte, und suchte eine geistige Beschäftigung und eine Thätigkeit für ihre Hände. Sie hatte keine Lust, in den Salon hinunter zu gehen zu ihrer Mutter, die schlief. Sie wollte spazieren gehen, aber alles war so öde, so traurig, daß sie ganz melancholisch ward, als sie nun aus dem Fenster blickte.

Da kam sie zur Erkenntnis, daß sie eigentlich nichts mehr zu thun hatte, überhaupt nie wieder etwas zu thun haben würde. Die ganze Jugendzeit im Kloster hatte sie geträumt von der Zukunft. Diese fortwährende Beschäftigung mit der Zukunft hatte damals alle ihre Stunden ausgefüllt. Bald nach ihrem Austritt aus den düstern Mauern, wo ihre Träume emporgeschossen waren, wurde dann plötzlich ihre Liebessehnsucht erfüllt. Den ersehnten Mann hatte sie gefunden, ihn geliebt und nach ein paar Wochen geheiratet, und er hatte sie in seinen Armen entführt, ehe sie noch recht zur Besinnung gekommen war.

Aber nun war die süße Wirklichkeit der ersten Tage zur alltäglichen Prosa des Lebens geworden, die allen unbestimmten Hoffnungen, jeder reizenden Unruhe vor dem, was da kommen sollte, die Thür verschloß. Die Wartezeit war zu Ende.

Nun hatte sie nichts mehr zu thun, weder heute noch morgen, noch jemals wieder, das fühlte sie unbestimmt in einer gewissen Enttäuschung, einem Verblassen ihrer Träume.

Sie stand auf und drückte die Stirn an die kalte Scheibe; nachdem sie einige Zeit zum dunklen Himmel aufgesehen, an dem schwere Wolken hingen, entschloß sie sich, auszugehen.

War das noch dieselbe Gegend, dasselbe Gras, dieselben Bäume, wie damals im Monat Mai? Wo war sie denn hin die heitere Sonnenpracht der Blätter, die Poesie des schönen, grünen Rasens, auf dem der Löwenzahn flammte und die Klatschrosen blühten? Wo die Maßliebchen lächelten, wo die goldigen Schmetterlinge wie an langen, unsichtbaren Fäden umhergaukelten. Und diese ganze, berückende Luft, das Leben, die Düfte, die Fruchtbarkeit überall? Alles dahin.

Die Wege zeigten sich von dem ewigen Herbftregen genäßt, mit welkem Laub bedeckt unter den kahlen zitternden Pappeln. Die Äste bebten im Wind, und der zerrte und riß an den paar übrig gebliebenen Blättern, die auch fallen mußten.

Und ununterbrochen lösten sich diese letzten, jetzt gelben Blätter, wie breite Goldstücke von den Bäumen ab, wehten fort, flatterten umher und sanken zu Boden.

Sie ging bis ans Wäldchen, das traurig aussah, wie ein Sterbe-Zimmer. Die grüne Mauer, die die kleinen reizenden Wege trennte und recht lauschig machte, war kahl; die struppigen Sträucher, wie ein Spitzengeflecht von feinem Holz, stießen die entlaubten Zweige aneinander, und das Niedersinken der raschelnden, trockenen Blätter, die der Wind umher wirbelte und hier und da in Haufen zusammen trieb, war wie der schmerzliche Seufzer eines Sterbenden.

Kleine Vögelchen hüpften mit leisem Gezwitscher, Unterschlupf suchend, umher.

Nur die Platane und die Linde hatten unter dem Schutz der Ulmenreihe, die als Vorhut gegen den Seewind stand, ihr Sommerkleid behalten. Die eine war wie in roten Sammet gekleidet, die andere wie in orangenfarbige Seide, so hatte sie, je nach ihrer Art, der erste Frost gefärbt.

Mit langsamen Schritten ging Johann Muttings Allee längs des Hofes der Couillard entlang. Etwas lastete auf ihr, bedrückte sie, wie das Vorgefühl der Langenweile, ihres einförmigen Lebens, das nun begann.

Dann setzte sie sich an den Grabenrand, wo Julius ihr zum ersten Male von seiner Liebe gesprochen, und dort blieb sie träumend, fast ohne Nachdenken, schläfrig bis ins Herz hinein, sitzen, sie hätte sich hinlegen mögen und einschlafen, nur um der Traurigkeit dieses Tages zu entgehen.

Plötzlich sah sie eine Möve durch den Himmel schießen, die ein Windstoß daher trug, und sie dachte an den Adler, den sie da unten in Korsika im finstern Thale Ota gesehen. Es traf sie wie die plötzliche Erinnerung an etwas Schönes, das nun vorbei war.

Und sie träumte von der lachenden Insel mit ihren Waldesdüften, ihrer Sonne, die die Orangen reifen, die Cedernbäume blühen läßt, von ihren Bergen mit den rötlichen Gipfeln, den blauen Meerbusen und den düsteren Schluchten, in denen der Wildbach tost.

Da lastete die feuchte ernste Landschaft, die sie umgab, mit dem traurigen Blätterfall und den windgetriebenen grauen Wolken mit solcher Verzweiflung auf ihr, daß sie ins Haus ging, um nicht zu weinen.

Mutting schlummerte vor dem Kamin. Sie war die Eintönigkeit der Tage gewöhnt und empfand sie nicht mehr. Der Vater und Julius waren spazieren gegangen und sprachen von ihren Geschäften. Und die Nacht brach herein und breitete ihr trauriges Dunkel über den ganzen Salon, den nur das Feuer im Kamin erhellte.

Draußen konnte man durch die Fenster noch beim letzten Schein der Dämmerung die schmutzige Dezember-Landschaft erkennen und den grauen Himmel, der auch aussah, als wäre er in Schmutz getaucht.

Bald kehrte der Baron zurück, von Julius gefolgt; sobald er in das dunkle Gemach trat, verlangte er Licht und rief:

– Schnell, Licht! Es ist so traurig hier.

Und er setzte sich vor den Kamin. Während seine nassen Stiefel am Feuer dampften und von seinen Sohlen der durch die Hitze getrocknete Schmutz abfiel, rieb er sich fröhlich die Hände:

– Ich glaube, es wird frieren. Im Norden wird es hell. Heute ist Vollmond, das giebt einen tüchtigen Frost die Nacht.

Dann wandte sich der Baron zu seiner Tochter:

– Nun, Kleine, freust Du Dich denn, wieder in der Heimat zu sein, in Deinem Hause, bei den Eltern?

Diese einfache Frage brachte Johanna ganz aus der Fassung, sie warf sich ihrem Vater um den Hals, Thränen in den Augen, und küßte ihn nervös, als bäte sie um Verzeihung, denn trotz aller angestrengten Bemühungen, fröhlich zu sein, fühlte sie sich traurig, zum weinen traurig. Und dabei dachte sie an die Freude, die sie sich ausgemalt, wenn sie die Eltern wiedersehen würde, und sie war selbst erstaunt über die Kälte, die ihre Zärtlichkeit lähmte. So wird man oft, wenn man aus der Ferne viel an geliebte Menschen gedacht hat, die man nicht mehr gewöhnt ist stündlich zu sehen, bei der Rückkehr etwas empfinden, wie ein plötzliches Aufhören der Neigung, bis die Bande enger Gemeinsamkeit wieder geknüpft sind.

Das Essen dauerte lange, es wurde kaum gesprochen. Julius schien seine Frau ganz vergessen zu haben.

Dann im Salon nickte sie am Feuer beinahe ein, Mutting gegenüber, die gänzlich schlief, und als sie einen Augenblick durch die Stimme der beiden Männer aufgestört wurde, die mit einander disputierten, fragte sie sich, indem sie versuchte sich aufzurütteln, ob auch sie schon in den traurigen Totenschlaf des täglichen Einerlei gefallen sei.

Das Feuer im Kamin, das während des Tages langsam rot glühte, brannte jetzt hell auf, es warf einen jähen Schein auf die verblichenen Überzüge der Stühle, auf Fuchs und Storch, auf den trübseligen Reiher, die Cicade und die Ameise. Der Baron näherte sich lächelnd und streckte die Finger gegen das Feuer aus:

– Ach, wie das heute knistert und brennt! Es friert, Kind, es friert!

Dann legte er seine Hand auf Johannas Schulter und deutete auf das Feuer:

– Siehst Du, Kleine, das ist doch das schönste auf der Welt, der Herd, der häusliche Herd mit den Seinen darum, das wiegt nichts auf der Welt auf. Aber wollen wir nicht zu Bett gehen? Es ist spät.

Als sie in ihr Zimmer hinaufgegangen war, fragte sich die junge Frau, wie es nur möglich wäre, daß ihre zweite Rückkehr zu den Stätten, die sie so geliebt zu haben glaubte, so verschieden von der ersten sein konnte. Warum fühlte sie sich wie zerschlagen? Warum erschien ihr dieses Haus, die geliebte Heimat, alles was bisher ihr Herz hatte höher schlagen lassen, heute so unsäglich traurig?

Da fiel ihr Auge plötzlich auf die Uhr; die kleine Biene flog immer noch von rechts nach links und von links nach rechts mit unausgesetzter schneller Bewegung über die Blumen hin. Da plötzlich packte Johanna die Rührung, sie fühlte sich den Thränen nahe vor diesem kleinen Uhrwerk, das zu leben schien, das ihr die Stunden anzeigte und das klopfte wie ein Herz.

Als sie Vater und Mutter wieder gesehen, war sie nicht so bewegt gewesen. Das Herz hat Abgründe, die niemand erforscht. Zum ersten Mal, seit sie verheiratet war, schlief sie allein. Julius hatte unter dem Vorwand müde zu sein, ein anderes Zimmer genommen. Übrigens waren sie überein gekommen, daß jeder eins für sich haben sollte.

Sie brauchte lange Zeit um einzuschlafen, verwundert, nicht einen andern Körper neben sich zu fühlen, nicht mehr gewohnt an die einsame Ruhe.

Auch störte sie der Nordwind, der gegen das Dach blies. Am Morgen wurde sie einen hellen Schein gewahr, der ihr Bett wie mit Blut übergoß. Die ganz bereiften Fensterscheiden, waren rot, als ob der Himmel in Flammen stünde. Sie hüllte sich in ihren Frisiermantel, lief ans Fenster und öffnete.

Eisige gesunde Kälte strömte ins Zimmer und traf scharf ihre Haut, daß ihr die Augen naß wurden; und mitten auf purpurnem Himmel erschien dick, rotglühend hinter den Bäumen die Sonne, wie das Gesicht eines Trunkenbolds. Die Erde, jetzt bereift, war hart und trocken, klang unter den Tritten der Hofleute, und während dieser einzigen Nacht hatten alle Äste der Pappel, die noch Blätter getragen, ihren Schmuck verloren, und hinter der Haide sah man die weite, grüne Fläche des Meeres, mit lauter weißen Wellenköpfchen.

Die Platane und Linde entlaubten sich schnell unter den Windstößen. Jedesmal, wenn die eisige Boe daher kam, flatterten ganze Schwärme von losen Blättern, die der Frost zum Fallen gebracht hatte, auf, wie ein Schwärm Vögel.

Johanna kleidete sich an und besuchte, um etwas vorzunehmen, die Pächtersleute.

Martins hoben bei ihrem Anblick erfreut und erstaunt die Arme, und die Frau küßte sie auf die Wangen, dann mußte sie ein Glas Kirsch annehmen. Nun ging sie zum andern Meierhof. Couillards hoben gleichfalls die Arme, die Frau schmatzte sie auf die Ohren, und sie mußte ein Glas Johannisbeerschnaps trinken.

Dann kehrte sie zum Frühstück heim.

Und der Tag verstrich wie der Tag vorher, nur daß es statt zu regnen, kalt war, und die andern Tage der Woche waren wie diese beiden, und alle Tage dieses Monats glichen der ersten Woche.

Und allmählich verblaßte ihre Sehnsucht nach den fernen Gegenden, und die Gewohnheit legte auf ihr Dasein eine Schicht von Ergebung, wie gewisse Mineralwässer auf die Gegenstände eine Schicht von Kalk absetzen, und in ihrem Herzen erwachte von neuem ein gewisses Interesse für die unbedeutenden kleinen Dinge des täglichen Lebens und sie kümmerte sich wieder um die einfachen, regelmäßigen Beschäftigungen.

Es entwickelte sich in ihr eine Art nachdenklicher Melancholie, ein unbestimmter Ekel am Leben. Was fehlte ihr? Was wünschte sie? Sie wußte es selbst nicht. Sie hatte keine Sehnsucht nach dem Leben der Welt, keinen Durst nach Vergnügungen, ja nicht einmal Lust auf die Zerstreuungen, die sich ihr boten; was waren das auch für welche!

Vor ihren Augen verlor alles langsam die Farbe, genau so wie die alten Stühle im Salon verblichen waren; alles verwischte sich und nahm eine dunkle Trübheit an.

Ihre Beziehungen zu Julius hatten sich vollständig geändert. Er schien seit der Rückkehr von der Hochzeitsreise ein ganz anderer zu sein, wie ein Schauspieler, der seine Rolle ausgespielt hat und nun sein Alltagsgesicht wieder annimmt. Er kümmerte sich kaum um sie, sprach kaum mit ihr. Alle Anzeichen der Liebe waren plötzlich verschwunden, und selten kam er in ihr Zimmer. Er hatte die Verwaltung des Vermögens, die Leitung des Hauses übernommen, durchstöberte die Ställe, elendete die Bauern, setzte die Ausgaben herab, und da er selbst die Manieren eines Landjunkers angenommen, hatte er den Schliff und die Eleganz, die er als Bräutigam gehabt, verloren.

Seinen alten Jagdanzug aus Sammet mit Metallknöpfen, den er unter seiner Junggesellengarderobe wieder gefunden, zog er gar nicht mehr aus, obgleich er mit Flecken übersäet war, und wie die Leute, die es nicht mehr nötig haben, zu gefallen, rasierte er sich nicht mehr, sodaß er mit dem langgewordnen, schlecht gepflegten Bart unglaublich häßlich aussah. Er pflegte seine Nägel nicht mehr, und nach jeder Mahlzeit trank er vier oder fünf Glas Cognac.

Johanna versuchte, ihm ein paar Mal ganz milde Vorwürfe zu machen, aber er hatte so grob geantwortet: „Laß mich in Ruhe, verstehst Du!“ daß sie nicht mehr wagte, derartiges zu sagen.

Sie hatte sich an diese Veränderung so sehr gewöhnt, daß sie sich selbst darüber wunderte. Er war ihr fremd geworden, ein Fremder, dessen Seele und Herz ihr verschlossen blieben. Sie dachte oft daran und fragte sich, wie es nur käme, daß, nachdem sie sich so begegnet, geliebt und in einem Sturm von Zärtlichkeit geheiratet hatten, sie so plötzlich einander kalt gegenüber ständen, als hätten sie nie Seite an Seite geruht.

Und wie litt sie durch seine Gleichgiltigkeit! War so das Leben? Hatten sie sich getäuscht? Gab es für sie nichts mehr zu hoffen in der Zukunft?

Wenn Julius schön geblieben wäre, etwas auf sich gehalten hätte, noch elegant und verführerisch gewesen, hätte sie dann vielleicht noch mehr gelitten?

Sie waren überein gekommen, daß das junge Paar nach Neujahr allein bleiben, und Papa und Mutting auf ein paar Monate wieder ihr Haus in Rouen beziehen sollten. Die jungen Leute sollten diesen Winter Les Peuples nicht verlassen, um sich ganz einzurichten, einzugewöhnen und heimisch zu werden, hier, wo sie ihr Leben verbringen sollten. Übrigens hatten sie ein paar Nachbarn, denen Julius seine Frau hätte vorstellen können, nämlich die Briseville, die Coutelier und die Fourville. Aber die jungen Leute konnten ihre Besuche noch nicht beginnen, weil es bis jetzt noch nicht möglich gewesen war, einen Maler zu bekommen, um das Wappen auf dem Wagen umzuändern.

Der alte Baron hatte nämlich seinem Schwiegersohne den alten Familienwagen überlassen, und Julius hätte um keinen Preis der Welt sich auf den Schlössern der Nachbarschaft gezeigt, wenn das Wappen der Lamares nicht mit dem der Le Perthuis des Vauds vereinigt worden wäre.

Es gab aber in der ganzen Gegend nur einen einzigen Mann, dessen Spezialität es war, Wappen zu malen. Ein Maler, Bataille mit Namen, der der Reihe nach auf allen normannischen Besitzungen herumzog, um den kostbaren Schmuck auf den Wagenthüren aller Gefährte anzubringen.

Endlich sah man an einem Dezember-Morgen, als sie mit dem Frühstück beinahe fertig waren, einen Menschen das Thor öffnen und den Gartenweg heraufkommen. Er trug einen Kasten auf dem Rücken. Es war Bataille. Man ließ ihn ins Eßzimmer kommen und setzte ihm wie einem Herrn zu essen vor, denn durch seine Spezialität, seine immerwährende Berührung mit dem ganzen Adel der Gegend, seine Kenntnis der Wappen, der Fachausdrücke und der Embleme, war aus ihm eine Art wandelndes Wappen geworden, dem die Edelleute die Hand drückten.

Sofort ließen sie Bleistift und Papier bringen, und der Baron und Julius zeichneten, während er aß, das Alliance-Wappen auf. Die Baronin, die Feuer und Flamme war, sobald es sich um derartige Dinge handelte, gab ihre Ansicht, zum Besten und sogar Johanna nahm Teil an der Diskussion, als ob plötzlich in ihr ein geheimnisvolles Interesse erwacht wäre.

Bataille gab, während er frühstückte, seinen Senf dazu. Ab und zu nahm er den Bleistift in die Hand, machte einen Entwurf führte Beispiele an besprach alle herrschaftlichen Wagen der ganzen Gegend, wobei er in seiner Art, in seiner ganzen Geistesrichtung, sogar in seiner Stimme wie einen Hauch von Adel mitzubringen schien.

Er war ein kleiner Mann, mit kurzem, grauen Haar, farbenbekleckstem Händen und roch nach Terpentin. Man sagte, er hätte früher einmal irgend eine dumme, nicht ganz reinliche Geschichte gemacht, aber die allgemeine Achtung der ganzen Aristokratie hatte diesen Fleck längst weggelöscht.

Sobald er fertig gefrühstückt hatte, führte man ihn in die Remise und nahm die Wachsleinwand ab, die den Wagen bedeckte. Bataille betrachtete ihn, dann äußerte er sich sehr ernst über die Größenverhältnisse, die er seiner Zeichnung zu geben hatte, und nach neuem Ideenaustausch machte er sich an die Arbeit.

Trotz der Kälte ließ die Baronin einen Stuhl bringen, um ihm bei seiner Arbeit zuzusehen. Dann verlangte sie eine Wärmflasche für die Füße, weil sie fror. Danach fing sie gemütlich an mit dem Mann zu schwatzen, befragte ihn über allerhand Heiraten, neue Verbindungen, die sie nicht kannte, über Todesfälle, Geburten, indem sie durch diese Erkundigungen ihre genealogischen Kenntnisse auffrischte und vermehrte.

Julius war bei seiner Schwiegermutter geblieben, rittlings auf einem Stuhle sitzend. Er rauchte seine Pfeife, spuckte auf den Boden, hörte zu und folgte mit den Blicken der Farbengebung von Batailles Pinsel.

Bald blieb auch der alte Simon, der mit der Hacke auf dem Rücken in den Gemüsegarten ging, stehen, um der Arbeit zuzusehen, und da die Ankunft des Malers Bataille in den Pachthöfen bekannt geworden, so sammelte sich bald ein Kreis von Zuschauern. Sie standen zu beiden Seiten der Baronin und riefen immer begeistert aus:

– O das ist aber 'ne große Kunst, so fein zu malen.

Die Wappen auf den beiden Wagenschlägen wurden erst am andern Tage um elf Uhr fertig.

Sofort waren alle da, und man zog den Wagen ins Freie, um die Arbeit besser beurteilen zu können. Es war ausgezeichnet. Man beglückwünschte Bataille, der mit seinem Kasten auf dem Rücken davon ging, und der Baron und Mutting, Johanna und Julius kamen überein, daß der Maler ein sehr talentvoller Mann sei, der ganz ohne Zweifel, wenn die Umstände ihm nur günstig gewesen wären, ein großer Künstler geworden wäre.

Aus Sparsamkeits-Rücksichten hatte Julius Neuerungen eingeführt, die ein paar Änderungen nötig machte. Der alte Kutscher war Gärtner geworden, denn der Vicomte wollte selbst fahren und hatte die Wagenpferde verkauft, um sie nicht mehr füttern zu müssen. Da er aber jemand haben mußte, um die Tiere zu halten, wenn die Herrschaft ausgestiegen war, so hatte er einen kleinen Kuhjungen, Marius geheißen, als Diener frisiert. Dann fügte er, um sich Pferde zu verschaffen, in den Pachtkontrakt der Couillards und der Martins eine besondere Klausel ein, die bestimmte, daß die beiden Pächter, jeder einmal im Monat, an einem festgesetzten Tage ein Pferd zu stellen hätten, wofür sie die bisherige freie Geflügellieferung nicht mehr zu leisten brauchten.

Die Couillards hatten also eine große Falbe gestellt und Martins einen kleinen zottigen Schimmel. Die beiden Tiere wurden zusammen gespannt, und Marius, der in einer abgelegten Livree des alten Simon fast ertrank, fuhr mit dem Wagen vor dem Schlosse vor.

Julius hatte sich zu der Gelegenheit besser angezogen und sich ein wenig seiner früheren Eleganz erinnert; er sah aber trotzdem mit seinem großen Backenbart etwas gewöhnlich aus.

Er betrachtete die Anspannung, den Wagen und den kleinen Diener und fand alles ganz zufriedenstellend, denn das neugemalte Wappen ganz allein hatte für ihn Wichtigkeit.

Die Baronin, die am Arm ihres Mannes herunter gekommen war, stieg mühsam ein und setzte sich, indem sie ein paar Kissen in den Rücken bekam. Nun erschien auch Johanna. Zuerst lachte sie über die Zusammenstellung der Pferde und sagte: der Schimmel wäre der Enkel der Falbe. Als sie aber dann Marius gewahrte, das Gesicht vergraben in dem Kokardengeschmückten Cylinder dessen gänzliches Herabgleiten nur durch die Nase verhindert wurde, gewahrte, wie seine Hände in den Ärmeln ganz verschwanden und seine Beine in den, ihn wie ein Frauenrock umstießenden Rockschößen, sodaß nur die Füße, in mächtigen Stiefeln steckend, ganz eigentümlich unten heraus guckten, gewahrte, daß er den Kopf zurück biegen mußte, um etwas zu sehen und das Knie heben, um einen Schritt zu machen, als wollte er einen Fluß überschreiten, gewahrte, wie er herum stolperte wie ein Blinder, um den Befehlen nach zu kommen, da er ganz verschwand und unterging in der Weite seines Anzugs, packte sie ein unwiderstehliches Lachen, das gar kein Ende nehmen wollte.

Der Baron drehte sich um, betrachtete den lächerlichen kleinen Mann und rief seiner Frau zu, indem er vor Heiterkeit kaum mehr sprechen konnte:

– Sieh nur mal den Marius, der ist ja zum schießen. Die Baronin, die sich aus dem Wagenfenster gebeugt hatte, wurde von einem solchen Lachkrampf befallen, daß der ganze Wagen schutterte.

Aber Julius war totenbleich geworden und fragte:

– Warum lacht ihr denn so? Ihr seid wohl verrückt?

Johanna lachte wie im Krampf, sie konnte sich nicht beruhigen und mußte sich auf eine Stufe der Treppe setzen, der Baron that desgleichen, und in dem Wagen zeigte ein fortwährendes, krampfhaftes Niesen, ein ununterbrochenes Keuchen an, daß die Baronin erstickte. Und nun fing auch plötzlich Marius' Rock an zu zittern. Er hatte wahrscheinlich begriffen, um was es sich handelte, denn er lachte nun selbst mit aller Gewalt, drinnen in seinem Hut.

Da stürzte sich Julius wütend auf ihn, mit einer Ohrfeige trennte er den Kopf des Bengels von dem Riesenhut, der auf den Rasen flog, dann stammelte er, indem er sich zu seinem Schwiegervater umwandte, mit vor Zorn bebender Stimme:

– Ich denke, Du hast keine Veranlassung zu lachen, das wäre alles nicht nötig, wenn Du nicht Dein Geld versumpft und alles aufgefressen hättest. Wer ist denn schuld, wenn Du ruiniert bist?

Die allgemeine Heiterkeit erstarrte auf dem Fleck und keiner sagte mehr ein Wort.

Johanna war dem Weinen nahe und ließ sich lautlos neben ihrer Mutter nieder. Der Baron war erstaunt verstummt und nahm den Damen gegenüber Platz, und Julius setzte sich auf den Bock, nachdem er den heulenden Vengel, dessen Backe anschwoll, zu sich herauf gehißt.

Der Weg war traurig und erschien ihnen lang. Im Wagen schwiegen sie, sie waren still und verlegen alle drei, und wollten sich nicht eingestehen, was ihre Seelen beschäftigte. Sie wußten, daß sie von nichts anderem sprechen konnten, so quälte sie dieser schmerzliche Gedanke, und so zogen sie es denn vor, traurig zu schweigen und an dieses peinliche Thema nicht zu rühren.

Iin ungleichen Trab der beiden Tiere rollte der Wagen an den Höfen und Häusern vorüber, sodaß mit eiligen Schritten erschrocken, die schwarzen Hühner ausrissen, in die Hecken untertauchten und verschwanden. Diesen lief heulend ein Hofhund nach, der dann wieder mit gesträubtem Haar seine Hütte aufsuchte – um noch eine ganze Zeit dem Wagen nach zu bellen. Ein junger Kerl in schmierigen Holzschuhen mit langen, baumlichen Beinen, die Hände in den Taschen, die blaue Bluse am Rücken durch den Wind aufgeweht, trat zur Seite, um den Wagen vorüber zu lassen, und zog linkisch die Mütze, daß man seine an den Kopf geklebten Haare sah.

Und zwischen jedem Meierhofe dehnte sich die Ebene aus, und andere Höfe sah man in der Ferne hier und da.

Endlich bogen sie in eine große Tannenallee ein, die auf die Landstraße mündete. In den tiefen, schmutzigen Wagengleisen neigte sich der Wagen nach der Seite, sodaß Mutting schrie. Am Ende der Allee befand sich ein weißgestrichener Schlagbaum. Er war niedergelassen. Marius lief voraus, um zu öffnen, und sie mußten nun um einen großen Rasenplatz herum fahren, um auf einem runden Kiesweg vor ein hohes, geräumiges, trauriges Gebäude zu gelangen, dessen Läden geschlossen waren.

Die Mittelthür öffnete sich, und ein alter, gelähmter Diener trat ganz erstaunt heraus, in schwarz und rotgestreifter Weste, die seine Arbeitsschürze zum Teil zudeckte. Schwerfällig, mit kleinen Schritten stieg er die Treppe herab.

Er ließ sich die Namen der Besucher sagen und führte sie in einen geräumigen Salon, dessen immer geschlossene Läden er mühsam öffnete. Die Möbel waren mit Kappen bedeckt, die Uhr und die Leuchter von weißen Überzügen eingehüllt, und eine modrige Luft, wie aus alter Zeit, eisig, feucht, die das Herz mit Traurigkeit zu erfüllen schien, atmete man ein.

Sie setzten sich und warteten. Eilige Schritte im Korridor über ihnen, zeigten ungewöhnliche Hastigkeit an. Die überraschten Schloßbewohner kleideten sich wohl schnell an, aber es dauerte lange. Jemand lief die Treppe hinauf, dann wieder hinab.

Die Baronin nieste wegen der durchdringenden Kälte mehrmals hinter einander. Julius ging auf und ab. Johanna blieb traurig neben ihrer Mutter sitzen, und der Baron stand mit gesenkter Stirn, an die Marmorsäule des Kamins gelehnt.

Eine der großen Thüren öffnete sich, und Vicomte und Vicomtesse von Briseville erschienen.

Es waren zwei kleine, magere, tänzelnde Leute in einem schwer bestimmbaren Alter, förmlich und sehr verlegen. Die Frau hatte ein geblümtes Seidenkleid an, und trug ein Mützchen mit Bändern. Sie sprach sehr schnell, mit etwas gereizter Stimme.

Ihr Mann war in einen prachtvollen, englischen Überrock gehüllt und grüßte, die Kniee beugend. Seine Nase, seine Augen, seine unregelmäßigen Jahne, sein Haar, das aussah als wäre es mit Wachs getränkt, und sein schönes Staatsgewalt glänzten, wie Dinge glänzen, die man sorgsam in Acht nimmt.

Nach den ersten Begrüßungen und freundnachbarlichen Höflichkeitsphrasen wußte niemand mehr etwas Rechtes zu sagen. Man beglückwünschte sich gegenseitig, ohne zu wissen wozu, und hoffte, man würde die angenehmen Beziehungen pflegen. Wenn man das ganze Jahr auf dem Lande wohnte, war es doch möglich, sich zu besuchen.

Dabei ging die eisige Temperatur bis auf die Knochen und machte heiser. Die Baronin hustete jetzt, ohne dabei mit Niesen aufgehört zu haben. Da gab der Baron das Zeichen zum Aufbruch. Brisevilles baten aber schnell:

– Bleiben Sie doch noch ein bißchen.

Doch trotz der Winke Julius', der den Besuch zu kurz fand, hatte sich Johanna schon erhoben.

Man wollte dem Diener klingeln, um den Wagen zu bestellen, aber die Klingel ging nicht, und der Hausherr eilte davon, kehrte zurück und sagte, man hätte die Pferde schon in den Stall gebracht.

Sie mußten warten. Jeder suchte irgend eine Redensart, um etwas zu sagen. Man sprach vom regnerischen Winter, Johanna fragte, indem sie ein Schauer überlief, was wohl ihre beiden Wirte das ganze Jahr hier allein trieben.

Aber die Brisevilles waren erstaunt über die Frage, denn sie beschäftigten sich unausgesetzt. Sie schrieben viel an ihre adligen Verwandten, die über ganz

Frankreich gesäet waren, und verbrachten ihre Tage mit tausend Kleinigkeiten, waren förmlich gegen einander, wie gegen Fremde und sprachen in der wichtigsten Weise über die unbedeutendsten Dinge.

Und unter der hohen gebräunten Decke des großen, unbewohnten Salons, in dem alles verhängt war, schienen Johanna der Mann und die Frau, so klein, so rein, so tadellos.

Endlich fuhr der Wagen mit den beiden ungleichen Gäulen vor. Aber Marius war verschwunden. Er hatte gemeint, bis zum Abend frei zu sein und hatte wahrscheinlich eine kleine Unternehmung in die Nachbarschaft riskiert. Julius war wütend und bat, man möchte ihn zu Fuß nachschicken, und nach vielen gegenseitigen Begrüßungen und Lebewohls fuhr man wieder nach Les Peuples.

Sobald sie im Wagen saßen, fingen Johanna und ihr Vater, trotz des Druckes, der noch immer wegen Julius' Rohheit auf ihnen lastete, an zu lachen, indem sie der Brisevilles Bewegungen und Art zu sprechen nachmachten. Der Baron ahmte dem Manne nach, Johanna der Frau; aber die Baronin fühlte sich etwas im Respekt gekränkt und sagte:

– Es ist sehr unrecht, euch so lustig zu machen, die Leute sind sehr comme il faut und von ausgezeichneter Familie.

Sie schwiegen eine Weile, um Mutting nicht zu kränken, aber trotz allem begannen Papa und Johanna ab und zu wieder, indem sie sich anblickten. Er machte eine förmliche Verbeugung und sagte in feierlichem Ton:

– Ihr Schloß Les Peuples muß sehr kalt sein, gnädige Frau, mit diesem gewaltigen Seewind, der dort immer bläst.

Sie nahm eine gekränkte Miene an und murrte, indem sie mit dem Kopfe nickte, wie eine Ente, die sich badet:

– O, wissen Sie, ich habe das ganze Jahr hier zu thun. Wir haben so viel Verwandte, denen man zu schreiben hat, und Herr von Briseville überläßt mir alles. Er treibt mit dem Abbé Pelle wissenschaftliche Studien. Sie schreiben zusammen die religiöse Geschichte der Normandie.

Nun lächelte die Baronin etwas geärgert, aber wohlwollend, und sagte:

– Es ist nicht recht, sich über Leute unseres Standes lustig zu machen.

Aber plötzlich blieb der Wagen halten. Julius brüllte etwas. Er rief jemand hinter sich. Da erblickten Johanna und die Baronin, die sich aus dem Wagen gebeugt, ein sonderbares Wesen, das auf sie zuzurollen schien. Die Beine in die fliegenden Schöße seiner Livrée verwickelt, blind gemacht durch den Hut, der unausgesetzt hin und herschwankte, die Ärmel wie ein paar Windmühlenflügel drehend, in die dicksten Pfützen platschend die er ohne Überlegung durchschritt, über jeden Stein im Wege stolpernd, und sich über und über mit Dreck bespritzend, lief Marius, so schnell ihn seine Füße trugen, dem Wagen nach. Sobald er sie eingeholt hatte, beugte sich Julius herab, packte ihn am Kragen, zog ihn zu sich herauf, ließ die Zügel los und begann den Hut, der ihm bis auf die Schultern herabgetrieben ward, mit Faustschlägen zu traktieren, daß es wie Trommeln klang.

Der Bengel brüllte, suchte auszureißen, vom Bock zu springen, während sein Herr, indem er ihn mit der einen Hand hielt, mit der andern immer weiter schlug. Johanna stammelte halb verzweifelt:

– Papa, ach Papa! Und die Baronin preßte ganz empört den Arm ihres Gatten:

– Aber so hindere ihn doch! Hindere ihn doch!

Da ließ plötzlich der Baron vorn eine Scheibe des Wagenfensters herunter, packte seinen Schwiegersohn am Ärmel und brüllte ihn an:

– Hast Du das Kind bald genug gehaun?

Julius blickte sich erschrocken um und rief:

– Siehst Du denn nicht, wie der Bengel seine Livrée zugerichtet hat?

Aber der Baron antwortete, indem er den Kopf zwischen die beiden steckte:

– Das ist ganz gleich, so roh ist man nicht. Julius ward wieder böse:

– Bitte laß mich in Ruhe, das geht Dich nichts an! Er hob von neuem zum Schlage die Hand, aber sein Schwieger vater packte sie schnell und zog sie mit solcher Kraft herab, daß sie gegen das Holz des Bockes stieß, und dabei schrie er heftig:

– Wenn Du jetzt nicht sofort aufhörst, steige ich sofort aus! Ich will Dich schon zwingen, daß Du es sein läßt....

Der Vicomte beruhigte sich plötzlich .... zuckte mit den Achseln und hieb auf die Tiere ein, daß sie im langen Trabe davon rasten.

Die beiden Frauen waren bleich geworden, bewegten sich nicht, und man hörte deutlich das laute Klopfen des Herzens der Baronin.

Bei Tisch war Julius netter als gewöhnlich, als ob nichts geschehen wäre. Johanna, ihr Vater und Frau Adelaide, die schnell vergaßen in ihrem heitern Wohlwollen, waren ganz gewonnen, weil er liebenswürdig war, und gaben sich ihrer Fröhlichkeit hin mit dem Wohlbehagen des Gesunden.

Als Johanna wieder von den Brisevilles sprach, fing sogar ihr Mann an zu scherzen, aber er fügte doch sehr bald hinzu:

– Sie mögen sein wie sie wollen, jedenfalls sind sie sehr vornehm.

Andere Besuche wurden nicht gemacht, jeder fürchtete, daß der Fall Marius sich wiederholen möchte. Sie beschlossen nur, den Nachbarn zum Jahreswechsel Karten zu schicken und die Besuche bis auf die ersten schönen Tage des folgenden Frühlings zu verschieben.

Weihnachten kam. Zu Tisch erschienen der Pfarrer, der Ortsvorstand und seine Frau, zum Neujahrstag wurden sie wieder eingeladen.

Das waren die einzigen Zerstreuungen, die das monotone Einerlei der Tage unterbrachen.

Papa und Mutting hatten die Absicht, am 9. Januar Les Peuples zu verlassen. Johanna wollte sie zurück halten, aber Julius gab sich weiter keine Mühe, und wegen der Unliebenswürdigkeit seines Schwiegersohnes ließ der Baron eine Extrapost aus Rouen kommen.

Am Abend vor ihrer Abreise, nachdem alles gepackt, entschlossen sich Johanna und ihr Vater, da es ein Heller Frosttag war, nach Yport zu gehen, wo sie seit ihrer Rückkehr aus Korsika nicht wieder gewesen waren.

Sie kamen durch den Wald, durch den sie am Tage ihrer Hochzeit gegangen war, an der Seite des Mannes, dessen Gefährtin auf ewig sie werden sollte, durch den Wald, wo sie ihre erste Liebkosung empfangen, den ersten Schauer der Liebe gefühlt und jene sinnliche Liebe geahnt, die sie erst im wilden Waldthale Ota hatte empfinden sollen, an der Quelle, wo sie getrunken und ihre Küsse mit dem Wasser vermischt hatten.

Nirgends war mehr Laub an den Bäumen, kein sprießendes Gras, man hörte nur das Knacken der Äste und den dürren Klang, den die kahlen Gebüsche im Winter von sich geben.

Sie kamen in das kleine Dorf. Die Straßen waren leer und schweigsam, es duftete nach Meer, Seetang und Fischen, Die großen Netze hingen noch immer vor den Thüren zum Trocknen oder lagen ausgebreitet am Strande. Das graue, kalte Meer mit seinen ewigen, tobenden Schaumwellen begann in die Ebbe zu treten; nach Fécamp zu erschienen am Rande der Klippen die grünlichen Felsen, und längs des Strandes sahen die großen Boote, die auf der Seite lagen, aus wie mächtige tote Walfische.

Und die Fischer kamen in Gruppen ans Ufer, schwer einherschreitend in ihren mächtigen Seemannsstiefeln, ein Tuch um den Hals, die Schnapsflasche in der einen Hand und in der andern die Laterne ihres Schiffes. Lange gingen sie um die schiefliegenden Boote herum. Mit normannischer Bedächtigkeit verstauten sie ihre Netze, einen großen Laib Brot, einen Topf mit Butter, Schnapsflasche und Glas an Bord. Dann schoben sie das aufgerichtete Boot gegen das Wasser, das mit großem Lärm auf dem Strande hinrutschte, in die Brandung schoß, sich auf den Wellen schaukelte, ein Paar Augenblicke hin und herschwankte, dann seine mächtigen braunen Flügel entfaltete und mit seinem kleinen Licht an der Mastspitze in der Nacht verschwand.

Und die großen Seemannsfrauen, deren grobe Glieder unter den dünnen Kleidern sich abzeichneten, die bis zur Ab fahrt des letzten Fischers gewartet hatten, kehrten in das schlafende Dorf zurück, mit ihrem Gekreisch die Stille der Straße störend.

Der Baron und Johanna sahen unbeweglich zu, wie im Dunkel die Männer verschwanden, die so wie heute jede Nacht hinausfuhren, ihr Leben zu wagen, um nicht Hungers zu sterben und dabei doch in so dürftigen Verhältnissen waren, daß bei ihnen niemals Fleisch auf den Tisch kam.

Der Baron ward ganz begeistert angesichts des Ozeans:

– Er ist furchtbar und doch schön! Wie wundervoll ist dies Meer, wenn es dunkel wird, dies Meer auf dem so viele Menschenleben stündlich in Gefahr schweben! Nicht wahr, Hannchen?

Sie antwortete mit eisigem Lächeln:

– Aber mit dem Mittelmeer nicht zu vergleichen. Doch ihr Vater war empört:

– Das Mittelmeer ist das reine Öl, Zuckerwasser, blaues Wasser im Waschtrog! Sieh nur mal, wie das grausig ist mit den großen Schaumköpfen und denke nur, alle diese Männer, die da hinaus gefahren und schon verschwunden sind.

Johanna gab es mit einem Seufzer zu:

– Ja, wenn Du willst.

Aber das Wort: Mittelmeer, das ihr auf die Lippen gekommen war, hatte wieder ihr Herz gepackt und ihre Gedanken nach den fernen Gegenden zurück geführt, wo ihre Träume schliefen.

Vater und Tochter gingen nun, statt durch den Wald zurück zu kehren, auf die Straße und stiegen langsam die Höhe hinan. Sie sprachen kaum, sie waren traurig über die baldige Trennung.

Ab und zu wehte ihnen, wenn sie an den Grenzgräben der Bauernhöfe vorüber kamen, der Geruch gestampfter Äpfel, jener Duft frischen Apfelweins entgegen, der zu dieser Jahreszeit über dem ganzen normannischen Lande zu liegen scheint; oder Stallgeruch traf sie, jener warme, angenehme Duft, den der Kuhdünger ausströmt. In jedem Hof bezeichnete ein erleuchtetes Fenster das Wohnzimmer, und Johanna war es, als weitete sich ihre Seele, als verstünde sie das Unsichtbare. Diese kleinen, über die Felder hin verstreuten Lichtstecke flößten ihr plötzlich wieder das lebhafte Gefühl ein, daß alle Wesen auf dieser Erde doch allein stehen, alle einander fremd find, keiner das Glück findet, das er ersehnt.

Da sagte sie mit trauriger Stimme:

– Das Leben ist nicht immer heiter! Der Baron seufzte:

– Ja, Kleine, wir können es nicht ändern.

Und als am nächsten Tage Papa und Mutting, abgereist waren, blieben Johanna und Julius allein.

VII

Nun begannen im Leben der jungen Leute die Karten eine Rolle zu spielen. Jeden Tag spielte Julius, die Pfeife dabei schmauchend und Cognac trinkend, – er war jetzt allmählich auf sechs bis acht Glas täglich gekommen – mit seiner Frau Bésigue. Dann ging sie in ihr Zimmer hinauf, setzte sich ans Fenster, und während der Regen an die Scheiben trommelte oder der Wind an den Läden rüttelte, stickte sie beharrlich einen Unterrocksaum. Ab und zu ward sie müde, blickte auf und betrachtete das finstere Meer, das in der Ferne brüllte. Dann nahm sie, nachdem sie einige Minuten so hinaus gesehen, ihre Arbeit wieder auf.

Sie hatte auch nichts anderes zu thun. Julius hatte die Leitung des ganzen Hauses übernommen, um seine Herschsucht voll zu befriedigen und dazu seine Sparsamkeitsgelüste. Er war von unerhörtem Geiz, gab nie und nirgends ein Trinkgeld und beschränkte das Essen auf das allernotwendigste.

Johanna hatte sich, seit sie nach Les Peuples gekommen, jeden Morgen vom Bäcker einen kleinen normannischen Kuchen backen lassen, er hob diese Ausgabe auf, und sie mußte geröstetes Brot essen.

Sie sagte nichts, um Auseinandersetzungen und Streit zu vermeiden. Aber sie litt wie von Nadelstichen bei jedem neuen Anzeichen des Geizes ihres Mannes. Diese Eigenschaft erschien ihr niedrig und häßlich, ihr, die in einer Familie groß geworden, in der das Geld nur so fortlief. Sie hatte so oft Mutting sagen hören: – Das Geld ist doch dazu da, ausgegeben zu werden!

Und Julius wiederholte nun immerfort:

– Kannst Du Dich denn nicht daran gewöhnen, das Geld nicht zum Fenster hinaus zu werfen?

Und jedesmal, wenn er ein paar Groschen an einem Geshalt oder an einer Rechnung abgeknappst hatte, sagte er lachend, indem er das Geld in die Tasche gleiten ließ:

– Bäche machen Flüsse!

An gewissen Tagen indessen fing Johanna wieder an zu träumen. Sie ließ die Arbeit liegen, die Hände sanken ihr in den Schoß, und mit halbmüdem Blick träumte sie wieder ihre entzückenden Mädchenträume; wenn sie dann Julius' Stimme aufscheuchte, der dem alten Simon irgend einen Befehl gab, so nahm sie ihre Geduldsarbeit wieder auf und sagte sich:

– Das ist nun alles aus! Und eine Thräne fiel auf die Finger, die die Nadel bewegten.

Auch Rosalie, die früher so lustig gewesen und immer sang, hatte sich ganz verändert. Ihre runden Wangen hatten die Farbe verloren und waren ganz eingefallen, ganz grau. Johanna fragte sie öfters:

– Bist Du krank, Rosalie?

Das Mädchen antwortete jedes Mal:

– Nein, gnädige Frau! Dabei stieg ihr leise das Blut in die Wangen und sie machte sich schnell davon.

Statt zu laufen und zu springen wie sonst, schleppte sie sich müde hin. Sie schien sogar nicht mehr eitel zu sein, denn sie kaufte den herumziehenden Händlern, die ihr irgend ein Seidenband, eine Spitzen-Krause, ein Kettchen oder sonst ihre flimmernden Waren zeigten, nichts mehr ab. Das große Haus klang ordentlich hohl, es war tot wie ein Sarg mit seiner langen Front, auf der der Regen lange, graue Striche hinterließ.

Gegen Ende Januar fiel Schnee. Von weitem sah man schon, vom Norden her, über das dunkle Meer dicke Wolken kommen, und das Herabrieseln der weißen Flocken begann. In einer Nacht war das ganze Land eingehüllt, und am Morgen alle Bäume mit jenem eisigen Flaum überzogen.

Julius verbrachte, in hohen Stiefeln, angezogen und aussehend wie ein Rauhbein, seine Tage im Wäldchen. Dort lag er hinter dem Graben in der Haide versteckt und spähte nach den Wandervögeln aus. Ab und zu klang ein Schuß durch das eisige Schweigen der Felder, ganze Schwärme von schwarzen Raben flogen erschrocken auf und kreisten um die großen Bäume.

Johanna ging in tötlicher Langeweile manchmal auf die Terrasse. Ganz von weitem, wie ein Echo, kamen dann Töne vom fernen Leben herüber, über die schweigende Ruhe dieses weißen Leichentuches.

Und doch hörte sie nichts weiter als eine Art Schnarchen der fernen Flut und unausgesetzt das leise Niedersinken des Schnees.

Und die Schneedecke wuchs und wuchs beim unaufhörlichen Fallen des dichten, leichten weißen Mooses.

An einem jener fahlen Morgen saß Johanna unbeweglich in ihrem Zimmer und wärmte sich am Feuer die Füße, während Rosalie, die sich täglich mehr veränderte, langsam das Bett machte. Plötzlich hörte sie hinter sich einen Schmerzensseufzer. Ohne den Kopf zu wenden, fragte sie:

– Was hast Du denn?

Das Mädchen antwortete wie immer:

– Nichts gnädige Frau! Aber ihre Stimme klang wie erloschen.

Johanna dachte schon wieder an andere Dinge, als sie Plötzlich merkte, daß das junge Mädchen sich nicht mehr bewegte. Sie rief:

– Rosalie! – Nichts rührte sich. Da dachte sie, sie wäre hinaus gegangen und rief lauter:

– Rosalie! Sie wollte eben den Arm ausstrecken, um zu klingeln, als dicht neben ihr ein tiefer Seufzer klang, sodaß sie zusammenfuhr.

Das Mädchen saß mit starren Augen, totenblaß an der Erde, die Beine ausgestreckt, den Rücken gegen die Bettwand gestemmt.

Johanna trat zu ihr:

– Was hast Du denn? Was ist Dir?

Rosalie antwortete nicht, machte keine Bewegung. Sie heftete nur auf ihre Herrin einen Blick wie irrsinnig und keuchte, als wäre sie von fürchterlichen Schmerzen gepackt; dann plötzlich streckte sie sich aus, sodaß sie auf den Rücken fiel, und mit zusammengebissenen Zähnen unterdrückte sie einen Verzweiflungsschrei.

Da bewegte sich etwas unter dem Kleid, das über ihre auseinandergerissenen Beine gespannt war, und man hörte einen eigentümliches Geräusch, wie ein Plätschern, einen erstickten Schrei, dann erklang plötzlich ein lautes Miauen wie von einer Katze, ein zarter doch schon schmerzlicher Schrei, der erste Schmerzensruf des Kindes, das ins Leben tritt.

Plötzlich begriff Johanna, was vor sich ging, lief erschrocken an die Treppe und rief ihren Mann:

– Julius! Julius!

Er antwortete von unten:

– Was ist denn los?

Sie konnte kaum die Worte hervor bringen:

– Ach, die Rosalie......

Julius kam herbeigestürzt; zwei Stufen auf einmal nehmend stürmte er ins Zimmer, hob mit einer Bewegung das Kleid des Mädchens auf und endeckte ein fürchterliches, kleines Stück Fleisch, erstickt schreiend, ganz klebrig, das zwischen zwei nackten Beinen zappelte.

Er richtete sich mit bösem Ausdruck auf und stieß seine erschrockene Frau hinaus:

– Das geht Dich nichts an, geh doch, schick mir Ludwine und den alten Simon.

Johanna ging zitternd in die Küche hinab, dann trat sie, da sie nicht wieder hinauf zu gehen wagte, in den Salon, in dem, seitdem die Eltern abgereist waren, nicht mehr geheizt wurde, und wartete ängstlich, was da kommen sollte. Bald sah sie den Diener, der eiligst hinausgestürzt war und nun mit der Witwe Dentu, der Hebamme der Gegend zurückkam. Da klang auf der Treppe eine große Bewegung, als ob man einen Verwundeten trüge, und Julius kam, um Johanna zu sagen, daß sie nun wieder hinauf könnte. Sie zitterte, als ob sie irgend einen furchtbaren Unglücksfall erlebt hätte, setzte sich wieder ans Feuer und fragte:

– Wie geht es ihr denn?

Julius lief, mit seinen Gedanken beschäftigt, im Zimmer auf und ab, der Zorn schien in ihm zu kochen, und er antwortete zuerst nicht, dann blieb er nach ein paar Sekunden stehen und sagte:

– Was gedenkst Du mit dem Mädchen zu thun?

Sie begriff nicht, sie blickte ihren Mann an:

– Wie so denn? Was willst Du damit sagen? Ich weiß nicht!

Plötzlich wurde er wütend und schrie:

– Wir können doch den Bastard nicht im Hause behalten!

Da war Johanna ganz verwirrt und empört, und nach langem Schweigen sagte sie:

– Aber lieber Freund, vielleicht könnte man ihn zu einer Ziehfrau geben.

Er ließ sie nicht ausreden:

– Ja, und Wer soll das bezahlen? Wahrscheinlich Du?

Sie dachte lange nach, suchte eine Lösung und endlich sagte sie:

– Aber der Vater des Kindes wird schon dafür sorgen, und wenn er Rosalie heiratet, sind doch keine Schwierigkeiten weiter.

Julius, dessen Geduld zu Ende zu sein schien, rief wütend:

– Der Vater? . . Der Vater? . . Ja weißt Du denn, wer es ist? Nein! Nicht wahr? Nicht wahr, Du weißt es nicht? Na also!

Johanna ward lebhafter:

– Ja er wird doch aber das Mädchen nicht in diesem Zustande verlassen. Das wäre doch eine Feigheit geradezu! Wir werden fragen, wer es ist und ihn dann aufsuchen. Da wird er sich schon drüber äußern.

Julius hatte sich beruhigt und fing wieder an, hin und her zu gehen:

– Liebes Kind, sie will es nicht sagen, sie will den Mann nicht nennen, Dir eben so wenig wie mir. Und .. wenn er sie nun nicht haben will? Wir können doch unter unserm Dach nicht ein Mädchen mit ihrem unehelichen Kind behalten. Das mußt Du doch einsehen!

Johanna blieb aber dabei:

– Dann ist der Mann eben ein Schuft! Aber wir müssen doch herauskriegen, wer es ist, und dann soll er es mit uns zu thun bekommen.

Julius war purpurrot geworden und wurde immer wütender:

– Aber . . bis dahin kann sie nicht hier bleiben.

Johanna wußte nicht, was sie sagen sollte und fragte: – Ja, was schlägst Du denn vor?

Da sagte er seine Ansicht: – Sehr einfach, ich würde ihr etwas Geld geben und sie rausschmeißen mit ihrem Wurm.

Darüber war die junge Frau empört:

– Nein, das geschieht nicht. Das Mädchen ist meine Milchschwester, wir sind zusammen groß geworden. Sie hat einen Fehltritt gethan, das ist zwar sehr schlimm, aber dafür setze ich sie nicht vor die Thür, und wenn es sein muß, werde ich selbst das Kind groß ziehen.

Da brach Julius los:

– Na, das ist ja sehr nett für uns, bei unsrem Namen und unsren Verbindungen. Da wird es überall heißen, daß wir das Laster beschützen und solchem Frauenzimmer Unterschlupf gewähren, und anständige Menschen werden keinen Fuß mehr über unsere Schwelle setzen wollen. Nein, wie kannst Du nur daran denken, überhaupt, Du bist ja ganz verrückt.

Sie war ganz ruhig geblieben:

– Ich lasse Rosalie nicht vor die Thür setzen, und wenn Du sie nicht nehmen willst, nimmt sie meine Mutter. Schließlich müssen wir doch den Namen des Vaters ihres Kindes erfahren.

Da lief er, indem er wütend die Thür ins Schloß warf, davon und rief:

– Die Weiber sind zu dumm mit ihren Ideen!

Am Nachmittag ging Johanna hinauf zu der Wöchnerin. Das Mädchen, das von der Witwe Dentu gepflegt ward, lag im Bett unbeweglich mit offnen Augen, während ihre Wärterin das neugeborene Kind in den Armen wiegte. Sobald Rosalie ihrer Herrin ansichtig ward, begann sie zu schluchzen und versteckte in größter Verzweiflung sich unter der Decke.

Johanna wollte sie umarmen, aber sie wehrte sich. Da trat die Wärterin hinzu und zog ihr die Decke vom Gesicht. Nun ließ sie es geschehen, indem sie noch immer, aber jetzt leiser weinte.

Im Kamin brannte ein schwaches Feuer. Es war kalt, das Kind weinte. Johanna wagte es nicht, von dem Kleinen zu sprechen in der Befürchtung, einen neuen Verzweiflungsausbruch herbei zu führen. Sie hatte die Hand ihres Mädchens genommen und sagte mechanisch:

– Es ist nichts! Es ist nichts! Du brauchst Dich nicht aufzuregen.

Das arme Ding blickte verstohlen zur Wärterin, zitterte beim Wimmern des Kindes, und ein Rest des Kummers packte sie abermals, sodaß sie noch ab und zu in krampfhaftes Schluchzen ausbrach, während es in ihrer Kehle rasselte.

Johanna küßte sie wiederum und flüsterte ihr ganz leise ins Ohr:

– Hab keine Angst, Rosalie, wir werden für das Kleine schon sorgen!

Als aber dann ein neuer Thränenausbruch erfolgte, ging, sie schnell davon.

Täglich kam sie wieder, und täglich brach Rosalie in Thränen aus, wenn sie ihre Herrin sah.

Das Kind wurde bei einer Nachbarin in Pflege gegeben.

Aber Julius sprach kaum mit seiner Frau, als ob er ihr böse sei, weil sie das Mädchen nicht hatte fortschicken wollen.

Eines Tages kam er auf den Gegenstand zurück. Da zog Johanna einen Brief ihrer Mutter aus der Tasche, worin die Baronin bat, ihr das Mädchen sofort zu schicken, wenn man sie nicht im Schloß behalten wolle.

Julius war wütend und rief:

– Deine Mutter ist genau so verrückt wie Du!

Aber dann ließ er die Sache auf sich beruhen. Vierzehn Tage später konnte die Wöchnerin wieder aufstehen und ihre Arbeit verrichten.

Da nahm sie Johanna eines Morgens vor, ließ sie hinsetzen, ergriff ihre Hände und blickte ihr in die Augen:

– Nun Rosalie, nun sag mir alles!

Rosalie fing an zu zittern und stammelte: – Was denn, gnädige Frau?

– Von wem ist das Kind?

Da wurde das Mädchen wiederum von Verzweiflung gepackt und suchte ihre Hände zu befreien, um das Gesicht darin zu verstecken.

Und Johanna küßte sie, so sehr sie sich auch wehrte und tröstete sie:

– Ach Rosalie, das ist eben ein Unglück, Du bist eben schwach gewesen, aber das passiert andern auch, und wenn der Vater des Kindes Dich heiratet, soll alles vergessen sein, und er kann bei uns in Dienst treten, mit Dir zusammen.

Rosalie stöhnte, als ob man sie gefoltert hätte, und von Zeit zu Zeit versuchte sie, sich los zu machen, um zu entfliehen.

Johanna fuhr fort:

– Ich verstehe schon, daß Du Dich schämst, aber Du siehst doch, daß ich Dir nicht böse bin. Ich frage Dich bloß zu Deinem Besten nach dem Namen des Vaters. Ich sehe doch aus Deinem Kummer, daß er Dich sitzen läßt, und das will ich eben verhindern. Julius wird mit ihm reden, und wir werden ihn schon zwingen, daß er Dich heiratet, und da wir euch dann alle beide in Dienst nehmen, wird er Dich schon glücklich machen.

Diesmal machte Rosalie einen so verzweifelten Versuch, sich los zu machen, daß sie ihre Hände aus denen ihrer Herrin riß und wie verrückt davon lief.

Abends bei Tisch sagte Johanna zu Julius:

– Ich wollte Rosalie dazu bringen, mir den Namen ihres Verführers zu nennen, aber es ist mir nicht gelungen. Nun versuche Du es doch mal Deinerseits, damit wir den Schuft zwingen können, sie zu heiraten.

Aber Julius ward sofort wütend:

– Hör' mal, Du weißt doch, daß ich von der Geschichte nichts hören will. Du hast das Mädchen behalten wollen, also behalte sie, aber laß mich mit der Geschichte in Frieden.

Seit Rosaliens Niederkunft schien er noch schlechterer Laune als sonst. Er hatte sich angewöhnt, nie mehr ruhig mit seiner Frau zu sprechen, sondem immer zu schreien, als wäre er wütend, während sie im Gegenteil die Stimme senkte, weich ward und nachgiebig, um alle Auseinandersetzungen zu vermeiden. Und oft weinte sie abends.

Trotz seiner wütenden Stimmung hatte ihr Mann seine Liebesgewohnheiten, die er seit ihrer Rückkehr eingestellt, wieder aufgenommen, und es vergingen selten drei Tage ohne daß er die eheliche Schwelle überschritt.

Rosalie war bald ganz wieder hergestellt und nun weniger traurig, obgleich sie etwas Verstörtes behielt, als ob ein Schreckgespenst sie verfolge.

Und noch zweimal lief sie davon, als Johanna versuchte, sie zum Geständnis zu bringen.

Plötzlich ward auch Julius liebenswürdiger, und die junge Frau begann neue Hoffnung zu schöpfen, ward wieder heiter, obgleich sie manchmal ein wunderliches Unwohlsein überkam, von dem sie aber niemandem etwas sagte.

Es hatte nicht getaut, und nun wölbte sich schon seit beinahe fünf Wochen über dem harten, ebenen, glitzernden Schneetuch ein klarer Himmel, wie blauer Krystall am Tage und nachts mit Sternen besäet wie Rauhreif.

Die Bauernhäuser, die einsam in ihren viereckigen Höfen lagen, versteckt hinter den großen, reifgepuderten Bäumen, schienen zu schlafen in ihrem weißen Gewande. Nicht Mensch noch Tier kamen mehr heraus, nur die Schornsteine der Hütten zeigten durch feine Rauchwolken, die kerzengerade zum Himmel aufstiegen an, daß darinnen noch Leben war.

Die Ebene, die Hecken, die Ulmen, alles schien tot zu sein, wie von der Kälte ermordet.

Ab und zu krachten die Bäume, als ob ihre Holz- Glieder unter der Rinde geplatzt wären, und hier und da löste sich ein großer Zweig ab und fiel zu Boden. Der eisige Frost hatte den Saft ausgetrocknetund die Äste gebrochen.

Johanna wartete ängstlich auf die Rückkehr der milderen Jahreszeit, indem sie all das unbestimmte Unbehagen, das in ihr steckte, der großen Kälte zuschrieb.

Bald konnte sie nicht mehr essen, sie ekelte sich vor allem; ihr Puls fing an rasend zu schlagen, und bald konnte sie, obgleich sie fast keine Nahrung mehr zu sich nahm, nichts mehr bei sich behalten, und ihre stets erregten Nerven, die immer angegriffener wurden, versetzten sie in eine unerträgliche, fortwährende Aufregung.

Eines Abends fiel das Thermometer noch mehr, und Julius sagte, als sie von Tisch aufstanden, – denn das Eßzimmer wurde, um Holz zu sparen, nie mehr geheizt – indem er sich fröstelnd die Hände rieb:

– Nicht wahr, Liebchen, heute wäre es schön zu zweien im Bett?

Er lachte mit seinem gutmütigen Kinderlachen, wie früher. Johanna fiel ihm um den Hals, aber sie fühlte sich gerade so unwohl, hatte den Abend solche Schmerzen und war so nervös, daß sie ihn leise bat, indem sie ihn auf den Mund küßte, sie heute allein zu lassen. Sie setzte ihm mit ein paar Worten ihren Zustand auseinander:

– Bitte, mein Geliebter, ich fühle mich nicht wohl, morgen wird mir's sicher wieder besser gehen.

Er ließ es gut sein und sagte nur:

– Wie Du willst, meine Liebe, wenn Du krank bist, mußt Du Dich pflegen.

Und sie sprachen von andern Dingen.

Sie ging zeitig zu Bett. Julius ließ in seinem Schlafzimmer gegen seine sonstige Gewohnheit Feuer machen, und als man ihm meldete, daß es ordentlich brenne, küßte er seine Frau und ging.

Das ganze Haus schien unter der Kälte zu leiden, die Mauern klangen leise, als schauerten sie zusammen, und Johanna zitterte in ihrem Bett; zweimal stand sie auf, um ein Scheit Holz nachzulegen und Kleidungsstücke zu holen, sich noch auf's Bett zu decken. Nichts konnte sie wärmen.

Ihre Füße erstarrten, Unter- und Oberschenkel befiel ein solches Zittern, daß sie sich unausgesetzt hin und herwarf, sich aufregte und immer nervöser ward.

Bald schlugen ihre Zähne auf einander, ihre Hände zitterten, ihre Brust war wie zusammengeschnürt, ihr Herz klopfte langsam in schweren, dumpfen Schlägen und schien manchmal auszusetzen. Sie rang nach Atem, als könnte sie keine Luft bekommen.

Eine fürchterliche Angst packte sie bei der entsetzlichen Kälte, die ihr bis in's Mark drang. Etwas Ähnliches hatte sie noch nie gehabt. Sie fühlte sich wie von der Lebenskraft verlassen, ihrer letzten Stunde nahe. Sie dachte: „Ich sterbe", und im Entsetzen sprang sie aus dem Bett, klingelte Rosalie, wartete, klingelte wieder, zitternd und zusammenschauernd.

Das Mädchen kam nicht. Sie lag wahrscheinlich in jenem ersten Schlafe, aus dem man nicht zu erwecken. Und Johanna,, die nicht mehr konnte, stand auf und lief zur Treppe. Lautlos tastete sie sich hinauf bis an die Thür, öffnete sie und rief:

– Rosalie! Sie ging weiter, stieß ans Bett, tastete mit den Händen darauf und fühlte, daß es leer war, leer und kalt, als ob niemand dort gelegen hätte.

Sie fragte sich erstaunt: „Was, bei so einem Wetter ist sie fortgelaufen?"

Aber da ihr Herz plötzlich ganz erregt ward, und zum Zerspringen klopfte, lief sie hinab mit zitternden Knieen, fast zusammen brechend, um Julius zu wecken.

Schnell trat sie bei ihm ein, von der Überzeugung verfolgt, daß sie sterben müßte und dem Wunsche, ihn noch zu sehen, ehe sie stürbe.

Beim erlöschenden Feuer im Kamin sah sie neben dem Kopf ihres Mannes den Kopf Rosaliens in den Kissen.

Bei dem Schrei, der ihr entfloh, fuhren sie beide in die Höhe. Einen Augenblick blieb sie starr stehen, im Entsetzen über diese Entdeckung, dann lief sie davon, in ihr Zimmer zurück.

Als aber Julius verzweifelt rief: „Johanna!" packte sie eine so fürchterliche Angst, ihn zu sehen, seine Stimme zu hören, seine Auseinandersetzungen, seine Lügen, ihm ins Auge zu blicken, daß sie wieder auf die Treppe stürzte und die Stufen hinab eilte.

Dann lief sie in die Dunkelheit hinein, auf die Gefahr hin, die Stufen herunter zu fallen und sich die Glieder auf den Steinen zu brechen. Sie floh, von einem unwiderstehlichen Bedürfnis getrieben, nichts zu hören, keinen Menschen mehr zu sehen.

Als sie unten stand, setzte sie sich auf eine Stufe, barfuß und im Hemd, und da blieb sie wie von Sinnen sitzen.

Julius war aus dem Bett gesprungen, hatte sich eilig angezogen, sie hörte ihn gehen und kommen und stand auf,um vor ihm zu fliehen. Schon eilte auch er die Treppe herunter und rief:

– Johanna, so hör doch!

Nein, sie wollte nicht hören, noch sich auch nur mit der Spitze des Fingers berühren lassen, und sie stürzte in das Eßzimmer und floh wie vor einem Mörder. Sie suchte einen Ausgang, ein Versteck, eine dunkle Ecke, irgend einen Fleck wo sie sich vor ihm verbergen könnte. Sie versteckte sich untcr dem Tisch, aber schon öffnete er die Thür, das Licht in der Hand, immerfort rufend:

– Johanna! Johanna!

Und sie floh davon wie ein gescheuchtes Wild, stürzte in die Küche und lief zwei Mal im Kreise herum, gleich einem in die Enge getriebenen Tier, und da er sie beinahe eingeholt hatte, öffnete sie plötzlich die Thür zum Garten und lief hinaus.

Die Berührung mit dem eisigen Schnee, in den ihre Füße oft bis zum Knie einsanken, gab ihr plötzlich die Kraft der Verzweiflung. Obgleich sie halb nackt war, fror sie nicht. Sie fühlte nichts mehr, so beherrschte das Entsetzen ihrer Seele ihren Körper, und so raste sie dahin über die Erde, weiß wie diese.

Sie lief die große Allee hinab durch das Wäldchen, sprang über den Graben und floh über die Haide.

Der Mond schien nicht, die Sterne leuchteten wie eine Feuersaat am schwarzen Himmel, aber doch war die Ebene hell, in trübem Weiß lag sie unbeweglich da, in unendlichem Schweigen.

Johanna raste dahin, ohne Atem zu schöpfen, ohne einen Gedanken an irgend etwas, und plötzlich stand sie am Rande der Klippen. Unwillkürlich blieb sie jäh stehen, und keines Gedankens, keines Willens mehr fähig, fiel sie hin.

In dem dunklen Raum vor ihr strömte das unsichtbare, stille Meer den Salzduft des Seetangs bei Ebbe aus.

Dort blieb sie lange liegen, gelähmt an Geist und Herz, dann fing sie plötzlich an zu zittern am ganzen Körper, wie ein Segel, das im Winde flattert, ihre Arme und Hände flogen, ihre Füße bebten, durch eine unbesiegliche Gewalt hin und her geschlagen, klappten und fuhren zusammen, und plötzlich kam ihr klar und bitter die Besinnung wieder.

Dann zogen längst verflogene Bilder an ihrem Auge vorüber: die Spazierfahrten im Boot des alten Lastique mit ihm, wie sie dort mit einander gesprochen, wie ihre Liebe erwacht; die Bootstaufe, und immer weiter dachte sie zurück, bis an jene Nacht, da sie, von Sehnsucht und unbestimmten Träumen bewegt, zum ersten Male nach Les Peuples gekommen. Und nun? Und nun? Ach, ihr Leben war vernichtet, alle Freude vorbei, sie hatte nichts mehr zu erwarten, und vor ihrer Seele erschien die furchtbare Zukunft, voll Qual, Verrat und Verzweiflung; lieber doch wollte sie sterben, dann war alles gleich vorbei.

Aber eine Stimme klang von weitem:

– Hier! Hier sind die Spuren, schnell, schnell, hierher!

Es war Julius, der sie suchte.

Sie wollte ihn nicht wiedersehen. In der Tiefe dort vor ihr hörte sie jetzt ein leises Geräusch, das dumpfe Branden des Meeres an die Felsen.

Sie richtete sich auf, entschlossen, sich hinunter zu stürzen, indem sie vom Leben Abschied nahm wie die Verzweifelten, und seufzend rief sie das letzte Wort der Sterbenden, das letzte Wort der jungen Krieger, die in der Schlacht fallen:

– Mutter!

Plötzlich dachte sie an Mutting, sie sah, wie sie schluchzte, sie sah ihren Vater vor ihrer zerschmetterten Leiche knieen, und in einer Sekunde durchlitt sie alle Verzweiflungsqualen ihrer Eltern.

Da fiel sie weich in den Schnee zurück, und als Julius und der alte Simon, von Marius gefolgt, der eine Laterne hielt, sie bei den Armen packten und sie zurückrissen, weil sie so nahe am Abgrunde lag, da wehrte sie sich nicht mehr.

Sie machten mit ihr was sie wollten, denn sie konnte sich nicht mehr bewegen; sie fühlte, daß man sie trug, dann, daß man sie zu Bett brachte und sie mit heißen Tüchern abrieb. Darauf versank alle Erinnerung, sie verlor die Besinnung. Dann quälte sie ein Traum. War es ein Traum? Sie lag in ihrem Zimmer, es war heller, lichter Tag, aber sie konnte sich nicht erheben. Warum? Sie wußte es nicht. Da hörte sie auf dem Boden etwas wie ein Kratzen, ein Rascheln, und plötzlich huschte eine kleine, graue Maus schnell über ihre Bettdecke, eine andere folgte sofort, dann eine dritte, die mit ihren eiligen, trippelnden Schrittchen ihr bis zur Brust hinauf lief.

Johanna hatte keine Angst, aber sie wollte das Tier packen und streckte die Hand aus. Es gelang ihr nicht.

Da tauchten plötzlich von allen Seiten Mäuse auf, zehn, zwanzig, hundert, Tausende, Millionen. Sie kletterten in ganzen Kolonnen empor, liefen über die Wände, bedeckten völlig das Bett, mit schwärzlichem Gewimmel, und endlich drangen sie unter die Decke. Johanna fühlte, wie sie über ihre Haut glitten, wie sie ihr an den Beinen krabbelten und längs ihres Körpers auf- und abliefen. Sie sah, wie sie vom Fußende des Bettes herauf kamen, um sich auf ihre Brust zu stürzen, und sie wehrte sich, griff mit den Händen vor sich hin, sie zu packen, doch, wenn sie die Finger schloß, waren sie immer leer.

Sie war verzweifelt, wollte fliehen, schreien und es schien ihr, als hielte man sie fest, als umfingen und bändigten sie kräftige Arme, aber sie sah niemand.

Sie hatte keinen Begriff von der Zeit, es mußte lange, sehr lange dauern. Dann erwachte sie müde, aber es war doch schön. Sie fühlte sich schwach, entsetzlich schwach. Sie öffnete die Augen und wunderte sich nicht, daß Mutting im Zimmer saß mit einem dicken Herrn, den sie nicht kannte.

Wie alt war sie? Sie wußte es nicht. Sie dachte, sie sei immer noch ein ganz kleines Mädchen, alle und jede Erinnerung war ihr entschwunden.

Der dicke Mann sagte:

– Da, sie kommt wieder zur Besinnung! Und Mutting fing an zu weinen, dann sagte der dicke Mann:

– Beruhigen Sie sich doch, Frau Baronin, ich kann Ihnen sagen, jetzt stehe ich dafür, aber Sie dürfen ihr von nichts sprechen, von nichts, sie soll schlafen.

Und es schien Johanna, als lebte sie noch lange so im Schlaf, befangen von einem tiefen Schlummer, ohne daß sie versuchte nachzudenken. Sie versuchte auch nicht, sich an irgend etwas zu erinnern, als ob sie eine unbestimmte Angst hätte, daß die Wirklichkeit ihr zum Bewußtsein käme.

Da bemerkte sie einmal, als sie aufwachte, wie Julius ganz allein bei ihr saß. Plötzlich kam ihr die ganze Erinnerung, als hätte ein Vorhang sich geöffnet, der ihr verflossenes Leben verhüllt.

Sie empfand einen entsetzlichen Stich im Herzen und wollte wieder fliehen. Sie warf die Decke von sich, sprang aus dem Bett und fiel, denn ihre Füße konnten sie nicht tragen.

Julius wollte ihr zu Hilfe kommen. Sie brüllte laut, daß er sie nicht berühren sollte, sie wand sich, rollte sich; die Thür ging auf. Tante Lieschen kam gestürzt mit der Witwe Dentu, darauf der Baron und endlich erschien, erschrocken, außer Atem, Mutting.

Man legte sie wieder hin, und sofort schloß sie absichtlich die Augen, um nachdenken zu können und nicht sprechen zu müssen. Die Mutter und die Tante pflegten sie, bemühten sich um sie und fragten:

– Hörst Du uns? Johanna, meine kleine, arme Johanna! Sie stellte sich taub und antwortete nicht; aber sie bemerkte sehr gut, daß der Tag sich neigte. Die Nacht brach herein. Die Wärterin setzte sich zu ihr und gab ihr ab und zu zu trinken.

Sie trank, ohne ein Wort zu sagen, aber sie schlief nicht mehr. Das Denken ward ihr sauer, sie suchte mühsam sich an die Dinge zu erinnern, die ihr entfallen waren, als wäre ein Loch in ihrem Gedächtnis, leere, weiße Stellen, wo die Ereignisse nicht aufgeschrieben standen.

Allmählich, nach langer Anstrengung, entsann sie sich wieder alles dessen, was geschehen war, und dachte ohne Unterlaß darüber nach.

Mutting, Tante Lieschen und der Baron waren gekommen, sie war also sehr krank gewesen. Aber Julius! Was mochte er gesagt haben? Wußten ihre Eltern etwas? Und wo war Rosalie? Und was sollte sie thun, was sollte sie thun?

Ein Gedanke kam ihr, sie wollte mit Papa und Mama noch Rouen zurückkehren, wie früher. Sie würde eben Witwe sein. Das war alles.

Da wartete sie und hörte zu, was man um sie herum sprach. Sie verstand alles, aber ließ es sich nicht merken, und nutzte die Rückkehr des Verständnisses geduldig und geschickt aus.

Endlich abends war sie allein mit der Baronin und rief ganz leise:

– Mutting!

Die eigne Stimme erschreckte sie, klang ihr ganz fremd. Die Baronin nahm sie bei den Händm:

– Mein Kind, meine liebe Johanna, mein Töchterchen erkennst Du mich jetzt?

– Ja, Mutting, Du mußt nicht weinen. Wir müssen lange mit einander sprechen. Hat Dir Julius gesagt, warum ich in den Schnee hinaus gelaufen bin?

– Ja, mein Kind, Du hast ein starkes, sehr gefährliches Fieber gehabt.

– Mama, das ist es nicht, das Fieber habe ich später gekriegt, aber hat er Dir gesagt, warum ich das Fieber bekommen habe und warum ich fortgelaufen bin?

– Nein, mein Kind!

– Weil ich Rosalie bei ihm gefunden habe.

Die Baronin dachte, sie spräche noch im Delirium und sagte schmeichelnd:

– Schlaf doch, Kindchen, beruhige Dich, versuche zu schlafen.

Aber Johanna begann beharrlich von neuem:

– Ich bin ganz bei Verstände, Mama. Ich rede keinen Unsinn, wie ich wahrscheinlich die letzten Tage gethan habe. Ich fühlte mich eines Nachts so krank, da wollte ich Julius holen und habe Rosalie bei ihm im Bett gefunden. Da habe ich in der Verzweiflung den Kopf verloren und bin in den Schnee hinaus gelaufen, um mich von den Felsen hinunter zu stürzen.

Aber die Baronin wiederholte:

– Ja mein Kindchen, Du bist sehr krank gewesen, sehr krank.

– Nein Mama, das ist es nicht! Ich habe Rosalie bei ihm im Bett gefunden und will nicht mehr bei ihm bleiben. Du mußt mich nach Rouen wieder mitnehmen wie früher.

Die Baronin, der der Arzt anempfohlen hatte, Johanna nicht zu widersprechen, wiederholte:

– Ja, mein Kindchen!

Aber die Kranke wurde ungeduldig: –Ich merke schon, Du glaubst mir nicht. Hole doch mal Papa, der wird mir schon glauben.

Und Mutting stand mühsam auf, nahm ihre beiden Stöcke und ging hinaus, ihren Fuß nachschleppend. Nach ein paar Minuten kam sie mit dem Baron zurück, der sie führte.

Sie setzten sich ans Bett, und Johanna begann sofort. Sie erzählte langsam mit matter Stimme, aber ganz klar, von Julius, von seiner Härte, von seinem Geiz und endlich von seiner Untreue.

Als sie fertig war, merkte der Baron wohl, daß sie nicht im Delirium gesprochen, aber er wußte nicht, was er denken, sollte, nicht was er thun und ihr antworten sollte.

Er nahm zärtlich ihre Hände, wie früher, wenn er ihr ein Märchen erzählte, damit sie einschlafen sollte:

– Höre mal, mein Liebling, jetzt heißt es klug handeln, wir wollen nichts verderben. Versuche mit Deinem Mann auszukommen, bis wir einen Entschluß gefaßt haben. Willst Du mir das versprechen?

Sie flüsterte:

– Das will ich, aber wenn ich wieder gesund bin, bleibe ich nicht hier. Dann fügte sie leise hinzu: – Wo ist Rosalie?

Der Baron antwortete: – Du wirst sie nicht wiedersehen!

Aber sie blieb fest: – Wo ist sie? Ich will's wissen.

Da gab er zu, daß sie das Haus noch nicht verlassen hätte, aber er versprach, daß sie fortgehen würde.

Als der Baron von der Kranken herauskam, ging er, noch zitternd vor Wut, in seinem Vaterherzen tief verletzt, zu Julius und sagte kurz:

– Ich verlange Rechenschaft von Dir wegen Deines Benehmens gegen meine Tochter. Du hast sie mit eurem Mädchen betrogen. Das ist doppelt empörend.

Aber Julius spielte den Unschuldigen, leugnete leidenschaftlich, schwur und rief Gott zum Zeugen an. Wo war der Beweis? War Johanna nicht nervös gestört? Hatte sie nicht eine Gehirnentzündung gehabt? War sie nicht in der Nacht, in einem Anfall von Delirium beim Ausbruch ihrer Krankheit in den Schnee hinaus gelaufen? Und gerade beim Beginn ihrer Krankheit, als sie fast nackt durch das Haus gelaufen, wollte sie ihr Mädchen bei ihm gefunden haben.

Julius ward wütend, drohte mit einem Prozeß, äußerte heftig seine Empörung, sodaß der Baron sich ganz verwirrt entschuldigte, um Verzeihung bat und ihm die Hand entgegen streckte, die aber Julius nicht nehmen wollte.

Als Johanna die Antwort ihres Mannes erfuhr, war sie nicht böse, sie antwortete nur:

– Er lügt Papa! Aber wir werden ihn schon überführen.

Zwei Tage lang war sie nachdenklich und schweigsam.

Am dritten Morgen wollte sie Rosalie sehen. Der Baron weigerte sich, sie herauf kommen zu lassen und behauptete, sie wäre fort. Johanna ließ aber nicht locker: – Dann mag man sie holen! Und dabei ward sie schon wieder ganz erregt. Da trat der Arzt ein.

Es ward ihm alles gesagt und er sollte sein Urteil abgeben. Aber plötzlich begann Johanna zu weinen, nervös, ganz außer sich und schrie fast:

– Ich will Rosalie sehen! Ich will sie sehen!

Da nahm der Arzt ihre Hand und sagte leise: – Gnädige Frau, beruhigen Sie sich. Jede Gemütsbewegung schadet Ihnen, denn Sie sind guter Hoffnung.

Sie war ganz erschrocken, als hätte sie einen Schlag bekommen, und es schien ihr sofort, als bewege sich etwas in ihr.

Dann schwieg sie und hörte nicht mal auf das, was man ihr sagte, ganz in Gedanken versunken. Sie konnte nachts nicht schlafen. Der neue wundersame Gedanke, daß da in ihr ein neues Leben keimte, beschäftigte sie, und sie war traurig, daß es Julius' Sohn wäre. Sie ängstigte sich, er möchte dem Vater ähnlich werden. Als es Tag geworden war, ließ sie den Baron rufen.

– Papachen, ich bin jetzt ganz entschlossen, ich will alles wissen, vor allen Dingen jetzt. Hörst Du, ich will. Und Du weißt, daß Du mich in dem Zustande, in dem ich mich befinde, nicht ärgern darfst! Also hör' wohl zu. Hole mir den Herrn Pfarrer. Ich muß ihn haben, damit Rosalie nicht lügt. Sowie er dann da ist, wirst Du sie herauf kommen lassen und wirst mit Mutting hier bleiben. Paß' vor allen Dingen aber auf, das Julius keinen Verdacht schöpft.

Eine Stunde darauf trat der Priester ein, noch immer ebenso dick und kurzatmig wie die Baronin. Er setzte sich neben sie in einen Stuhl, den dicken Wanst zwischen den gespreizten Beinen und begann zu scherzen, indem er aus alter Gewohnheit mit dem gewürfelten Taschentuch über die Stirn wischte:

– Nun Frau Baronin, ich glaube, wir werden beide nicht dünner, wir können uns zusammen thun.

Dann wandte er sich zu dem Bett der Kranken:

– Höh höh, was hat man mir gesagt, junge Frau? Es soll bald wieder Taufe sein! Nein, nein, diesmal keine Bootstaufe! Dann fügte er in ernstem Ton hinzu:

– Das giebt einen Vaterlandsverteidiger. Darauf nach kurzem Nachdenken:

– Vorausgesetzt, daß es nicht etwa eine gute Hausfrau wird – indem er sich gegen die Baronin wandte, – wie Sie gnädige Frau......

Die Thür ging auf, Rosalie erschien, verzweifelt heulend, sie weigerte sich, herein zu kommen, und klammerte sich am Thürrahmen fest. Der Baron wurde ungeduldig und schleuderte sie mit einem Stoß ins Zimmer. Da blieb sie, die Hand vor das Gesicht geschlagen, schluchzend stehen.

Sowie Johanna sie sah, richtete sie sich auf und setzte sich im Bett. Sie war bleicher geworden wie die Tücher, und ihr wildklopfendes Herz hob das leichte Hemd auf der Haut, durch seine Schläge.

Sie konnte nicht sprechen und atmete schwer. Endlich sagte sie, mit vor Erregung stockender Stimme:

Ich .... ich .... brauche.... Dich .... nicht zu fragen .... ich .... ich .... brauche Dich bloß ... so .... in Deiner Scham zu sehen.

Nach einer Pause, denn der Atem ging ihr aus, fuhr sie fort:

– Aber ich will alles wissen, hörst Du? Alles! Ich habe den Herrn Pfarrer holen lassen, damit es wie eine Beichte ist.

Rosalie rührte sich nicht und schrie, die zusammen gekämpften Hände vor's Gesicht geschlagen. Der Baron wurde wütend, packte ihre Arme, riß sie auseinander und zwang sie, vor dem Bett in die Kniee zu sinken.

– Sprich doch! Antworte!

Sie blieb am Boden liegen in der Stellung wie eine büßende Magdalena. Das Häubchen schief auf dem Kopf, die Schürze auf dem Parket und wieder das Gesicht in den kaum frei gewordenen Händen verborgen.

Da redete der Pfarrer in sie hinein:

– Nun meine Tochter höre einmal zu, was man Dich fragt, und antworte. Es soll Dir gar nichts geschehen, aber wir wollen wissen, was sich zugetragen hat.

Johanna beugte sich über den Bettrand und fragte:

– Bist Du wirklich in Julius' Bett gewesen, als ich euch überraschte?

Rosalie stöhnte zwischen den Fingern hindurch:

– Ja, gnädige Frau!

Da fing plötzlich die Baronin an, laut und lärmend zu weinen, und dazwischen klang das Schluchzen Rosaliens. Johanna fragte, die Augen auf ihr Mädchen gerichtet:

– Seit wann ist es gewesen?

Rosalie stammelte:

– Seit er gekommen ist.

Johanna verstand nicht.

– Seit er gekommen ist? – Also seit .. seit dem Frühjahr?

– Ja, gnädige Frau!

– Also seitdem er in dies Haus gekommen ist?

– Ja gnädige Frau!

Und Johanna fragte schnell und stürmisch:

– Aber wie ist es denn gekommen? Was hat er Dir denn gesagt? Wie hat er es denn angefangen? Wann hast Du denn nachgegeben? Wie hast Du Dich denn mit ihm einlassen können?

Rosalie öffnete jetzt die Hände, und auch sie packte das Fieber zu sprechen, der Wunsch zu antworten:

– Das weeß ich doch nich. Wie er hier zum ersten Mal gegessen hat, is er uf mei Zimmer gekummen und hat sich an'n Boden versteckt. Ich hab doch nich schreien wull'n und Hab doch keenen Sums machen wull'n, da is er zu mir ins Bette gekumm'n. Ich hab nich gewußt, wie mir in den Moment war, er hat gemacht, was er wullte, ich hab nischt gesagt, weil er ganz nett war.

Da stieß Johanna einen Schrei aus:

– Aber Dein . . Dein . . Kind? Ist es seins? Rosalie schluchzte:

– Ja, gnädige Frau. Dann schwiegen sie beide.

Man hörte nur noch das Geräusch von Rosaliens und der Baronin Weinen. Johanna konnte nicht mehr, sie fühlte, wie auch ihre Augen naß wurden, und lautlos liefen die Tropfen über ihre Wangen.

Das Kind ihres Dienstmädchens hatte denselben Vater wie ihr eignes. Ihr Zorn war verraucht. Jetzt war sie ganz voll todestrauriger, tiefer, unendlicher Verzweiflung.

Endlich begann sie wieder mit veränderter Stimme, wie eine Frau, die weint:

– Als wir von da drüben .. von der Reise .. kamen, wann .. hat er da wieder .. angefangen?

Das Mädchen war ganz auf dem Boden zusammen gesunken und stammelte:

– Glei den erschten Abend ist er gekommen.

Jedes Wort durchbohrte Johannas Herz. Also den ersten Abend, den Abend, als sie in das Schloß zurück gekehrt, hatte er sie um ihres Mädchens willen verlassen, und darum ließ er sie allein schlafen.

Jetzt wußte sie genug, mehr wollte sie nicht hören.

Sie rief:

– Geh, geh!

Und als Rosalie, ganz vernichtet, sich nicht rührte, rief Johanna ihrem Vater zu:

– Führe sie fort, bringe sie weg.

Aber der Pfarrer, der noch nichts gesagt hatte, meinte, jetzt sei der Augenblick gekommen, um eine lange Rede zu halten:

– Meine Tochter, das ist sehr schlecht, was Du da gethan hast, und der liebe Gott wird Dir sobald nicht verzeihen. Denke daran, daß wenn Du Dich nicht von nun ab gut führst, die Hölle Deiner wartet. Nun, wo Du ein Kind hast, mußt Du ordentlich sein, die Frau Baronin wird gewiß etwas für Dich thun und einen Mann für Dich finden ...

Er hätte noch lange so gesprochen, aber der Baron hatte zum zweiten Mal Rosalie bei den Schultern gepackt, hob sie auf, schleppte sie zur Thür und warf sie wie ein Paket in den Flur hinaus.

Als er wieder eintrat, war er bleicher wie seine Tochter. Der Pfarrer begann von neuem:

– Was soll man da thun? So sind sie alle in der Gegend, es ist ein Jammer, aber man kann es nicht ändern. Mit den Schwächen der Menschen muß man Nachsicht haben. Sie heiraten nie, wenn sie nicht in anderen Umständen sind, gnädige Frau! Man möchte sagen, eine lokale Eigentümlichkeit!

Dann setzte er in empörtem Ton hinzu:

– Das geht bis zu den Kindern herab. Habe ich nicht voriges Jahr zwei Kinder aus der Katechismusstunde erwischt? Ich habe es den Eltern gesagt, wissen Sie was die mir geantwortet haben? „Was wollen Sie, Herr Pfarrer, wir haben ihnen das nicht gelehrt, wir können nichts dafür!“ Sehen Sie, Ihr Mädchen hat es nicht anders gemacht, wie die übrigen.

Aber der Baron zitterte vor Nervosität und unterbrach ihn:

– Sie? Das ist mir ganz gleich, aber über Julius bin ich empört. Was er gethan hat ist eine Gemeinheit, und ich werde meine Tochter fortnehmen.

Und im Zorn fuhr er fort:

– Es ist unerhört, meine Tochter so zu betrügen. Der Kerl ist ein Lump, eine Canaille, ein Schuft, und das werde ich ihm sagen, ich werde ihn ohrfeigen und mit meinem Stock niederschlagen.

Aber der Priester, neben der weinenden Baronin, der langsam eine Prise Tabak nahm, wollte sein Versöhnungswerk vollenden:

– Nun, Herr Baron, unter uns gesagt, er hat das gethan, was sie alle thun. Kennen Sie viele Männer, die treu sind? Und er fügte mit milder Gutmütigkeit hinzu:

– Hören Sie mal, ich möchte wetten, Sie haben auch Ihren kleinen Scherz gemacht. Hand aufs Herz! Nicht wahr?

Der Baron war betroffen vor dem Priester stehen geblieben, der nun fortfuhr:

– Nicht wahr, Sie haben es wie die andern gemacht? Wer weiß, ob Sie nicht auch mal mit so einer Kleinen, wie die da, angebändelt haben. Ich sage Ihnen, das haben sie alle gethan. Und Ihre Frau ist deswegen weder weniger glücklich gewesen, noch weniger geliebt worden. Nicht wahr?

Der Baron war ganz verblüfft und sagte nichts mehr.

Es war allerdings wahr, daß er auch so etwes gethan und sogar oft, so oft er gekonnt; und auch er hatte das eheliche Heim doch nicht respektiert und, wenn sie hübsch waren, vor den Dienstmädchen seiner Frau nicht Halt gemacht.

War er deswegen ein Lump? Warum beurteilte er Julius' Benehmen so streng, da er sich selbst doch niemals wie ein Schuldiger erschienen war?

Und der Baronin, die immer noch vor Schluchzen keine Luft bekommen konnte, glitt etwas wie ein leises Lächeln über die Lippen, beim Gedanken an die kleinen Streiche ihres Mannes. Sie war von jener sentimentalen Art, schnell gerührt und wohlwollend, für die Liebesabenteuer einen Teil des Daseins bedeuten.

Johanna lag ganz zusammengesunken auf dem Rücken, mit herabhängenden Armen, indem sie mit offenen Augen in schmerzlichen Gedanken vor sich hinstarrte. Ein Wort von Rosalie war ihr wieder ins Gedächtnis gekommen, das ihr die Seele verletzt und sie wieder wie ein Dolchstich traf:

– Ich habe nichts gesagt, weil er ganz nett war.

Sie hatte ihn auch nett gefunden und nur deshalb sich ihm überlassen, sich mit ihm für's Leben verbunden, deshalb aller Hoffnung entsagt, allen Planen und Zukunftsträmnen. Sie war in diese Ehe hinein geraten, in diesen uferlosen Abgrund, aus dem es kein Entrinnen gab, in dieses Elend, diesen Jammer, diese Verzweiflung, bloß weil sie ihn nett gefunden wie Rosalie.

Die Thür wurde wütend aufgerissen, Julius erschien.

Er sah zornig aus. Auf der Treppe hatte er die stöhnende Rosalie gefunden, und nun wollte er hören, was hier vorging, er begriff, daß etwas angestiftet wurde, daß das Mädchen wahrscheinlich geschwatzt. Aber beim Anblick des Priesters blieb er wie angenagelt stehen. Er fragte mit zitternder Stimme, wenn auch gefaßt:

– Was, was ist denn?

Der Baron, der vorhin so heftig gewesen war, wagte jetzt kein Wort mehr zu sagen, wegen der Gründe des Pfarrers und wegen des eigenen schlechten Beispiels, das er dem Schwiegersohne gegeben. Mutting weinte noch, aber Johanna richtete sich auf, stützte sich auf den Arm, blickte keuchend den an, der ihr solches Leid zugefügt, und stammelte:

– Du siehst, daß wir alle Deine Gemeinheiten kennen, daß uns nichts verborgen geblieben ist seit dem Tage, da Du dieses Haus betreten hast. Wir wissen, daß das Kind dieses Mädchens Dein Kind ist wie das, das ich erwarte. Sie werden Brüder sein.

Und bei dem Gedanken kam ein so unsäglicher Schmerz über sie, daß sie in die Kissen sank und krampfhaft schluchzte.

Er blieb mit offnem Munde stehen, er wußte nicht, was thun, was sagen.

Der Pfarrer suchte wieder zu vermitteln:

– Aber, aber, seien Sie doch vernünftig, liebe junge Frau, quälen Sie sich nicht so.

Er stand auf, trat an das Bett und legte seine laue Hand auf die Stirn der Verzweifelten. Diese leise Berührung beruhigte sie auf seltsame Weise. Sie fühlte sich sofort ruhiger, als diese kräftige, bäuerliche Hand, die gewohnt war, Sünden zu vergeben, zu stärken und aufzurichten, sich auf ihre Stirne legte.

Der gute Mann blieb bei ihr stehen und fuhr fort:

– Gnädige Frau, man muß immer vergeben. Ein großes Unglück ist Ihnen geschehen, aber Gott hat es in semer Barmherzigkeit durch ein großes Glück wieder gut gemacht, da Sie Mutter werden sollen. Dieses Kind wird Ihr Trost sein, und in seinem Namen flehe ich Sie an, beschwöre ich Sie, Herrn Julius' Schuld zu verzeihen. Es wird ein neues Band zwischen Ihnen sein, eine Sicherheit seiner künftigen Treue. Kann ihr Herz von dem getrennt sein, dessen Liebespfand Sie unter dem Herzen tragen?

Sie antwortete nicht, ganz zermalmt, schmerzhaft, jetzt völlig erschöpft, selbst ohne Kraft zum Zorn oder zur Rache. Es war ihr, als hätten sich alle ihre Nerven gelöst, als wären sie leise durchschnitten worden und als lebte sie kaum mehr.

Die Baronin, für die jetzt jedes weitere Mitgefühl unmöglich war und deren Seele es nicht mehr länger ertragen konnte, flüsterte:

– Sei gut Johanna!

Da nahm der Priester die Hände des jungen Mannes, zog ihn ans Bett und legte sie in die der jungen Frau, dann gab er einen kleinen Klaps darauf, als wollte er sie nun ganz vereinen und fügte, indem er den berufsmäßigen Seelsorger- Ton bei Seite ließ:

– So nun ist wieder alles in Ordnung, Sie können mir glauben, es ist besser so!

Dann trennten sich die beiden Hände wieder, die sich einen Augenblick berührt.

Julius hatte es nicht gewagt, Johanna zu küssen, nun küßte er die Schwiegermutter auf die Stirn, drehte sich auf dem Absatz herum, nahm den Arm des Barons, der es geschehen ließ und im Grunde genommen zufrieden war, daß die Sache so beigelegt, und sie gingen zusammen hinaus, um eine Cigarre zu rauchen.

Da schlummerte die entkräftete Kranke ein, während der Priester und Mutting halblaut mit einander sprachen. Der Pfarrer setzte seine Ideen auseinander, und die Baronin war, indem sie nickte, mit allem einverstanden. Endlich sagte er zum Schluß:

– Also abgemacht, Sie geben diesem Mädchen den Hof von Barville, und ich übernehme es, ihr einen Mann zu suchen, einen brauen, ordentlichen Menschen. Ach, für den Preis von zwanzigtansend Franken werden wir schon einen Liebhaber finden. Wir haben nur die Qual der Wahl.

Nun lächelte die Baronin wieder glückselig, und nur zwei Thränen waren mitten auf den Wangen stehen geblieben, deren nasse Straße aber schon eingetrocknet war.

Sie sagte noch einmal:

– Einverstanden! Barville ist mindestens zwanzigtausend Franken wert, aber der Besitz wird auf den Namen des Kindes geschrieben, die Eltern sollen nur, so lang sie leben, den Nießbrauch haben.

Und der Pfarrer erhob sich und drückte Mutting die Hand:

– Bemühen Sie sich doch nicht Frau Baronin, bemühen Sie sich nicht, ich weiß, wie schwer jeder Schritt ist.

Als er hinaus ging, begegnete er Tante Lieschen, die nach ihrer Kranken sehen wollte. Sie merkte nichts, man sagte ihr nichts, sie erfuhr nichts, wie immer.

VIII

Rosalie hatte das Haus verlassen, und Johanna machte die schmerzhafte Zeit der Schwangerschaft durch. Sie empfand keine Freude bei dem Gedanken an ihre Mutterschaft: zu viel Kummer hatte sie gehabt. Sie erwartete ohne Spannung und Ungeduld ihr Kind, immer noch von unsäglichen Qualen gebeugt.

Langsam war es Frühling geworden, die kahlen Bäume zitterten in dem immer noch frischwehenden Winde, aber im nassen Gras in den Gräben, wo die Herbstblätter faulten, begann die gelbe Primel zu sprießen. Von der ganzen Ebene, von den Hofräumen der Meierhöfe, von den getrockneten Feldern stieg ein feuchter Duft empor, etwas wie Gährung, und eine Menge kleiner, grüner

Spitzen schossen aus der braunen Erde auf und leuchteten in den Sonnenstrahlen.

Ein dickes, mächtiges Weib war an Rosaliens Stelle gekommen und führte die Baronin bei ihrer eintönigen Promenade in ihrer Allee, wo ihr nachschleppender Fuß immer eine schwarze nasse Spur zog.

Papachen gab Johanna den Arm, der jetzt das Gehen sauer wurde und die immer leidend war, und Tante Lieschen, die beunruhigt und verstört war wegen des kommenden Ereignisses, hielt ihr auf der andern Seite die Hand, innerlich ganz beschäftigt mit dem Wunder, das da vorging und das sie nie kennen lernen sollte.

So gingen sie stundenlang dahin, indem sie kaum sprachen. Während Julius zu Pferde die Gegend durchstreifte, denn plötzlich hatte er daran Geschmack gefunden.

Nichts störte mehr ihr einsames Leben. Der Baron, seine Frau und der Vicomte machten den Fourvilles, die Julius schon gut zu kennen schien, ohne daß es eigentlich heraus kam woher, einen Besuch. Ein anderer förmlicher Besuch wurde mit den Brisevilles gewechselt, die immer noch in ihrem verwunschenen Schloß vergraben waren. Eines Nachmitttags gegen vier Uhr, als zwei Reiter, Herr und Dame, im Trab in den Hof vor dem Schloß einbogen, kam Julius ganz erregt in Johannas Zimmer:

– Schnell, schnell, komm herunter, die Fourvilles sind da. Sie kommen nur als Nachbarn, ganz einfach, weil sie Deinen Zustand kennen. Sage, daß ich ausgegangen bin, aber daß ich bald wieder zurück käme. Ich muß mich ein bißchen anziehen.

Johanna kam erstaunt herunter. Eine junge, hübsche, bleiche Frau mit leidendem Ausdruck, exaltiertem Blick und so mattblondem Haar, als wäre nie ein Sonnenstrahl darauf gefallen, stellte ruhig ihren Mann vor, eine Art Riesen und Menschenfresser, mit mächtigem, rotem Schnurrbart. Dazu sagte sie:

– Wir haben mehrmals Gelegenheit gehabt, Ihren Herrn Gemahl zu treffen, und wir wissen durch ihn, wie leidend Sie sind. Aber wir wollten doch nicht länger zögern, unsern nachbarlichen Besuch zu machen, ganz *sans façon*, Sie sehen ja, wir sind zu Pferde gekommen. Übrigens haben wir neulich das Vergnügen gehabt, den Besuch Ihrer Frau Mutter und des Barons zu erhalten.

Sie hatte mit unendlich vornehmer, liebenswürdiger Unbefangenheit gesprochen. Johanna war gewonnen und sofort für sie eingenommen. Die wird meine Freundin, dachte sie bei sich.

Graf Fourville dagegen hatte etwas von einem Bären, den man in einen Salon läßt.

Sobald er sich gesetzt hatte, legte er seinen Hut auf den nächsten Stuhl, wußte zuerst nicht, was er mit seinen Fingern anfangen sollte, stemmte sie auf die Kniee, dann auf die Lehnen des Sessels, und endlich faltete er die Hände, wie zum Gebet.

Da trat Julius ein. Johanna war ganz erstaunt, sie kannte ihn gar nicht wieder. Er hatte sich rasiert, war schön, elegant, verführerisch, wie zur Zeit ihres Brautstandes. Er drückte dem Grafen, der bei seinem Kommen aufgestanden war, die große, haarige Hand und küßte die Hand der Gräfin; dabei trat eine leichte Röte auf ihre bleichen Wangen, und sie blinzelte mit den Augen.

Julius sprach und war liebenswürdig wie früher, und seine großen Augen, die Spiegel der Seele, hatten wieder einen zärtlichen Ausdruck bekommen. Sein Haar, das vorhin noch ganz wild, wüst und ungepflegt gewesen war, hatte plötzlich unter der Behandlung von Bürste und Haaröl weiche, glänzende Wellen angenommen.

Im Augenblick, als die Fourvilles fortgingen, wandte sich die Gräfin zu ihm:

– Lieber Vicomte, wollen Sie Dienstag einen Spazierritt mit uns machen?

Dann, während er sich verbeugte und murmelte: „Gewiß Gräfin," nahm sie Johannas Hand und sagte mit zarter, eindringlicher Stimme und liebenswürdigem Lächeln:

– O, wenn Sie wieder gesund sind, machen wir alle drei Ausflüge zu Pferde. Das wird reizend, wollen Sie?

Sie hatte mit anmutiger Bewegung die Schleppe des Reitkleides aufgenommen, dann sprang sie leicht wie ein Vogel in den Sattel, während ihr Mann, nachdem er linkisch gegrüßt, sein großes, normannisches Reittier bestieg, auf dem er saß wie ein Centaur.

Als sie an der Ecke verschwunden waren, rief Julius, der ganz begeistert zu sein schien:

– Das sind doch reizende Leute, diese Bekanntschaft müssen wir pflegen.

Johanna, die auch guter Laune war, sie wußte nicht warum, antwortete:

– Die kleine Gräfin ist wirklich reizend! Ich fühle, daß ich sie liebhaben werde. Aber der Mann ist eine Art Runks! Wo hast Du sie denn kennen gelernt?

Er rieb sich fröhlich die Hände:

– Ich habe sie zufällig bei Brisevilles getroffen. Der Mann scheint allerdings etwas derb zu sein, er ist ein fanatischer Jäger aber ein echter Edelmann.

Und bei Tisch waren sie fast heiter, als ob ein heimliches Glück ins Haus gekommen wäre.

Bis in die letzten Frühlingstage geschah nichts Neues weiter.

Eines Dienstags abends, als sie unter der Platane saßen, am Garten-Tisch, auf dem zwei Gläschen standen und eine Likörflasche, stieß Johanna plötzlich einen Schrei aus, wurde bleich und preßte die beiden Hände an den Leib. Ein plötzlicher, scharfer Schmerz hatte sie durchlaufen, war aber sofort wieder vergangen.

Nach zehn Minuten kam ein neuer Schmerzensanfall, der langer dauerte, obgleich er weniger heftig war.

Mit Mühe nur ging sie in's Haus, halb getragen von ihrem Vater und ihrem Mann. Der kurze Weg von der Platane bis ins Zimmer erschien ihr endlos, und unwillkürlich stöhnte sie und verlangte zu sitzen, gequält durch ein unerträgliches Gefühl der Schwere im Leib.

Des Kindes Ankunft wurde erst Ende September erwartet, es war also noch nicht so weit; aber da sie eine Fehlgeburt fürchteten, wurde schnell angespannt, und der alte Simon fuhr im Galopp davon, um den Arzt zu holen.

Dieser kam gegen Mitternacht und erkannte auf den ersten Blick die Anzeichen einer Frühgeburt.

Im Bett hatten die Schmerzen etwas nachgelassen, aber eine furchtbare Angst bedrückte Johanna, eine verzweisiungsvolle Schwache ihres ganzen Wesens, etwas wie ein Vorgefühl des geheimnisvollen Hauchs des Todes.

Es giebt solche Augenblicke, wo er uns so nahe streift, daß sein Atem uns das Herz erstarren macht.

Das Zimmer war voll Menschen. Mutting rang nach Atem, in einem Stuhl liegend. Der Baron, dessen Hände zitterten, lief immerfort hin und her und brachte allerlei Gegenstände geschleppt, befragte den Arzt und verlor den Kopf. Julius ging mit verstörter Miene, aber innerlich ganz ruhig auf und ab, und die Witwe Dentu stand am Fußende des Bettes mit einem für die Gelegenheit passenden Gesicht, dem Gesicht einer erfahrenen Frau, die nichts mehr in Verwunderung setzt.

Als Krankenpflegerin, Hebamme, Totenfrau, die in Empfang nehmend, die ins Leben traten, deren ersten Schrei sie hörte, deren jungen Leib sie mit dem ersten Wasser wusch, die sie in die eisten Windeln wickelte – und mit derselben Ruhe dem letzten Röcheln, dem letzten Schauer derjenigen beiwohnend, die aus dem Leben gingen, die sie mit dem Totenhemd bekleidete, deren verwelkten Leib sie mit Essig wusch, die sie in die letzten Linnen bettete – sah sie mit unerschütterlichem Gleichmut allem entgegen, was Tod und Geburt betraf.

Die Köchin Ludwine und Tante Lieschen blieben diskret an der Thür im Flur, und ab und zu stieß die Kranke einen leichten Schrei aus.

Zwei Stunden lang konnte man meinen, daß es noch lange dauern würde, aber gegen Tagesanbruch wurden plötzlich die Schmerzen wieder heftiger bald unerträglich, und Johanna, der, wie sehr sie auch dagegen ankämpfte, zwischen den zusammengepreßten Zähnen ein Schmerzensschrei entfloh, dachte unausgesetzt an Rosalie, die nicht gelitten hatte, kaum gestöhnt, und deren Kind, der Bastard, mühelos und ohne Schmerz in die Welt getreten war.

In ihrer armen, gequälten Seele zog sie immerfort Vergleiche und fluchte Gott, den sie bisher für gerecht gehalten. Sie war empört über die sündhafte Ungerechtigkeit des Schicksals und die verbrecherischen Lügen derer, die von Gerechtigkeit und Güte predigen.

Ab und zu ward der Anfall so stark, daß ihr die Gedanken ganz schwanden. Sie hatte keine Kraft mehr, kein Leben in sich, sie wußte nur, daß sie furchtbar litt.

In den Augenblicken, wo sie etwas ruhiger wurde, mußte sie immer Julius ansehen, und ein anderer Schmerz, ein seelischer, packte sie, wenn sie an den Moment dachte, wo ihr Mädchen zu Füßen desselben Bettes niedergesunken war, das Leben gebend dem Bruder des Wesens, das sie so leiden machte. Peinlich genau erinnerte sie sich der Blicke, der Worte, der Bewegungen ihres Mannes gegenüber dem Mädchen, das dort gelegen, und nun las sie auf seinen Zügen, als ob seine Gedanken ihm auf der Stirn geschrieben stünden. Sie las dieselbe Langeweile, dieselbe Gleichgiltigkeit in ihnen, für sie, wie für jene andere, dieselbe Sorglosigkeit des Egoisten, den die Vaterschaft nervös macht.

Aber da packte es sie wieder fürchterlich, ein so heftiger, grausiger Krampf, daß sie sich sagte: „Ich sterbe, ich sterbe.“

Nun kam eine fürchterliche Empörung über sie: der Wunsch allen zu fluchen, ein wütender Haß gegen diesen Mann, der sie so behandelt, und gegen dieses Kind, das sie tötete.

In höchster Anstrengung streckte sie sich, um die Last von sich zu stoßen, und plötzlich war es ihr, als ob ihr Inneres sich gewaltsam entleere und der Schmerz ließ plötzlich nach.

Die Wärterin und der Arzt standen über sie gebeugt, damit beschäftigt, etwas fort zu nehmen, und bald zuckte sie zusammen unter jenem Geräusch, das sie schon einmal gehört. Dann bohrte sich ihr der kleine Weheruf, das zarte Wimmern eines neugeborenen Kindes in die Seele, in ihren geschwächten Körper, in ihr Herz, und sie wollte in unwillkürlicher Bewegung die Arme ausstrecken.

Sie war so glückselig. War es nicht ein neuer Ruf zum Glück, den sie gehört? Und befreit, beruhigt, fühlte sie sich im Augenblick glücklich wie nie in ihrem Leben, Herz und Leib erwachten wieder: sie war Mutter. Sie wollte ihr Kind sehen. Es hatte keine Haare, keine Nägel, da es zu früh geboren war. Aber als sie dieses Menschenlärvchen sich bewegen sah, sah, daß der Mund sich öffnete, daß es sich regte, daß dieses welke Geschöpfchen da ein Gesicht schnitt und lebte, kam eine unbändige Freude über sie, und sie fühlte, daß sie gerettet sei, daß sie nun gegen alle Verzweiflung gefeit war, daß sie da in den Händen etwas hielt, das sie lieben konnte, das ihr Leben ausfüllen würde.

Von nun an hatte sie nur noch einen Gedanken: ihr Kind.

Sie ward plötzlich eine fanatische Mutter und um so mehr, als sie sich in ihrer Liebe enttäuscht fühlte, in ihren Hoffnungen betrogen.

Sie mußte immer die Wiege nahe an ihrem Bett haben, und als sie aufstehen konnte, saß sie ganze Tage lang am Fenster, neben dem Bettchen ihres Kindes, das sie wiegte.

Sie war eifersüchtig auf die Amme, und wenn das kleine dürftige Wesen seine Arme ausstreckte und nach der Brust verlangte, blickte sie, bleich geworden, zitternd die kräftige ruhige Bäuerin an, mit dem Wunsche, ihr den Sohn wegzureißen und diese Brust, an der er gierig trank, zu schlagen und mit den Nägeln zu zerfleischen.

Dann stickte sie, um ihn zu putzen, die schönsten Sachen selbst, alles mit dem größten Luxus. Er wurde in eine Wolke von Spitzen gehüllt und bekam warme, wundervolle kleine Mützchen.

Sie sprach nur noch davon und unterbrach plötzlich die Unterhaltung, um irgend ein Spitzchen, ein Lätzchen oder ein besonders schön benähtes Band zu zeigen.

Sie hörte nichts von dem, was um sie herum vorging, begeisterte sich über jedes Stückchen Wäsche, das sie selbst lange säumte und in den Händen hin und her wendete, es genau zu betrachten; dann fragte sie wohl plötzlich:

– Glaubt ihr nicht, daß ihm das stehen wird?

Der Baron und Mutting lächelten über diese fanatische Zärtlichkeit, aber Julius, dessen Lebensgewohnheiten dadurch gestört wurden und der sich in seiner Wichtigkeit im Hause durch die Ankunft dieses kreischenden, allmächtigen Tyrannen geschmälert fühlte, war unbewußt eifersüchtig auf dieses kleine Menschenkind, das ihm seinen Platz im Hause raubte, und wiederholte oft ungeduldig:

– Sie ist doch langweilig mit ihrem Wurm!

Bald war sie so von dieser Liebe in Anspruch genommen, daß sie ganze Nächte an der Wiege saß, zu beobachten wie der Kleine schlief. Da sie aber bei dieser leidenschaftlichen, krankhaften Bewunderung selbst die Kräfte verlor, gar keine Ruhe mehr fand, ganz matt und mager wurde, und anfing zu husten, so verlangte der Arzt, daß sie von ihrem Sohn getrennt würde.

Sie ward böse, weinte, flehte, aber man blieb ihren Bitten gegenüber taub. Die Wiege wurde nun jeden Abend neben das Bett der Amme gestellt, und allnächtlich stand die Mutter mit bloßen Füßen auf und lauschte am Schlüsselloch, um zu hören, ob ihr Kind ruhig schlafe, ob es nicht aufgewacht, ob es nichts brauche.

So fand sie Julius einmal, als er spät heimkehrte, da er bei Fourvilles gegessen, und von nun ab schloß man sie in ihrem Zimmer ein, um sie zu zwingen, im Bett zu bleiben.

Die Taufe fand gegen Ende August statt. Der Baron und Tante Lieschen standen Pate, und das Kind bekam die Namen Peter Simon Paul: Paul als Rufname.

In den ersten Septembertagen reiste sang- und klanglos Tante Lieschen ab, und man bemerkte ihre Abwesenheit eben so wenig, wie ihre Gegenwart.

Eines Abends erschien der Pfarrer nach Tisch. Er war wie verlegen, als hätte er ein Geheimnis, und nach einer Reihe von Redensarten bat er, die Baronin und ihren Mann einen Augenblick unter vier Augen sprechen zu dürfen.

Langsamen Schrittes gingen sie alle drei die große Allee hinab, während Julius, der mit Johanna allein geblieben, erstaunt, beunruhigt und erregt war durch diese Geheimthuerei.

Er wollte den Priester begleiten, als der sich empfahl, und sie verschwanden zusammen nach der Kirche zu, von der das Abendläuten klang.

Es war kühl, beinahe kalt, und sie kehrten bald in den Salon zurück.

Sie waren alle ein wenig eingenickt, als plötzlich Julius mit hochrotem Gesicht und empörter Miene zurückkehrte. Von der Thür aus rief er seinen Schwiegereltern zu, ohne an Johannas Gegenwart zu denken:

– Donnerwetter, ihr seid wohl verrückt, diesem Mädchen zwanzigtausend Franken nach zu schmeißen?

Sie waren so erstaunt, daß niemand antwortete, und er fuhr brüllend vor Wut fort:

– Das ist doch eine unerhörte Dummheit, ihr wollt uns wohl keinen Pfennig mehr übrig lassen?

Da versuchte der Baron, der die Fassung wieder gewonnen hatte, ihm ins Wort zu fallen, und rief:

– Schweig, denke daran, daß Du vor Deiner Frau sprichst.

Er entgegnete wütend:

– Das ist mir ganz wurscht, übrigens weiß sie ja, was los ist! Das ist geradezu ein Diebstahl an ihr.

Johanna ward aufmerksam, aber sie wußte nicht, wovon die Rede war und stammelte:

– Was ist denn eigentlich?

Da wandte sich Julius an sie und nahm sie gewissermaßen zur Zeugin, daß sie beide betrogen seien in ihren Hoffnungen; er erklärte ihr kurz den Plan, Rosalie zu verheiraten, und daß man ihr dazu den Hof Barville schenken wolle, der mindestens zwanzigtausend Franken wert sei. Dann sagte er:

– Meine Liebe, Deine Eltern sind verrückt, sind ja geradezu irrsinnig. Zwanzigtausend Franken! Sie sind ja nicht ganz richtig! Zwanzigtausend Franken für einen Bastard!

Johanna hörte ohne Gemütsbewegung und ohne Zorn zu, sie war selbst erstaunt über ihre Ruhe, nun ganz gleichgiltig gegen alles, was nicht ihr Kind betraf. Der Baron rang nach Atem, er wußte nicht, was er sagen sollte. Endlich platzte er 'raus und schrie, indem er mit dem Fuße aufstampfte:

– Überlege Dir, was Du sagst! Wer ist denn daran Schuld, daß das Mädchen Geld bekommen muß? Von wem hat sie denn das Kind? Du wolltest sie wohl jetzt sitzen lassen?

Julius war erstaunt über die Heftigkeit seines Schwiegervaters, blickte ihn stumm an und sagte dann etwas ruhiger:

– Aber fünfzehntausend Franken hätten doch auch gereicht. Sie haben alle Kinder, ehe sie sich verheiraten, ob es nun von dem ist oder von jenem, bleibt sich doch ganz gleich. Wenn ihr einen von euren Höfen im Werte von zwanzigtausend Franken schenkt, so bedeutet das doch außer der Schädigung später für uns, noch aller Welt ins Gesicht rufen, was da passiert ist. Ihr hättet doch wenigstens an unsren Namen und an unsre Stellung denken können.

Er sprach in ernstem Ton, wie jemand, der weiß, daß er recht hat und daß seine Ausführungen den Nagel auf den Kopf treffen. Der Baron, den diese unerwartete Beweisführung verwirrte, blieb mit offenem Munde vor ihm stehen. Da fühlte Julius, daß er gewonnenes Spiel hatte und zog nun seinen Schluß daraus:

– Glücklicherweise ist noch nichts abgemacht. Ich kenne den Burschen, der sie heiraten soll, es ist ein guter Kerl, ich will mit ihm sprechen und die Sache arrangieren. Ich werde es schon machen.

Dann ging er schnell davon, da er wahrscheinlich fürchtete, den Streit fortzusetzen und indem er sich freute, daß alle schwiegen, weil er das für Zustimmung nahm.

Sobald er verschwunden war, rief der Baron außer sich vor Zorn und Empörung:

– Nein, das ist zu stark, wahrhaftigen Gott!

Aber als Johanna aufblickte und das verstörte Gesicht ihres Vaters sah, fing sie plötzlich an zu lachen, zu lachen wie früher, wenn sie irgend etwas Komisches erlebt:

– Papa, Papa, hast Du gehört, wie er sagte: Zwanzigtausend Franken! Zwanzigtausend Franken!

Und Mutting, bei der das Lachen eben so schnell kam wie das Weinen, ward plötzlich in der Erinnerung an das wütende Gesicht ihres Schwiegersohnes, an seine empörten Worte und an seine heftige Weigerung, daß das von ihm verführte Mädchen Geld erhalten sollte, das ihm gar nicht gehörte, und glückselig über Johannas gute Laune, von einem solchen Lachanfall gepackt, daß ihr die Thränen in die Augen traten.

Da ward der Baron auch angesteckt, und alle drei lachten sich nun, wie in schönen vergangenen Tagen, halb krank.

Als sie ein wenig ruhiger geworden waren, sagte Johanna erstaunt:

– Es ist doch merkwürdig, mir ist es ganz gleich, mir ist es ganz gleich. Mir kommt er jetzt wie ein Fremder vor. Ich kann gar nicht glauben, daß ich seine Frau bin. Seht ihr, mir machen seine .. seine .. seine .. Unzartheiten Spaß.

Und ohne recht zu wissen warum, umarmten sie sich nun lächelnd und ganz gerührt.

Zwei Tage später, nach dem Frühstück, als Julius eben fortgeritten war, erschien ein großer Bursche von zweiundzwanzig bis fünfundzwanzig Jahren in einer ganz neuen blauen Bluse, frisch gesteift, mit Ballonärmeln, die am Handgelenk zugeknöpft waren, kam verstohlen durch das Thor, als wäre er dort seit dem Morgen versteckt gewesen, glitt am Grenzgraben der Couillards entlang, lief um das Schloß herum und näherte sich schleichenden Fußes dem Baron und den beiden Damen, die immer noch unter der Platane saßen.

Als er sie sah, nahm er seine Mütze ab und trat, mit verlegener Miene grüßend, näher, und wie er nahe genug war, um verstanden zu werden, stotterte er:

– Gut'n Dag ooch Herr Baron und meine Herrschaften! Als aber niemand mit ihm sprach, stellte er sich vor:

– Ich bin nämlich der Disiderius Lecoq!

Da der Name ihnen nichts sagte, fragte der Baron:

– Was wünschen Sie?

Da ward der Bursche verlegen. Er stammelte, indem er abwechselnd die Augen niederschlug und wieder hob und von semer Mütze in der Hand, bis zum Giebel des Schlosses hinauf schweifen ließ:

– Nämlich der Herr Pfarrer hat mir was gesagt wegen der Geschichte.

Dann schwieg er in der Furcht, gegen sein Interesse zu viel zu sagen.

Der Baron fragte, ohne recht zu verstehen:

– Ja was denn für eine Geschichte? Ich weiß von nichts. Da senkte der andere die Stimme und entschloß sich, zu sprechen:

– Die Geschichte mit Ihrem Mädchen, .. der .. Rosalie. Johanna, die nun erriet, stand auf und ging mit ihrem Kinde auf dem Arm davon, und der Baron sagte:

– Treten Sie näher!

Dann deutete er auf den Stuhl, von dem seine Tochter eben aufgestanden war.

Der Bauernbursche setzte sich sofort und meinte:

– Sie sein sehr liebenswürdig!

Dann wartete er, als hätte er nichts weiter zu sagen. Nach langem Stillschweigen entschloß er sich endlich, indem er zum blauen Himmel aufblickte, zu sagen:

– Ganz scheenes Wetter heite! Für die Zeit! Aber man hat doch nischt dervun, da doch schun gesäet ist!

Und er schwieg wieder. Der Baron wurde ungeduldig und ging direkt auf die Frage ein, indem er trockenen Tones begann:

– Also Sie wollen Rosalie heiraten?

Der Bursche ward sofort unruhig, weil ihn das aus seiner normannischen Vorsicht brachte und antwortete etwas lebhafter, aber immer mißtrauisch:

– Das kummt druff an, vielleicht ja, vielleicht ooch nee.

Der Baron, der sich über diese Ausflüchte ärgerte, polterte nun los:

– Himmel Sakrament, so antworten Sie doch offen. Kommen Sie wegen der Sache oder nicht? Nehmen Sie das Mädchen oder nicht?

Der Bursche blickte ganz erschrocken auf seine Stiefel:

– Wenn's so is, wie der Herr Pfarrer sagt, will ich se nehmen, aber wenn's richtig is, was der Herr Julius sagt, nehm ich se nich!

– Was hat Ihnen Herr Julius gesagt?

– Herr Julius hat mer doch gesagt, ich sull bloß fufzehn- -tausend Franken kriegen, und der Herr Pfarrer hat mer gesagt, ich sull zwanzigtausend Franken kriegen. Für zwanzigtausend mache ich mit, für fufzehntausend nich.

Da fing die Baronin, in ihren Stuhl versunken, über das ängstliche Benehmen des Bauern an, ganz leise zu lachen. Der Bursche blickte sie von der Seite an, mit unzufriedenem Ausdruck, weil er diese Heiterkeit nicht verstand, und nun wartete er ab, was noch kommen sollte.

Dm Baron setzte dieses Handeln in Verlegenheit, deshalb machte er der Sache ein Ende, indem er bestätigte:

– Ich habe dem Herrn Pfarrer gesagt, daß Sie den Hof Barville bekommen sollen auf Lebenszeit, dann geht er auf das Kind über. Er ist zwanzigtausend Franken wert, und was ich sage, bleibt so. Sind Sie also nun einverstanden oder nicht?

Der Bursche lächelte mit ergebenem und zufriedenem Ausdruck und ward plötzlich gesprächig:

– Da will 'ch nur glei ja sagen, das hat mich doch bloß irre gemacht. Wie der Herr Pfarrer mit mir geredt hat, hab 'ch glei mitmachen wull'n. Weeß Gott! Und dann Hab 'chs doch dem Herrn Baron recht machen wull'n, der mir das schon mal vergelten wird, und da hab 'ch mir gesagt, 's is doch richt'g, wenn man sich emal angaschiert unter anständ'gen Leiten, da werd mer ooch handelseenig. Aber da is der Herr Julius gekumm'n, und da warens nur noch fufzehntausend. Da hab 'ch mir gesagt, da muß 'ch doch erscht mal hören und bin her gekummen. Es is nich, daß 'ch kee Vertraun gehabt hätte, aber man muß doch mal sehen, wie de Sache is. Man kann doch gut Freind sein, wenn man sei Geschäft ehrlich miteinander abmacht. Nich wahr, Herr Baron?

Er mußte unterbrochen werden, sonst hätte er immer weiter geschwatzt, und der Baron fragte:

– Wann wollen Sie denn heiraten?

Da ward der Bursche plötzlich wieder verlegen, furchtsam und sagte endlich:

– Nu wenn mer ee kleenes Papierchen dariber machten.

Diesmal ward der Baron böse:

– Himmel Donnerwetter, Sie kriegen doch den Heiratskontrakt, das genügt doch!

– Aber mer könnt'n doch immer was Schriftlichs uffsetzen, schaden kanns doch ni.

Der Baron stand auf, der Sache ein Ende zu machen:

– Sagen Sie ja oder nein, und zwar sofort! Wenn Sie keine Lust mehr haben, sagen Sie es mir, ich habe einen andern Bewerber.

Da ängstigte sich der schlaue Normanne vor dem etwaigen Konkurrenten und hielt die Hand hin, wie beim Kuhhandel:

– Nu schlagen Sie ein, Herr Baron, abgemacht! Ee Schuft, wer zurücktritt!

Der Baron schlug ein. Dann rief er Ludwine. Am Fenster erschien der Kopf der Köchin.

– Bringen Sie mal eine Flasche Wein, wir wollen trinken, um das Geschäft zu begießen.

Dann ging der Bursche mit leichteren Schritten davon. Julius ward von dem Besuche nichts gesagt. Der Kontrakt ward im Geheimen festgesetzt, und nachdem einmal das Paar aufgeboten war, fand die Hochzeit an einem Montag morgen statt.

Eine Nachbarin trug das Wurm zur Kirche hinter dem jungen Paare her, wie ein sicheres Unterpfand auf künftiges Glück, und niemand in der Gegend wunderte sich weiter darüber. Man beneidete nur Desiderius Lecoq. Er „legte sich eben in ein gemachtes Bett," sagte man mit verständnisinnigem Lächeln, aber ohne jede sittliche Entrüstung.

Julius machte eine fürchterliche Szene, die die Anwesenheit seiner Schwiegereltern in Les Peuples abkürzte. Ohne zu große Traurigkeit sah sie Johanna abreisen, denn Paul war für sie eine unerschöpfliche Quelle des Glückes geworden.

IX

Als Johanna sich nach dem Wochenbett wieder ganz erholt hatte, beschloß man den Besuch der Fourvilles zu erwidern und auch zum Marquis Coutelier zu gehen. Julius hatte eben auf einer Auktion einen neuen Wagen erstanden, ein Phaeton, zu dem nur ein Pferd notwendig war; so daß er nun zweimal monatlich fahren konnte.

An einem hellen Septembertage wurde der Wagen angespannt, und nachdem sie zwei Stunden durch die normannische Ebene gefahren, bogen sie in eine kleine Thalsenkung ein, deren Hänge bewaldet waren, während sich die Mitte unter dem Pfluge befand.

Dann wurden die Äcker von Wiesen abgelöst, und die Wiesen wieder durch einen Sumpf voll hohen, in dieser Jahreszeit trockenen Röhrichts, dessen lange Blätter wie goldene Bänder im Winde wehten.

Plötzlich, nachdem die Thalmulde eine Biegung gemacht, erschien das Schloß La Brillette, auf der einen Seite an die bewaldeten Hänge gelehnt, mit der anderen ganzen Front an einem großen Teiche stehend, den gegenüber am entgegengesetzten Hang ein Wald hoher Tannen abschloß.

Um in den Herrenhof des Schlosses zu gelangen, mußte man über eine alte Zugbrücke und durch ein großes Portal im Stil Ludwigs XIII., das sich vor einem eleganten Schloß aus derselben Zeit erhob, einem Ziegelbau mit zwei schiefergedeckten Türmen rechts und links.

Julius machte Johanna auf alle Einzelheiten des Schlosses aufmerksam, wie jemand, der es genau kennt, und war ganz begeistert über seine Schönheit:

– Sieh nur dieses Portal, das ist doch großartig. Die ganze andere Front geht nach dem Teich mit einer geradezu fürstlichen Terrasse am Wasser. Am Fuße der Stufen liegen vier Boote, zwei für den Grafen, zwei für die Gräfin. Da drüben, wo Du die Pappelreihe siehst, rechts, ist der Teich zu Ende, und da beginnt der Fluß, der bis Fécamp läuft. Die ganze Gegend ist sehr reich an Wassergeflügel, es ist des Grafen höchste Passion, hier zu jagen. Das ist ein richtiger Herrschaftssitz!

Die Eingangsthür hatte sich geöffnet, und die bleiche Gräfin erschien, ihrem Besuch lächelnd entgegen eilend, in einem Schleppkleide, wie die Schloßfrauen früherer Zeit.

Sie hatte etwas gleich der Frau vom See und schien geboren für dieses gräfliche Schloß.

Von den acht Fenstern des Salons gingen vier auf das Wasser und den finsteren Tannenwald, der sich gegenüber die Anhöhe hinauf zog.

Die dunklen Bäume gaben dem Teiche etwas Tiefes, Düsteres, Strenges, und wenn der Wind blies, hatte das Ächzen der Bäume etwas wie die Stimmen der Sümpfe.

Die Gräfin nahm Johannas beide Hände, als ob sie Freundinnen wären von Kindheit an. Dann ließ sie sie niedersitzen und nahm an ihrer Seite Platz auf einem niedrigen Stuhl, wahrend Julius, in dem die einstige längst vergessene Eleganz seit fünf Monaten wieder erwacht war, freundschaftlich und liebenswürdig schwatzte und lächelte.

Die Gräfin und er sprachen von ihren Ausflügen zu Pferde. Sie lachte ein wenig über seine Art zu Pferde zu sitzen. Sie nannte ihn den „Ritter von der traurigen Gestalt“ und er sie „die Amazonen-Königin.“

Da klang plötzlich unter den Fenstern ein Schuß, und Johanna stieß einen kleinen Schrei aus. Es war der Graf, der eine Kropfente gestreckt hatte. Seine Frau rief ihn sofort. Man hörte das Anlaufen eines Bootes und er erschien in hohen Stiefeln, von zwei wassertriefenden Hunden gefolgt, die rot waren, wie er, und die sich auf den Abtreter vor der Thür legten.

Er schien sich in seinen vier Pfählen sicherer zu fühlen und freute sich über seine Gäste. Er ließ im Kamin Feuer nachlegen, Madeira und Bisquit bringen, und plötzlich rief er:

– Aber Sie bleiben natürlich zu Tisch, das ist selbstverständlich.

Johanna, die nie ihr Kind vergaß, lehnte ab. Er bat noch einmal, als sie aber dabei blieb, nicht annehmen zu wollen, machte Julius eine ungeduldige, Bewegung. Da fürchtete sie, seine böse Laune und Streitsucht zu erwecken, und obgleich ihr der Gedanke, Paul erst am andern Tage wieder zu sehen, Qualen verursachte, nahm sie die Einladung an.

Der Nachmittag war reizend. Zuerst wurden die Quellen besucht. Sie ergossen sich am Fuß eines bemoosten Felsens in ein klares Bassin, in dem es immer brodelte und zischte, wie wenn das Wasser kochte. Dann wurde eine Bootfahrt unternommen auf richtigen Wasserstraßen, die in einen Wald trockenen Schilfes eingeschnitten waren. Der Graf saß zwischen seinen beiden Hunden, die immer in der Luft herum schnupperten. Jeder Stoß seiner Ruder hob das große Boot und drückte es vorwärts. Ab und zu ließ Johanna ihre Hand in das kalte Wasser hängen und freute sich über die eisige Kühle, die ihr von den Fingern bis ans Herz lief. Ganz hinten im Boot saßen Julius und die Gräfin in Shawles eingewickelt, jenes stehende Lächeln auf den Lippen wie glückliche Menschen, die in ihrem Glück keine Worte finden.

Es war dunkel, ein langer, kalter Hauch fuhr daher, der Nordwind, der über das trockene Röhricht blies. Die Sonne war hinter den Tannen untergetaucht und allein schon beim Anblick des roten, mit kleinen scharlachenen Wölkchen übersäeten Himmels, ward einem kalt.

Sie kehrten in den großen Salon zurück, in dem ein gewaltiges Feuer brannte. Das gab gleich beim Eintritt ein Gefühl von Wärme und Molligkeit. Da nahm der Graf, der aufgeräumt war und guter Laune, seine Frau in seine Athletenarme, hob sie wie ein Kind bis an seinen Mund und gab ihr zwei kräftige Küsse auf die Wangen, wie ein braver, zufriedener Mann.

Und Johanna betrachtete lächelnd diesen gutmütigen Riesen, den man, schon wenn man seinen gewaltigen struppigen Bart sah, für einen Menschenfresser gehalten hätte, und dachte: „Es ist doch sonderbar, wie man sich immer in den Menschen täuscht." Als sie fast unwillkürlich die Blicke zu Julius wendete, gewahrte sie ihn, wie er in der Thür stand, totenbleich, starr die Augen auf den Grafen gerichtet. Sie näherte sich ängstlich ihrem Mann und fragte mit leiser Stimme:

– Bist Du krank? Was fehlt Dir denn?

Er antwortete erbost:

– Nichts, laß mich zufrieden. Mir war kalt.

Als sie ins Eßzimmer gingen, bat der Graf um die Erlaubnis, seine Hunde mitnehmen zu dürfen. Sie kamen sofort und setzten sich bellend rechts und links neben ihren Herrn. Alle Augenblicke gab er ihnen einen Bissen und streichelte ihre langen Behänge. Die Tiere streckten den Kopf, wedelten mit dem Schwanz, zitternd vor Befriedigung.

Als Johanna und Julius nach dem Essen aufbrechen wollten, hielt sie der Graf noch zurück, um ihnen einen Fischfang bei Fackelbeleuchtung zu zeigen.

Sie mußten mit der Gräfin auf der Terrasse, die zum Teich hinunter führte, Platz nehmen, und er stieg mit einem Diener, der ein Fischnetz und eine brennende Fackel trug, ins Boot.

Die Nacht war hell und kalt, und darüber flimmerte der sternenbesäete Himmel.

Die Fackel warf auf das Wasser seltsame, hin und herzitternde Feuerstreifen, tanzende Lichter auf das Schilf und beleuchtete die dunklen Reihen Tannen. Als plötzlich das Boot gewendet hatte, erschien ein riesiger, fantastischer Schatten, der Schatten eines Mannes auf dem erhellten Waldessaum. Der Kopf ragte über die Bäume hinaus und verlor sich am Himmel, die Füße tauchten in den Teich. Dann erhob die Riesengestalt die Arme, als wollte sie zu den Sternen langen. Die Riesenarme sanken wieder herab, und sofort hörte man leise etwas im Wasser plätschern.

Nachdem dann das Boot behutsam hin und her gekreuzt, schien das wundersame Gespenst am Walde hinzulaufen, den das Licht bei der Wendung nun erhellte, dann stieg es in den unsichtbaren Horizont, erschien plötzlich wieder, weniger groß, aber deutlicher mit seinen fantastischen Bewegungen auf der Façade des Schlosses. Und die gewaltige Stimme des Grafen tönte:

– Gilbert, ich habe acht Stück.

Die Ruder trafen das Wasser. Jetzt blieb der Riesenschatten stehen, unbeweglich an der Mauer. Allmählich verlor er an Höhe und Breite, der Kopf schien zu sinken, der Körper schmaler zu werden, und als der Graf die Stufen der Terrasse heraufkam, vom Diener gefolgt, der die Fackel trug, war der Schatten zur wirklichen Größe seiner Figur zusammen geschrumpft.

Er hatte acht große, zappelnde Fische im Netz.

Als Johanna und Julius wieder auf dem Rückweg waren, in Mäntel und Decken eingepackt, die man ihnen geborgt, sagte Johanna fast unwillkürlich:

– Dieser Riese ist doch ein guter Mensch!

Und Julius, der kutschierte, antwortete:

– Ja, aber er hat nicht immer gute Manieren.

Am Tage darauf besuchten sie die Couteliers, die für die erste Adels-Familie der Provinz galten. Ihr Besitz Reminil stieß an den Ort Cany. Das neue Schloß, das unter Ludwig XIV. gebaut worden war, lag in einem wundervollen Park versteckt, der von Mauern umgeben war. Auf einer Anhöhe erblickte man die Ruine des alten Schlosses. Diener in großer Livree führten die Besucher in einen mächtigen, imposanten Raum. In der Mitte trug eine Art Säule eine Riesen-Porzellanschale aus der Manufaktur von Sèvres, und am Sockel war unter einer Glasplatte ein eigenhändiger Brief des Königs eingelassen, der den Marquis Leopold Hervé Josef Germer von Varneville, von Rollebosc von Coutelier bat, dieses Andenken seines Souverains entgegen zu nehmen.

Johanna und Julius betrachteten gerade das königliche Geschenk, als der Marquis und die Marquise eintraten. Die Marquise war gepudert, liebenswürdig aus Gewohnheit und etwas geziert in dem Wunsch, herablassend zu scheinen. Der Mann, eine bedeutende Persönlichkeit mit weißem Haar, das auf dem Kopfe wie eine Bürste stand, hatte in seinen Bewegungen, in seiner Art zu sprechen, in seinem ganzen Benehmen eine Großartigkeit, die seine Bedeutung anzeigte.

Sie waren förmliche Leute, von jener Art Menschen, deren Geist, Gefühl und Worte immer auf Stelzen zu gehen scheinen. Nur sie sprachen, sie warteten gar keine Antwort ab, sie lächelten nichtssagend und schienen nie zu vergessen, daß ihnen durch ihre Geburt auferlegt war, mit Artigkeit den kleinen Adel der Gegend zu empfangen.

Johanna und Julius fühlten sich wie gelähmt. Sie gaben sich Mühe zu gefallen, fürchteten zu lange zu bleiben, aber wußten nicht, wie sie es anfangen sollten, zu gehen. Doch die Marquise beendete ganz von selbst den Besuch auf natürliche, einfache Weise, indem sie ihre Unterhaltung abbrach, wie eine höfliche Königin, die Audienz erteilt hat.

Als sie nach Hause zurückkehrten, sagte Julius:

– Wenn es Dir recht ist, machen wir nun keine Besuche weiter; mir sind die Fourvilles am liebsten. – Und Johanna stimmte bei.

Der Dezember ging langsam dahin, dieser schwarze Monat, dieser dunkle Punkt im Jahr. Das eintönige Leben wie früher begann von neuem. Aber Johanna langweilte sich nicht, immer mit Paul beschäftigt, den Julius mit unzufriedenem, unruhigem Blick von der Seite ansah.

Oft hielt ihn die Mutter, wenn sie ihn auf den Armen hatte und mit nicht endender Zärtlichkeit überschüttete, wie es Mütter mit ihren Kindern thun, dem Vater hin und sagte:

– Aber so küsse ihn doch! Es ist ja, als liebtest Du ihn nicht.

Er berührte kaum mit den Lippen, mit einem Ausdruck des Ekels, die glatte Stirn des kleinen Wurms, indem er um den Körper einen Bogen machte, als möchte er nicht von den zappeligen, unruhigen, kleinen Händen berührt werden. Dann ging er schnell davon, als triebe ihn ein Widerwille fort.

Ortsvorstand, Arzt und Pfarrer kamen von Zeit zu Zeit zum Essen. Ab und zu auch die Fourvilles, denen sie sich mehr und mehr näherten. Der Graf schien den kleinen Paul geradezu zu lieben. Er hielt ihn, wenn sie zu Besuch da waren, lange auf den Knieen, oft sogar den ganzen Nachmittag hindurch. Er faßte ihn vorsichtig mit seinen Riesenhänden an und kitzelte ihn mit den Spitzen seines langen Schnurrbarts. Dann küßte er ihn leidenschaftlich wie eine Mutter. Es war sein steter Kummer daß seine Ehe kinderlos blieb.

Der März war klar, trocken, fast mild. Die Gräfin sprach wieder von den Spazierritten, die sie miteinander unternehmen wollten. Johanna war müde von den langen Abenden, den langen Nächten, den langen, ewiggleichen, eintönigen Tagen, und sie willigte ein, glückselig über diese Pläne. Eine Woche lang unterhielt sie sich damit, sich ein Reitkleid zurecht zu machen. Dann begannen sie die Ausflüge zu Pferde. Sie ritten immer zwei und zwei, voran die Gräfin mit Julius, hundert Schritte hinter ihnen der Graf und Johanna.

Die beiden sprachen ruhig mit einander wie zwei Freunde, denn sie waren Freunde geworden: ihre ehrlichen Seelen, ihre einfachen Herzen hatten sich gefunden. Die beiden voran flüsterten oft, lachten manchmal heftig und laut und blickten sich plötzlich an, als ob ihre Augen sich Dinge gesagt hätten, die nicht über ihre Lippen gekommen. Plötzlich eilten sie im Galopp davon, wie im Wunsch zu fliehen, fort zu eilen, weit, weit fort!

Dann war es, als wäre Gilberta erregt, ein Windstoß trug oft ihre lebhafte Stimme zu den Ohren der beiden zurück gebliebenen Reiter, dann lächelte der Graf und sagte zu Johanna:

– Meine Frau ist nicht etwa immer guter Laune.

Eines Abends, als sie heimkehrten und die Gräfin ihre Stute unnütz aufregte, ihr die Sporen gebend und sie dann plötzlich mit jäher Parade zurückhaltend, hörte man, wie Julius manchmal sagte:

– Nehmen Sie sich in Acht, nehmen Sie sich in Acht, der Gaul geht noch mal durch!

Sie antwortete: „Ach was, das geht Sie ja nichts an“, in so klarem und hartem Ton, daß die Worte über das Feld klangen, als ob sie in der Luft hängen geblieben wären.

Das Tier bäumte sich, schlug aus und schäumte ins Gebiß. Plötzlich rief der Graf, der ungeduldig geworden war, mit vollen Lungen:

– Paß doch auf, Gilberta!

Sie schlug in einem Augenblick jener weiblichen Nervosität, die nichts beruhigen kann, auf rohe Weise mit ihrer Reitpeitsche das Tier zwischen die Ohren, sodaß es stieg, wütend mit den Vorderbeinen in der Luft herumfuchtelte, dann wieder fußte, mit einem mächtigen Satze davon flog und über die ganze Ebene hin in rasendem Laufe abging.

Zuerst jagte sie über flache Wiesen, dann kam sie auf Äcker und die nasse, fette Erde spritzte nur so hinter ihr her. Sie schoß so schnell dahin, daß man Roß und Reiterin kaum erkennen konnte.

Julius blieb ganz verstört halten und rief verzweifelt:

– Gräfin! Gräfin!

Der Graf brummte etwas, beugte sich auf das Widerrist seines mächtigen Pferdes, warf es mit einem Stoß des ganzen Körpers vorwärts und trieb es dermaßen an, durch Stimme, Bewegung, mit dem Gesäß, mit den Sporen, daß es den Eindruck machte, als ob der Riesenreiter das schwere Tier zwischen den Beinen aufhöbe, davon trüge, und mit ihm fortflöge. Sie schossen in wahnsinniger Hast dahin, geradeaus, vorwärts. Und Johanna sah in der Ferne die beiden Gestalten der Reiter, Frau und Mann, fliehen und fliehen und immer kleiner werden, verlöschen und verschwinden, wie man zwei Vögel, die sich verfolgen, sich in der Ferne verlieren und endlich am Horizont verschwinden sieht.

Da näherte sich Julius immer noch im Schritt und brummte:

– Ich glaube, heute ist sie verrückt.

Und beide folgten ihren Freunden, die nun hinter einer Bodenwelle verschwunden waren.

Nach einer Viertelstunde sahen sie die beiden zurückkommen und hatten sie bald erreicht.

Der Graf war rot, in Schweiß gebadet. Er lachte zufrieden, triumphierend und hielt mit eiserner Faust die Zügel des zitternden Pferdes seiner Frau. Sie war bleich und hatte einen schmerzvollen, verzerrten Ausdruck, und mit einer Hand hielt sie sich an der Schulter ihres Mannes, als fürchte sie, ohnmächtig zu werden.

An diesem Tage ward es Johanna klar, daß der Graf unsäglich in seine Frau verliebt war.

Dann war die Gräfin während des folgenden Monats so lustig, wie sie es nie gewesen. Sie kam häufig nach Les Peuples, lachte unaufhörlich und küßte Johanna in Anfällen plötzlicher Zärtlichkeit. Es war, als ob eine wundersame Freude ihr plötzlich begegnet wäre. Ihr Mann, der selbst glückselig war, ließ sie nicht aus den Augen, suchte alle Augenblicke ihre Hand zu berühren oder ihr Kleid im neuen Ansturm der Leidenschaft.

Eines Abends sagte er zu Johanna:

– Wir sind in glücklicher Stimmung jetzt, Gilberta ist nie so nett gewesen wie jetzt. Sie ist nicht mehr schlechter Laune, nicht mehr wütend, ich fühle, daß sie mich liebt, während ich es bis jetzt doch noch nicht bestimmt wußte.

Auch Julius schien verändert. Er war heiter, weniger ungeduldig, als ob die gegenseitige Freundschaft der Familien beiden Friede und Freude gebracht.

Das Frühjahr kam besonders zeitig und war auffallend warm. Vom milden Morgen bis zum milden, lauen Abend ließ die Sonne es auf der ganzen Oberfläche der Erde sprossen. Es war ein gewaltiges Blühen und Erwachen aller Keime zu gleicher Zeit, jenes unwiderstehliche Aufschießen, jene brünstige Wiedergeburt, die die Natur manchmal in besonderen Jahren zeigt, sodaß man an die Verjüngung der Welt glauben könnte.

Johanna fühlte sich durch diese Fruchtbarkeit der Natur seltsam bewegt. Vor irgend einer kleinen Blume im Grase ward sie plötzlich schwach und matt, und eine köstliche Melancholie kam über sie in solchen Stunden träumerischer Weichheit. Dann kamen zärtliche Erinnerungen an die ersten Stunden ihrer Liebe; nicht eine neue Leidenschaft für Julius, denn das war aus für immer, aber ihr ganzer Körper, den die Winde umspielten, den die Lenzdüfte umwehten, ward wie ergriffen von einem unsichtbaren, zarten Gefühl.

Sie war gern allein, ließ sich von der warmen Sonne bescheinen und dann kamen Empfindungen über sie, ein unbestimmtes, reines Glück, daß ihr Denken verlöschte.

Eines Morgens, als sie so träumte, hatte sie eine Vision. Sie sah plötzlich jene von der Sonne bestrahlte Stelle mitten im dunklen Laubwerk vor sich in dem kleinen Gehölz bei Etretat. Da war ihr zum ersten Mal an der Seite dieses jungen Mannes, der sie damals liebte, ein Schauer über den Leib gelaufen, da hatte er zum ersten Mal die schüchternen Wünsche seines Herzens gestanden, und auch da war plötzlich der Glaube über sie gekommen an alles strahlende Glück der Zukunft.

Und dieses Wäldchen wollte sie wiedersehen, dorthin eine Art sentimentalen, abergläubischen Pilgerzugs unternehmen, als ob die Rückkehr an diesen Ort etwas im Gange ihres Lebens ändern könne.

Julius war schon bei Tagesanbruch fort, sie wußte nicht wohin. Sie ließ also den kleinen Schimmel von Martins satteln, den sie jetzt manchmal ritt, und machte sich auf den Weg.

Es war einer jener stillen Morgen, wo sich nirgends etwas bewegt, kein Grashalm, kein Blatt, alles scheint für immer unbeweglich, als ob der Wind gestorben sei. Es war, als wären selbst die Insekten verschwunden.

Die Sonne strömte glühenden erhabenen Frieden herab, und Johanna ritt glücklich, von ihrem Pferde gewiegt, dahin. Ab und zu blickte sie auf zu einer kleinen, weißen Wolke, die wie eine Flocke, so groß wie ein Stück Watte, dort oben hing und ganz allein dort vergessen schien, mitten im blauen Himmel.

Sie ritt in das Thal hinab, das nach dem Meer führt, zwischen jenen beiden, großen Klippenbögen, die man die Pforten von Etretat nennt, und ganz allmählich lenkte sie nach dem Walde zu ein. Durch das noch dünne Laub stiebte das Licht wie Regen, und sie suchte nach der Stelle, ohne sie zu finden, und irrte die kleinen Wege hin und her.

Da sah sie plötzlich, als sie eine lange Allee querte, am Ende zwei Reitpferde an einen Baum gebunden, die sie sofort erkannte. Es waren die von Gilberta und Julius. Die Einsamkeit lastete auf ihr, und so war sie glücklich über diese unvermutete Begegnung und setzte ihren Gaul in Trab.

Als sie die beiden, geduldigen Tiere erreicht hatte, die da standen, als wären sie an langen Aufenthalt schon gewöhnt, rief Johanna, ohne irgend eine Antwort zu erhalten.

Ein Damenhandschuh und die beiden Reitpeitschen lagen auf dem zertretenen Rasen. Dort hatten sie also gesessen, dann sich ein Stück entfernt und ihre Pferde hier stehen gelassen.

Sie wartete eine Viertelstunde, zwanzig Minuten, erstaunt, denn sie wußte nicht, was die beiden treiben könnten. Sie war abgesessen, und blieb so regungslos gegen einen Baumstamm gelehnt. Da ließen sich zwei kleine Vögel, ohne sie zu bemerken, in ihrer Nähe ins Gras fallen. Der eine von beiden hüpfte um den andern herum, mit flatternden, zuckenden Flügeln, piepend und mit dem Kopfe nickend, und plötzlich schnäbelten sie sich.

Johanna war erstaunt als hätte sie so etwas nie gekannt, bis sie sich sagte:

– Es ist wahr, es ist ja Frühling.

Dann kam ihr ein anderer Gedanke, ein Verdacht. Sie blickte von weitem den Handschuh, die Reitpeitsche und die beiden verlassenen Pferde an und saß schnell wieder auf, mit nur einem unbezähmbaren Gedanken: zu entfliehen.

Nun galoppierte sie davon, Les Peuples zu. In ihrem Kopf arbeitete es, sie überlegte, stellte die Thatsachen zusammen. Wie war es nur möglich gewesen, daß sie das nicht früher gemerkt hatte, daß sie gar nichts gesehen hatte? Wie hatte sie nur gar nicht verstanden, was die Abwesenheit Julius' bedeute, die Wiederkehr seiner früheren Eleganz und seiner besseren Laune?

Sie dachte auch wieder an die nervöse Schroffheit von Gilberta, ihre übertriebene Zärtlichkeit und diese glückliche Stimmung, in der sie sich seit einiger Zeit befand und über die sich der Graf so freute.

Sie ließ ihr Pferd wieder in Schritt fallen, denn sie mußte ernst nachsinnen, und die schnelle Bewegung störte sie in ihren Gedanken.

Nachdem die erste Erregung vorüber war, wurde ihr Herz fast wieder ruhig. Sie fühlte keine Eifersucht, keinen Haß, nur Verachtung. Sie dachte kaum an Julius, es wunderte sie gar nichts mehr von ihm, aber der doppelte Verrat der Gräfin, ihrer Freundin, empörte sie.

Alle Menschen waren also niederträchtig, lügnerisch und falsch! Und Thränen traten ihr in die Augen. Verlorene Illusionen beweint man oft so sehr, wie einen Toten.

Aber sie nahm sich trotzdem vor, so zu thun, als wüßte sie von nichts und ihr Herz aller Liebe zu verschließen, niemanden zu lieben als Paul und ihre Eltern, und der andern Menschen Gegenwart mit ruhiger Miene zu ertragen.

Sobald sie heimgekehrt war, warf sie sich auf ihren Sohn, trug ihn in sein Zimmer und küßte ihn wütend eine Stunde lang ohne Aufhören.

Julius kehrte zum Essen heim, lächelnd, reizend, liebenswürdig und fragte:

– Kommen denn Papa und Mutting dieses Jahr nicht?

Sie war ihm für diese Aufmerksamkeit so dankbar, daß sie ihm fast die Entdeckung im Walde verzieh, und der heftige Wunsch überkam sie plötzlich, so schnell als möglich die beiden Menschen wieder zu sehen, die sie nächst Paul am meisten liebte. Sie brachte den ganzen Abend damit zu, ihnen zu schreiben, damit sie nur schneller kommen sollten.

Sie zeigten ihre Ankunft für den 20. Mai an. Es war erst der siebente des Monats, und mit immer steigender Ungeduld erwartete sie die Eltern, als ob sie außer ihrer kindlichen Zuneigung noch das Bedürfnis empfunden hätte, mit ehrlichen Seelen in Berührung zu sein, mit offenen, reinen Menschen, denen alle Niedrigkeit fern lag, deren Leben, Handlungen, Gedanken und Wünsche immer gerade und ehrlich gewesen.

Sie fühlte sich wie vereinsamt in ihrer Anständigkeit unter all diesen angefressenen Naturen, obgleich sie schnell gelernt hatte, zu heucheln. Obgleich sie der Gräfin die Hand entgegenstreckte und lächelnd die Lippen bot, fühlte sie in sich die Leere, die Menschenverachtung wachsen und sich entwickeln, und täglich senkten ihr die Neuigkeiten der Gegend einen größeren Ekel, eine größere Verachtung ihrer Umgebung ins Herz.

Die Tochter der Couillards hatte ein Kind gehabt und die Hochzeit sollte stattfinden.

Die Magd von Martins – eine Waise – war in andern Umständen; eine kleine Nachbarin, nur fünfzehn Jahre alt, desgleichen; eine Witwe, ein unglückliches, schmutziges, hinkendes, schmieriges Geschöpf, das nur „Dreckschwein“ genannt wurde, war sogar trotz ihrer Verkommenheit ebenso.

Alle Augenblicke hörte man von einem neuen Vorfall dieser Art oder von irgend einem leichtsinnigen Streich, den ein Mädchen begangen, eine verheiratete Bäuerin, Familienmutter oder irgend ein reicher, angesehener Bauer.

Dies wonnige Frühjahr schien die Säfte empor zu treiben in den Menschen, wie in den Pflanzen, und Johanna, deren erloschene Sinne schwiegen, deren gepeinigtes Herz, deren sentimentale Seele nur durch die warmen, fruchtbaren Düfte bewegt ward, die da träumte, wunschlos begeistert, die das Sehnen liebte, aber der Sinnlichkeit fremd geworden war, wunderte sich voll Widerwillen, der zum Haß wurde, über diesen tierischen Schmutz.

Die Liebe zweier Wesen empörte sie jetzt, wie etwas Unnatürliches; wenn sie Gilberta zürnte, so war es nicht, weil sie ihr den Mann genommen, sondern weil auch sie in diesen allgemeinen Sumpf geraten war.

Sie war doch nicht aus demselben Blut wie diese Bauern, bei denen die niedrigen Triebe herrschen, wie hatte sie sich ebenso gehen lassen können wie dieses Gesindel?

Am Tage, als ihre Eltern ankommen sollten, fachte Julius ihren Widerwillen noch einmal an, indem er ihr lächelnd erzählte, als etwas ganz Natürliches und Komisches, daß der Bäcker am Tage vorher Lärm in seinem Backofen gehört, obgleich es nicht Backcktag gewesen sei; er hatte gemeint, eine herumwandernde Ratte darin zu finden, und entdeckte seine Frau, die nicht gerade Brot hinein that.

Er schloß:

– Der Bäcker hat die Öffnung zugestopft, und sie wären beinahe darin erstickt, wenn nicht der kleine Sohn der Bäckersfrau die Nachbarn alarmiert hätte, da der Junge die Mutter mit dem Schmid hatte hineinkriechen sehen.

Und Julius lachte, indem er sagte:

– Die Witzbolde geben uns jetzt Liebesbrode zu essen. Das ist wie eine Fabel von Lafontaine.

Johanna mochte kein Brod mehr anrühren.

Als die Extrapost an der Rampe hielt und das glücklich lächelnde Gesicht des Barons an der Scheibe erschien, war die junge Frau tief bewegt, und ein Durst nach Liebe kam über sie, wie sie ihn noch nie empfunden.

Sie war erregt und erschrocken und konnte sich fast nicht mehr auf den Beinen halten, als sie Mutting erblickte. Die Baronon war in diesen sechs Wintermonaten um zehn Jahre älter geworden. Ihre gedunsenen, schlaffen, hängenden Backen hatten sich gerötet, wie mit Blut gefüllt, ihr Auge sah erloschen aus, und sie konnte sich nur noch bewegen, wenn man sie unter beide Armen faßte. Ihr kurzer Atem war pfeifend geworden und ging so schwer, daß man an ihrer Seite fast ein schmerzliches, peinliches Gefühl empfand.

Der Baron, der sie täglich sah, hatte von diesem Verfall nichts bemerkt, und wenn sie sich über ihre Atemlosigkeit beschwerte und darüber, daß sie immer unbeweglicher würde, sagte er:

– Aber liebes Kind, ich habe Dich ja nie anders gekannt.

Nachdem Johanna sie auf ihr Zimmer begleitet hatte, zog sie sich auf das ihrige zurück und weinte bitterlich. Dann suchte sie ihren Vater wieder auf, warf sich an seine Brust, noch Thränen in den Augen und sagte:

– Aber wie Mama verändert ist! Sag nur mal, was hat sie denn?

Er war sehr erstaunt:

– Findest Du, ich finde nicht. Weißt Du, ich habe sie doch nie verlassen, und ich finde, daß es ihr gar nicht schlechter geht, sie ist doch wie immer.

Abends sagte Julius zu seiner Frau:

– Hör mal, Deiner Mutter geht es aber schlecht, ich glaube, mit ihr sieht's sehr bös aus.

Als Johanna nun anfing, zu schluchzen, ward er ungeduldig:

– Na, sei doch gut, ich sage doch nicht, daß sie verloren ist, Du schüttest immer das Kind mit dem Bade aus. Sie hat sich eben verändert! Das Alter macht sich bemerklich.

Nach acht Tagen dachte sie nicht mehr daran, sie war an das veränderte Aussehen der Mutter gewöhnt, und vielleicht drängte sie ihre Besorgnis zurück, wie man immer aus instinktivem Egoismus, im natürlichen Wunsch seine Seelenruhe zu bewahren, Vorahnungen und drohendes Leid zurück zu drängen sucht.

Die Baronin, die nicht mehr gehen konnte, schöpfte täglich nur eine halbe Stunde Luft. Ihren Weg, den sie nur ein einziges Mal halb hinunter gegangen war, war sie nicht mehr fähig, abzuschreiten; sie verlangte sofort, sich auf ihre Bank zu setzen, und wenn sie sich nicht im stande fühlte, den Weg auch nur bis dahin zurück zu legen, sagte sie:

– Wir wollen anhalten, heute zerbricht mir meine Hypertrophie die Beine.

Sie lachte kaum mehr und lächelte nur bei Dingen, wobei sie sich noch vor einem Jahr geschüttelt hätte.

Da aber ihre Augen vorzüglich geblieben waren, so las sie den ganzen Tag „Corinna" oder Lamartines „Betrachtungen", oder man mußte ihr die Schublade mit den Andenken bringen. Wenn sie dann die alten Briefe, die ihr lieb waren, auf den Schoß geschüttet hatte, ließ sie das Fach neben sich auf einen Stuhl stellen, und legte dann ihre Reliquien, eine nach der andern, nachdem sie sie lange betrachtet, wieder in das Fach zurück; wenn sie allein war, ganz allein, küßte sie einzelne davon, wie man heimlich das Haar der Toten küßt, die man geliebt hat.

Manchmal kam Johanna unerwartet herein, und dann fand sie sie in Thränen, in Thränen der Trauer. Da rief Johanna:

– Was hast Du denn Mutting?

Und die Baronin antwortete nach langem Seufzen:

– Daran sind meine Reliquien schuld. Man denkt da immer wieder an Dinge, die so schön gewesen und nun vorbei sind. Und dann tauchen Menschen auf, an die man nie wieder gedacht hat und die plötzlich vor einem stehen, man meint sie zu sehen, sie zu hören, und das ist gräßlich, das wirst Du später kennen lernen.

Wenn der Baron in solchen Augenblicken der Melancholie dazu kam, sagte er:

– Johanna liebes Kind, glaube mir, verbrenne Deine Briefe, alle Deine Briefe, die von Mama, die von mir. Alle! Es giebt nichts Schrecklicheres, als wenn man alt ist, an die Jugend zurück zu denken.

Aber auch Johanna hob ihre Briefe auf und bereitete ihr Reliquienkästchen vor, trotzdem sie doch ganz anders war, wie ihre Mutter, in den sentimentalen Träumen aber einer Art ererbten Instinkt gehorchend.

Nach ein paar Tagen mußte der Baron fort in einer Geschäftsangelegenheit.

Das Wetter war wundervoll. Die Nächte, mild und sternenflimmernd, folgten milden Abenden, die klaren Abende hellen Tagen und die hellen Tage einem strahlenden Morgen, Mutting ging es bald besser, und Johanna vergaß Julius' Abwege und Gilbertas Niedertracht und fühlte sich fast ganz glücklich. Alles blühte und duftete, und das immer ruhige Meer glänzte von früh bis abend unter dem kristallnen Himmel.

Johanna nahm eines Nachmittags Paul auf den Arm und ging spazieren über Feld. Ab und zu blickte sie ihren Sohn an, dann sah sie auf das Blumen-übersäete Gras längs des Weges und fühlte sich feierlich glücklich gestimmt. Alle Augenblicke küßte sie das Kind und drückte es leidenschaftlich an sich, dann traf sie irgend ein kräftiger ländlicher Duft, und sie fühlte sich ganz ermattet in unendlichem Wohlsein. Dann träumte sie von seiner Zukunft. Was sollte er werden? Manchmal wollte sie, daß er ein großer Mann würde, berühmt, mächtig, dann meinte sie wieder, es wäre besser, er würde ein bescheidenes Menschlein, bliebe bei ihr, immer zärtlich, immer an der Mutter Seite.

Wenn sie nur ihr selbstsüchtiges Mutterherz sprechen ließ, wünschte sie, er möchte ihr Sohn bleiben, nur ihr Sohn; aber wenn die Vernunft die Oberhand gewann, hatte sie Ehrgeiz für ihn, daß er etwas werden sollte in der Welt.

Sie setzte sich an den Rand eines Grabens und betrachtete ihn, es schien ihr, als hätte sie ihn noch nie gesehen, und sie war plötzlich erstaunt in dem Gedanken, daß dieses kleine Wesen einmal groß werden sollte, daß er mit festem Schritt dahin gehen, einen Bart tragen und mit männlicher Stimme reden würde.

In der Ferne rief sie jemand, sie blickte auf. Marius kam gelaufen; da dachte sie, Besuch wäre gekommen, und erhob sich ärgerlich, gestört zu werden. Aber der Bengel lief, so schnell er konnte und rief, sobald er nahe genug war:

– Frau Gräfin, es geht der Frau Baronin schlecht!

Es war ihr, als liefe ihr ein eiskalter Tropfen über den Rücken, und ganz verstört eilte sie mit großen Schritten davon.

Schon von weitem gewahrte sie eine Menge Menschen unter der Platane. Sie stürzte herbei, die Leute traten zur Seite, und sie sah die Mutter am Boden liegen, zwei Kissen unter dem Kopf. Ihr Gesicht war ganz schwarz, die Augen hatte sie geschlossen und die Brust, die seit zwanzig Jahren nach Luft rang, bewegte sich nicht mehr. Die Amme nahm der jungen Frau das Kind ab und trug es davon.

Johanna starrte vor sich hin und fragte:

– Was ist denn geschehen? Ist sie denn gefallen? Man soll sofort den Arzt holen.

Und wie sie sich umdrehte, sah sie den Pfarrer, der, man wußte nicht wie, in Kenntnis gesetzt worden war.

Er bot seine Hilfe an und bemühte sich, indem er die Ärmel seines Priesterrockes zurückschlug. Aber die Essig- und *Eau de Cologne*-Einreibungen blieben wirkungslos.

– Man müßte sie entkleiden und sie zu Bett bringen, sagte der Priester.

Der Pächter Josef Couillard war da, ebenso der alte Simon und Ludwine. Mit Hilfe des Pfarrers Picot wollten sie die Baronin fort tragen, aber als sie sie aufhoben, fiel der Kopf zurück und das Kleid, an dem sie anfaßten, zerriß, so schwer und unbeweglich war ihr mächtiger Leib.

Da kreischte Johanna vor Entsetzen laut auf und sie ließen den unförmlichen, schwammigen Leib zu Boden sinken.

Sie mußten einen Stuhl aus dem Salon holen, und nachdem man sie hineingesetzt, konnte man sie endlich forttragen. Schritt für Schritt ging es die Stufen hinauf, dann die Treppe, und in ihrem Zimmer wurde sie aufs Bett gelegt. Als die Köchin nicht mit dem Ausziehen zurecht kommen konnte, fand sich gerade die Witwe Dentu hinzu, die eben gekommen war, ebenso wie der Priester, als hätten sie, wie die Dienstboten sagten, „den Tod gerochen."

Josef Couillard stürzte Hals über Kopf zum Doktor, und als der Priester sich anschickte, die heiligen Gefäße für die letzte Ölung zu holen, flüsterte ihm die Witwe Dentu ins Ohr:

– Geben Sie sich keine Mühe, Herr Pfarrer, ich verstehe mich darauf. Sie ist weg.

Johanna betete in ihrer Verzweiflung, sie wußte nicht, was thun, was versuchen, welches Mittel anwenden.

Der Pfarrer gab ihr für alle Fälle die Absolution. Zwei Stunden warteten sie neben diesem violetten, leblosen Körper. Johanna, die jetzt in die Kniee gesunken war, schluchzte vor schmerzlicher Verzweiflung. Als die Thür aufging und der Arzt erschien, war es ihr, als träte die Rettung herein, der Trost, die Hoffnung. Sie ging auf ihn zu und sagte stammelnd alles, was sie wußte:

– Sie ging wie immer spazieren. Sie war ganz wohl, war sehr wohl sogar ...... sie hatte zum Frühstück Bouillon und zwei Eier zu sich genommen ...... sie ist umgefallen .... sie ist gleich so schwarz geworden, wie Sie sie jetzt sehen .... sie hat sich nicht mehr bewegt ...... wir haben alles versucht, sie wieder ins Leben zu bringen ..... alles .....

Sie schwieg, weil die Wärterin dem Arzte ein heimliches Zeichen gegeben hatte, daß alles aus wäre, wirklich aus; aber sie wollte nicht verstehen und fragte ängstlich:

– Ist es ernst? Glauben Sie, daß es ernst ist?

Er sagte endlich:

– Ich fürchte, es ist ernst. Ich fürchte, doch haben Sie Mut! Haben Sie Mut!

Johanna warf sich mit geöffneten Armen über die Mutter.

Julius trat wieder ein. Er war ganz erstarrt, sehr bewegt, aber ohne einen Laut des Schmerzes oder der Verzweiflung, denn ihm war die Nachricht zu plötzlich gekommen, als daß er die passende Miene und Haltung hätte annehmen können, wie sie die Situation erforderte. Er flüsterte:

– Das dachte ich, ich fühlte, daß es so kommen würde.

Dann zog er sein Taschentuch, wischte die Augen, kniete nieder, bekreuzte sich, murmelte etwas und wollte, nachdem er aufgestanden war, auch seine Frau aufrichten. Aber sie hielt die im Bett liegende Leiche umarmt und küßte sie. Man mußte sie fortbringen, denn sie schien wie von Sinnen.

Nach Ablauf einer Stunde ließ man sie wiederkommen, es war keine Hoffnung mehr. Das Zimmer war schon als Totengemach hergerichtet. Julius und der Priester standen am Fenster und sprachen leise mit einander, die Witwe Dentu saß nach ihrer Art in einem Stuhl, wie eine Frau, die an die Totenwache gewöhnt ist und sich heimisch fühlt in einem Hause, wo der Tod Einzug gehalten.

Es ward Nacht, der Pfarrer ging auf Johanna zu, nahm ihre Hand, redete ihr zu, indem er auf das untröstliche Herz die salbungsvolle Flut der Tröstungen der Kirche ergoß.

Er sprach von der Verblichenen, feierte sie in priesterlichen Worten und traurig, mit jener falschen, berufsmäßigen Trauermiene des Priesters, erbot er sich, die Nacht betend bei der Leiche zuzubringen.

Doch Johanna lehnte unter heftigem Schluchzen ab. Sie wollte allein sein, ganz allein in dieser letzten Nacht. Julius trat zu ihr:

– Das geht nicht, wir wollen beide wachen.

Sie schüttelte den Kopf, unfähig, zu sprechen. Endlich brachte sie heraus:

– Sie ist meine Mutter, meine Mutter, ich will allein bei ihr wachen.

Der Arzt flüsterte:

– Lassen Sie ihr den Willen, die Wärterin kann im Nebenzimmer bleiben.

Der Priester und Julius traten gedankenvoll an das Bett der Toten, dann kniete der Pfarrer Picot auch nieder, betete, erhob sich wieder und ging mit den Worten:

„Sie war eine Heilige", in demselben Ton, in dem er sagte: ***Dominus vobiscum***.

Dann fragte der Vicomte in gewöhnlichem Ton:

– Willst Du nicht etwas essen?

Johanna antwortete nicht, sie wußte nicht, daß er mit ihr sprach. Er wiederholte: – Es wäre vielleicht ganz gut, wenn Du etwas äßest, um Dich aufrecht zu erhalten. Sie antwortete verstört:

– Laß sofort Papa rufen!

Und er ging, um einen reitenden Boten nach Rouen zu schicken.

Sie blieb in einer Art erstarrten Schmerz versunken, als ob sie nur auf das letzte Alleinsein mit der Toten gewartet hätte, um sich ganz ihrer Verzweiflung zu überlassen.

Es war dunkel geworden im Zimmer, die Dämmerung hüllte die Leiche ein. Die Witwe Dentu begann mit ihrem leisen Schritt hin und her zu gehen, unsichtbare Gegenstände suchend und hin und her legend, mit den lautlosen Bewegungen der Krankenwärterin.

Dann zündete sie zwei Lichter an, die sie leise auf den mit einer weißen Serviette bedeckten Nachttisch am Kopfende des Bettes stellte.

Johanna schien nichts zu sehen, nichts zu fühlen, nichts zu verstehen. Sie wartete darauf, allein zu sein. Julius trat wieder ein, er hatte gegessen und fragte noch einmal:

– Willst Du nichts zu Dir nehmen?

Seine Frau schüttelte den Kopf. Er setzte sich nun mit ergebener Miene zu ihr und schwieg, als wäre er traurig. So blieben sie alle drei bewegungslos, ab und zu schlief die Wärterin ein, schnarchte ein wenig und schreckte dann plötzlich wieder empor.

Endlich stand Julius auf, mit den Worten:

– Willst Du jetzt wirklich allein bleiben?

Sie nahm in unwillkürlichem Antrieb seine Hand und sagte:

– Ja, ja, laß mich allein!

Er küßte sie auf die Stirn und flüsterte:

– Ich werde von Zeit zu Zeit nach Dir sehen!

Und er ging mit der Witwe Dentu hinaus, die ihren Stuhl ins Nebenzimmer rollte.

Johanna schloß die Thür, dann öffnete sie weit die beiden Fenster, und der laue Abendhauch, mit dem von den Wiesen der Heuduft hereinströmte, schlug ihr entgegen, denn das Heu, das zwei Tage vorher gemäht worden, lag da drüben im Mondschein.

Diese milde Luft war ihr unangenehm und traf sie wie ein Hohn. Sie trat wieder ans Bett, nahm eine der kalten, leblosen Hände und begann, ihre Mutter zu betrachten.

Sie war nicht mehr geschwollen, wie bei dem Anfall. Jetzt schien sie ruhig zu schlafen, wie sonst, und durch die bleiche Flamme der Lichter, die der Windhauch bewegte, änderten sich jeden Augenblick die Schatten auf ihrem Gesicht und belebten sie, als bewegte sie sich.

Johanna blickte sie starr an, und aus ferner Jugendzeit kamen ihr eine Menge Erinnerungen.

Sie entsann sich der Besuche Muttings im Sprechzimmer des Klosters, wo sie ihr die Düte mit Kuchen gegeben, einer Menge kleiner Einzelheiten, kleiner Zärtlichkeiten, Worte, Töne, Lieblingsbewegungen, der Falten um ihre Augen, wenn sie lachte, ihres tiefen Atemholens, wenn sie sich eben gesetzt, – alles, alles kam ihr wieder ins Gedächtnis, und sie blieb in Gedanken stehen und sagte vor sich hin, als hätte sie den Verstand verloren:

– Sie ist tot!

Und das ganze Furchtbare dieses Wortes ward ihr klar.

Die dort lag, ihre Mutter, ihr Mutting, Frau Adelaide war tot? Sie würde sich nie wieder bewegen, nie wieder sprechen, nie wieder lachen, nie wieder Papachen bei Tisch gegenüber sitzen und nie wieder sagen: „Guten Morgen, Hannele!" Sie war tot!

Man würde sie in den bretternen Kasten legen, ihn zunageln und ihn versenken, und alles wäre aus. Man würde sie nie wieder erblicken. War das möglich, daß sie keine Mutter mehr hatte? Dieses liebe, gewohnte Gesicht, das sie gesehen, seit sie zum ersten Mal die Augen aufgethan, das sie geliebt, seit sie zum ersten Male die Arme ausgestreckt. Dieser Brunnen, aus dem man alle seine Liebe schöpft, dieses einzige Wesen: die Mutter, die für das Menschenherz mehr bedeutet, als alle übrigen Wesen der Erde, war verschwunden, und nur noch ein paar Stunden lang konnte sie ihr Gesicht sehen, diese unbeweglichen Züge, hinter denen kein Gedanke mehr war. Und dann? Dann blieb nur die Erinnerung.

Und sie fiel in furchtbarer Verzweiflung auf die Kniee, die Hände krampften sich in das Betttuch, sie legte den Mund auf das Bett und rief mit herzzerreißender Summe, erstickt in die Decken hinein:

– Ach Mama! Meine arme Mama! Mutting!

Als sie dann fühlte, daß ihre Sinne sich verwirrten, wie damals in jener Nacht, als sie in den Schnee hinaus geflohen war, erhob sie sich und ging ans Fenster, um sich zu erfrischen, um neue Luft einzuatmen, die noch nicht das Lager dieser Toten umspielt.

Der gemähte Rasen, die Bäume, die Haide, dort drüben das Meer lagen in tiefem Frieden, schliefen im stillen Zauber der schimmernden Mondnacht. Etwas von jener ruhigen Milde drang in Johannas Herz und sie fing langsam an zu weinen.

Dann trat sie wieder ans Bett, setzte sich, nahm Muttings Hand, als wachte sie bei einer Kranken. Ein großes Insekt war, durch die Lichter angezogen, hereingeflogen. Es schlug wie ein Ball gegen die Mauer und summte von einem

Ende des Zimmers zum andern. Johanna störte das Brummen auf, und sie sah nach ihm, aber sie erblickte nur immer den Schatten, der an der Decke hinhüpfte. Dann hörte sie nichts mehr. Dann achtete sie auf das leise Ticken der Kaminuhr und einen andern leisen Ton, ein kaum vernehmbares Geräusch. Es war Muttings Uhr, die weiter ging, die man in ihrem Kleide hatte stecken lassen, das auf einem Stuhl am Fußende des Bettes lag. Und plötzlich erneuerte sich der bittere Schmerz in Johannas Herzen, durch den unbestimmten Zusammenhang, zwischen der Toten und diesem Räderwerk, das noch immer weiter lief. Sie sah nach der Zeit, es war kaum halb elf Uhr; das Entsetzen packte sie, hier die ganze Nacht zubringen zu sollen.

Sie dachte an andere Dinge, an ihr eigenes Dasein, an Rosalie, Gilberta, an die bittern Enttäuschungen ihres Herzens. Es gab also nur Elend, Kummer und Tod, nur Betrug, nur Lüge, nur Leid und Thränen. Wo sollte man Ruhe und Frieden finden? Wohl in einem andern Leben, wenn die Seele befreit war von dem irdischen Gefährten. Die Seele? Sie begann zu träumen über dies unergründliche Rätsel, und plötzlich kamen ihr poetische Vorstellungen, die ebenso unbestimmte Hypothesen ablösten. Wo war jetzt die Seele ihrer Mutter? Die Seele dieses unbeweglichen, eisigen Körpers? Wahrscheinlich sehr weit, irgendwo im Weltenraume. Aber wo? Verflüchtigt wie der Duft einer vertrockneten Blume, oder herumflatternd, wie ein unsichtbarer Vogel, der seinem Käfig entschlüpft ist?

War sie zu Gott zurück gerufen oder irgendwo in neue Welten verweht, mit andern Keimen vermischt, die sich bald erschließen sollten?

Vielleicht sehr nahe, in diesem Zimmer, in der Nähe dieses leblosen Körpers, den sie verlassen! Und plötzlich war es Johanna, als träfe sie ein Hauch, als berühre sie ein Geist. Sie hatte Angst, eine fürchterliche, so wahnsinnige Angst kam über sie, daß sie nicht wagte, sich nur zu bewegen, noch zu atmen, noch sich umzublicken; ihr Herz schlug wie im Entsetzen.

Und plötzlich begann das unsichtbare Insekt seinen Flug von neuem und stieß wieder, das Zimmer umkreisend, an die Mauer. Sie schauerte zusammen von Kopf zu Fuß, dann, als sie plötzlich das flüchtige Tier erkannte, wurde sie ruhiger, stand auf und drehte sich um. Da fielen ihre Augen auf den Schreibtisch mit den Sphinxköpfen, worin das Reliquienfach war.

Ein seltsam zarter Gedanke überkam sie; sie wollte bei dieser letzten Totenwacht die alten Briefe, die der Toten teuer gewesen, lesen, wie ein heiliges

Buch. Es war ihr, als erfülle sie damit eine pietätvolle, heilige Pflicht, eine wahrhaft kindliche Handlung, die drüben in der andern Welt ihr Mutting erfreuen würde.

Es war der Briefwechsel zwischen ihrem Großvater und ihrer Großmutter, die sie nicht gekannt. Sie wollte ihnen über den Körper ihrer Tochter hinweg die Hände reichen, in dieser traurigen Nacht zu ihnen gehen, als ob sie mit ihr litten und ein geheimnisvolles Band der Zärtlichkeit zwischen diesen Längstverstorbenen, der Ebendahingeschiedenen und ihr, der hier auf Erden Zurückgebliebenen, sich schlänge.

Sie erhob sich, ließ die Klappe vom Schreibtisch nieder und nahm aus dem untern Fach eins von den kleinen, gelben Paketen heraus, die sorgsam zusammen geknüpft und neben einander gelegt waren.

Sie legte sie alle aufs Bett, zwischen die Arme der Baronin, aus einer Art besonderen Zartgefühl.

Dann begann sie zu lesen.

Es waren jene alten Briefe, die man in den Familienschreibtischen findet, jene Briefe, die nach einem andern Jahrhundert riechen.

Der erste begann: „Meine Liebe!" Ein anderer: „Mein schönes Enkeltöchterchen!" dann: „Liebe Kleine!" „Mein süßes Kind!" „Geliebte Tochter!" endlich: „Mein liebes Kind!" „Meine liebe Adelaide!" „Meine liebe Tochter!" je nachdem sie gerichtet waren, an die Enkeltochter, an das junge Mädchen und später an die junge Frau.

Alle aber waren voll kindlicher, leidenschaftlicher Zärtlichkeit, tausend intime, kleine Dinge jener einfachen und doch so großen Ereignisse der Familie, die dem Fernstehenden so kleinlich erscheinen.

„Papa hat die Grippe. Die gute Hortensie hat sich die Hand verbrannt. Die Katze ist gestorben. Man hat den Tannenbaum, der gleich am Eingang steht, weißt Du, gefällt. Mutter hat ihr Gebetbuch, als sie aus der Kirche kam, verloren, sie glaubt, es ist ihr gestohlen worden."

Es war auch darin von unbekannten Leuten die Rede, deren Namen Johanna aber früher in der Kindheit einmal gehört zu haben meinte.

Bei allen diesen Kleinigkeiten, die ihr wie Entdeckungen vorkamen, ward sie weich, als ob sie plötzlich in ein heimlich vorüber gerauschtes Leben, in das

Herzensleben Muttings hineingeblickt. Sie sah den Körper an, der dort lag, und plötzlich fing sie an, ganz laut zu lesen, der Toten vorzulesen, als wollte sie sie zerstreuen, sie trösten.

Und der unbewegliche Leichnam schien glücklich zu sein.

Sie warf die Briefe einen nach dem andern auf das Fußende des Bettes und dachte, man sollte sie ihr in den Sarg legen wie Blumen.

Sie knüpfte ein anderes Paket auf, es war eine neue Handschrift, sie begann:

„Ich kann nicht mehr leben ohne Deine Liebe, ich liebe Dich bis zum Wahnsinn."

Nichts mehr, kein Name.

Sie drehte das Papier in den Händen und begriff nicht, auf der Adresse stand: „Frau Baronin Le Perthuis des Vauds."

Da öffnete sie den folgenden:

„Komme heute, sobald er fort ist, daß wir ein Stündchen zusammen sind. Ich bete Dich an."

In einem andern las sie: „Ich habe Dich diese Nacht verzweifelt begehrt, es war mir, als hätte ich Deinen Leib in den Armen, Deinen Mund auf meinen Lippen, als sähen wir uns an, Auge in Auge, und dann packte mich die Verzweiflung, daß ich mich hätte aus dem Fenster stürzen mögen, denn ich dachte daran, daß in dieser Stunde Du selbst an seiner Seite ruhtest, dem Du gehören mußtest, wie er wollte."

Johanna war erschrocken, sie begriff nicht. Was bedeutete das? An wen, für wen, von wem kamen diese Liebesworte? Sie fuhr fort zu lesen und fand weiter Worte der höchsten Leidenschaft, Festsetzung eines Stelldicheins, dann und wann Mahnungen zur Vorsicht, und immer standen am Schluß diese vier Worte:

„Verbrenne diesen Brief sofort!"

Endlich entfaltete sie ein gleichgiltiges Billet, die Annahme einer Einladung zum Diner, doch von derselben Hand geschrieben und unterzeichnet: „Paul von Ennemare", der, den der Baron immer, wenn er von ihm sprach, „mein armer, alter Paul" nannte und dessen Frau die beste Freundin der Baronin gewesen war.

Da kam Johanna plötzlich eine Vermutung, die sofort zur Gewißheit ward: dieser Mann war der Liebhaber ihrer Mutter gewesen.

Und da warf sie, außer sich, mit einem Stoß jene ekelhaften Papiere von sich, als ob sie ein giftiges Tier abgeschüttelt hätte. Sie lief ans Fenster und fing herzbrechend an zu weinen, mit lautem Schluchzen, das ihr die Kehle zerriß. Dann konnte sie nicht mehr, brach an der Mauer zusammen und versteckte ihr Gesicht in den Vorhängen, daß man ihr Stöhnen nicht hören sollte. So schluchzte sie, in bodenlose Verzweiflung versunken.

Sie wäre die ganze Nacht so dort geblieben, aber das Geräusch von Schritten im Nebenzimmer schreckte sie auf. Es war vielleicht ihr Vater, und alle die Briefe lagen auf dem Bett und auf dem Boden. Er brauchte nur einen zu öffnen und er wußte alles. Sie lief hin und packte eine Handvoll der alten, vergilbten Papiere, die der Großeltern und die des Liebhabers, die, welche sie noch gar nicht geöffnet und solche, die noch zusammen geschnürt in den Fächern gelegen, alle warf sie auf einen Haufen in den Kamin. Dann nahm sie eines der Lichter, die auf dem Nachttisch standen und steckte den Stoß Briefe an. Eine hohe Flamme schoß empor, die Zimmer, Bett, Leichnam mit hellem, zitterndem Licht überstrahlte, auf dem weißen Vorhang des Bettes in Schwarz die Linien des starren Gesichts und des Riesenleibes dort unter der Decke abzeichnend.

Als nur noch ein Haufen Asche auf der Feuerstelle lag, kehrte sie zurück und setzte sich ans offne Fenster, als ob sie nicht mehr wagte, bei der Toten zu bleiben. Und nun fing sie wieder an zu weinen, das Gesicht in den Händen und stöhnte mit erstickter Stimme, mit verzweifelter Klage:

– Ach meine arme Mama, meine arme Mama!

Dann kam ihr ein entsetzlicher Gedanke: wenn nun aber Mama nicht tot war, wenn sie nur in lethargischem Schlaf läge, wenn sie sich jetzt plötzlich aufrichtete und spräche, würde die Mitwisserschaft des schrecklichen Geheimnisses sie nicht um die Liebe der Mutter bringen? Würde sie sie küssen, mit demselben, frohen Gefühl? Würde sie sie lieben mit derselben geheiligten Zuneigung? Nein, das war unmöglich! Dieser Gedanke zerriß ihr das Herz.

Die Nacht schwand, die Sterne verblichen. Es ward frisch wie immer gegen Morgen. Der tiefstehende Mond wollte ins Meer tauchen, das er mit Perlmutterglanz übergoß.

Und Johanna gedachte der ersten Nacht, die sie in Les Peuples zugebracht. Wie weit lag das hinter ihr, wie war alles anders geworden! Wie schien ihr die Zukunft so dunkel.

Dann färbte sich der Himmel rosa, er nahm ein fröhliches, reizendes, verliebtes Rot an. Erstaunt nun, wie vor einem Phänomen, blickte sie in diesen strahlenden Tagesanbruch hinaus und fragte sich, wie es denn nur möglich sei, daß es auf der Erde, wo die Sonne so schön aufging, keine Freude gäbe und kein Glück.

Das Knarren der Thür ließ sie zusammen fahren. Es war Julius, der fragte:

– Nun bist Du noch nicht müde?

Sie stammelte:

– Nein!

Sie war froh, nicht mehr allein zu sein.

– Nun ruhe Dich aber aus, sagte er.

Sie küßte langsam ihre Mutter mit einem schmerzlichen, verzweifelten, langen Kuß. Dann suchte sie ihr Zimmer auf.

Der Tag verging mit jenen traurigen Geschäften, die ein Todesfall erfordert. Der Baron kam gegen Abend an. Er weinte viel.

Das Begräbnis fand am nächsten Tage statt. Nachdem sie zum letzten Mal ihre Lippen auf die eisige Stirn gedrückt, nachdem die Tote angezogen und Johanna zugesehen, wie man den Sarg vernagelt, zog sie sich zurück. Die Trauerversammlung sollte kommen.

Gilberta erschien zuerst und warf sich schluchzend ihrer Freundin an die Brust.

Durchs Fenster sah man die Wagen am Gitter umwenden und im Trab fortfahren. Stimmen klangen im großen Vorsaal, Damen in schwarz, die Johanna gar nicht kannte, traten in das große Zimmer, das sich allmählich füllte. Die Marquise von Coutelier und die Vicomtesse von Briseville umarmten sie. Plötzlich bemerkte sie, daß Tante Lieschen hinter sie glitt, und sie umarmte sie zärtlich, daß die alte Jungfer beinahe ohnmächtig ward.

Julius trat ein in großer Trauer, elegant, geschäftig, sehr geschmeichelt über die Menge der Leidtragenden. Er fragte leise seine Frau etwas, wie sie es wünschte und fügte heimlich hinzu:

– Die ganze Aristokratie ist gekommen, das macht sich famos!

Und indem er ernst die Damen grüßte, ging er davon.

Tante Lieschen und Gräfin Gilberta blieben bei Johanna, wahrend die Handlung vor sich ging. Die Gräfin umarmte sie unausgesetzt und sagte:

– Meine arme Johanna! Meine Liebe!

Als Graf Fourville kam, um seine Frau abzuholen, weinte er, als ob er die eigene Mutter verloren hätte.

X

Die folgenden Tage waren sehr traurig, jene öden Tage in einem Hause, das leer zu sein scheint durch die Abwesenheit eines Familien-Mitgliedes, das für immer verschwunden ist, jene Tage, in denen immerfort das Leid wiederkehrt, wo es wieder ausbricht beim Anblick jedes Gegenstandes, dessen sich der Tote bedient.

Immerfort kommt irgend eine Erinnerung wieder und peinigt und quält: hier der Stuhl, da der Sonnenschirm, der noch im Flur stehen geblieben, dort ihr Glas, das das Mädchen nicht weggeschlossen hat; in allen Zimmern findet man etwas wieder, ihren Schleier, einen Handschuh, ein Buch, dessen Blätter die Spuren ihrer schwerfälligen Finger tragen, tausend Kleinigkeiten, die eine schmerzliche Bedeutung gewinnen, weil sie an tausend kleine Ereignisse erinnern.

Ihre Stimme verfolgt uns, man glaubt sie zu hören; man möchte fliehen, irgend wohin, nur dem vertrauten Umgang in diesem Hause zu entgehen, und man muß bleiben, weil andere bleiben, die auch Leid tragen.

Und dann lastete immer noch unsäglich die Erinnerung dessen auf Johanna, was sie entdeckt hatte, dieser Gedanke bedrückte sie, und ihr gequältes Herz ward nicht gesund. Durch dieses furchtbare Geheimnis fühlte sie sich noch einsamer jetzt, mit ihrem letzten Glauben war ihr letztes Vertrauen geschwunden.

Nach einiger Zeit ging der Vater fort, es that ihm Not, den Platz zu wechseln, andere Luft zu atmen, von dem ewigen Kummer sich zu befreien, in den er immer mehr versank.

Und das große Haus, das so nach und nach immer einen seiner Herren verschwinden sah, ward wieder ruhig, und alles ging den gewohnten Gang.

Dann ward Paul krank. Johanna verlor darüber fast den Verstand, zwölf Tage lang that sie kein Auge zu und nahm fast nichts zu sich.

Er ward wieder gesund, aber der Gedanke, daß er sterben könnte, war ihr entsetzlich. Was sollte sie anfangen, was sollte aus ihr werden, wenn sie ihn verlor? Und ganz langsam schlich in ihr Herz der dämmernde Wunsch, noch ein Kind zu bekommen. Bald träumte sie davon, und immer kam ihr alter Wunsch ihr zu Sinnen, zwei kleine Wesen um sich zu haben, einen Knaben und ein Mädchen, und das bedrückte sie schließlich förmlich.

Aber seit dem Fall mit Rosalie lebte sie von Julius getrennt, eine Annäherung schien, so wie die Dinge lagen, unmöglich. Julius liebte anderwärts, das wußte sie, und bei dem bloßen Gedanken, seine Zärtlichkeiten wieder über sich ergehen zu lassen, schüttelte sie sich vor Widerwillen.

Aber sie hätte sich doch überwunden, so quälte sie der Wunsch, wieder Mutter zu werden, nur fragte sie sich, wie sie das beginnen sollte, sie wäre vor Scham gestorben, hätte sie ihre Absicht merken lassen. Er schien nicht mehr an sie zu denken.

Sie würde vielleicht die Sache aufgegeben haben, hätte sie nicht jede Nacht geträumt, sie besäße ein Töchterchen. Sie sah es mit Paul unter der Platane spielen, und manchmal kribbelte es in ihr, aufzustehen und ohne ein Wort zu sagen, ihren Mann aufzusuchen. Zweimal schon war sie an seiner Thür, aber sie kehrte jedesmal schnell wieder um, und das Herz schlug ihr vor Scham.

Der Baron war fort. Mutting, tot. Jetzt hatte Johanna keinen Menschen mehr, den sie hätte um Rat fragen, dem sie ihre intimsten Geheimnisse hätte anvertrauen können. So entschloß sie sich, Abbé Picot aufzusuchen und ihm unter dem Siegel des Beichtgeheimnisses den schwierigen Plan mitzuteilen, den sie in sich bewegte.

Als sie kam, las er gerade in seinem kleinen Obstgarten sein Brevier.

Nachdem sie ein Paar Minuten von diesem und jenem gesprochen hatten, stotterte sie errötend:

– Herr Pfarrer, ich möchte beichten.

Er war erstaunt, hob die Brille, um sie zu betrachten, dann fing er an zu lachen:

– Na, Sie werden doch nicht so viel Sünden auf den Gewissen haben.

Jetzt ward sie ganz verlegen:

– Nein, aber ich möchte Sie um Rat bitten, um einen so peinlichen Rat, daß ich nicht wage, so mit Ihnen darüber zu sprechen.

Sofort verschwand sein gutmütiger Ausdruck und er nahm seine Amtsmiene an:

– Nun, meine Tochter, ich werde Sie im Beichtstuhl hören, kommen Sie!

Aber zögernd hielt sie ihn zurück, indem ihr plötzlich doch ein Bedenken kam, von diesen etwas unpassenden Dingen in der Stille der leeren Kirche zu sprechen:

– Oder.... nein, Herr Pfarrer.... ich kann .... wenn Sie wollen, Ihnen sagen, was mich herführt. Wir wollen uns da drüben in Ihre kleine Laube setzen.

Langsam gingen sie hin, sie suchte nach Worten.

Nachdem sie sich gesetzt, begann sie, als wollte sie beichten: „Ehrwürdiger Vater!“ dann zögerte sie, dann wiederholte sie: „Ehrwürdiger Vater!“ Nun schwieg sie in tötlicher Verlegenheit.

Er hatte die Hände über dem Bauche gekreuzt. Als er ihre Verlegenheit sah, machte er ihr Mut:

– Nun, meine Tochter, es ist ja, als wagten Sie es nicht; fassen Sie Mut.

Sie entschloß sich, wie ein Feigling, der sich in die Gefahr stürzt:

– Ehrwürdiger Vater, ich möchte ein zweites Kind.

Er sagte nichts, da er nicht verstand. Da erklärte sie sich näher und stotterte ganz verstört:

– Ich stehe jetzt allein auf der Welt. Mein Vater und mein Mann sind nicht gut mit einander, meine Mutter ist tot, und, und ... – Nun zitterte sie und sagte ganz leise: – Und neulich hätte ich beinahe meinen Sohn verloren. Was sollte da aus mir werden?

Sie schwieg. Der Priester blickte sie verständnislos an und sagte:

– Nun, und die Thatsachen?

Da wieberholte sie:

– Ich möchte ein zweites Kind haben.

Er lächelte; denn er war an die groben Scherze der Bauern gewöhnt, die ihm gegenüber kein Blatt vor den Mund nahmen, und antwortete, indem er listig den Kopf erhob:

– Nun, ich denke, das liegt doch ganz bei Ihnen.

Sie blickte ihn offenherzig an, dann stammelte sie verlegen:

– Aber .... aber .... Sie werden begreifen .... daß, seitdem .... seitdem .... was Sie von dem Mädchen wissen, mein Mann und ich haben .... ganz getrennt gelebt....

Er, der an den Mischmasch und die Sittenlosigkeit der Bauern gewöhnt war, war erstaunt über diese Entdeckung; dann glaubte er plötzlich, den wirklichen Wunsch der jungen Frau zu erraten. Er sah sie von der Seite an, voll Wohlwollen und Sympathie für ihre Verzweiflung:

– Ja, ich verstehe vollkommen, ich verstehe, daß Ihre .. Ihre .. Witwenschaft Sie bedrückt. Sie sind jung und gesund, es ist natürlich, ganz natürlich!

Er fing an zu lachen, indem seine derbe Art des Landpfarrers mit ihm durch ging, und er tätschelte Johannas Hand:

– Es ist gestattet, durchaus gestattet durch die Gesetze. Sie sind doch verheiratet. Das ist doch nicht bloß, um Rüben zu stechen.

Sie hatte zuerst nicht verstanden, aber als sie dahinter kam, ward sie rot, und die Thränen traten ihr in die Augen:

– O Herr Pfarrer, was denken Sie denn? Ich schwöre, .. ich schwöre.. – und sie konnte vor Weinen nicht sprechen.

Sie wußte nicht mehr, was sie sagen sollte. Er war überrascht und tröstete sie:

– Na, ich habe Ihnen ja nicht weh thun wollen. Ich machte einen Spaß, wenn mans gut meint, ist das doch erlaubt. Zählen Sie nur auf mich, ich werde einmal mit Herrn Julius sprechen.

Jetzt wollte sie seine Hilfe ablehnen, die, wie sie meinte, gefährlich sein könnte und ungeschickt, aber sie wagte es nicht und ging davon, mit den Worten:

– Ich danke Ihnen, Herr Pfarrer.

Acht Tage verstrichen, sie lebte in ungeduldiger Angst.

Da blickte Julius sie eines Abends bei Tisch lächelnd an, mit einem Lächeln auf den Lippen, daß sie an ihm kannte, wenn er guter Laune war. Er hatte sogar eine gewisse, unmerkliche, ironische Galanterie gegen sie, und wie sie nachher in Muttings Allee spazieren gingen, flüsterte er ihr leise ins Ohr:

– Wir sind also versöhnt?

Sie antwortete nicht. An der Erde bemerkte sie eine sich gerade hinzichende Fußspur, die jetzt fast unsichtbar geworden, da das Gras nachgewachsen war. Es war die Spur des Fußes der Baronin, fast verblaßt wie eine Erinnerung verblaßt. Johanna fühlte, wie ihr Herz sich zusammen krampfte in tiefster Traurigkeit. Sie fühlte sich wieder allein im Leben, von allen Menschen geschieden.

Julius begann:

– Mir soll es recht sein. Ich hatte Angst, Dir ungelegen zu kommen.

Die Sonne ging unter, die Luft war mild. Die Lust zu weinen bedrückte Johanna, in einem jener Momente, wo man das treue Herz eines Freundes ersehnt, das Bedürfnis fühlt, zu umarmen und sein Leid zu klagen. Ein Schluchzen kam aus ihrer Kehle, sie öffnete die Arme und sank an Julius' Brust.

Sie weinte, er blickte erstaunt nieder auf ihr Haar, denn ihr Gesicht konnte er nicht sehen, das sie an seiner Brust versteckt. Er dachte, sie liebte ihn noch und drückte einen nachsichtigen Kuß auf ihren Scheitel.

Dann gingen sie, ohne ein Wort zu sprechen ins Haus. Er folgte ihr in ihr Zimmer und blieb bei ihr.

Und ihre ehelichen Beziehungen begannen wieder, er erfüllte sie wie eine Pflicht, die ihm jedoch nicht unangenehm zu sein schien, und sie überwand es wie eine peinliche, entsetzliche Notwendigkeit, mit dem Entschluß, auf immer aufzuhören, sobald sie sich Mutter fühlen würde.

Aber sie bemerkte bald, daß die Zärtlichkeit ihres Mannes anders zu sein schien, als früher, vielleicht raffinierter aber weniger vollständig. Er behandelte sie wie ein diskreter Liebhaber und nicht wie ein ruhiger Gatte.

Sie war erstaunt, beobachtete und bemerkte, daß sie so ihren Zweck nicht erreichen könnte.

Da flüsterte sie ihm eines Nachts Mund auf Mund zu:

– Warum schenkst Du Dich mir nicht mehr wie früher?

Er lachte:

– Um Dich nicht Mutter werden zu lassen!

Sie zitterte:

– Warum willst Du denn kein Kind m“hr?

Er war ganz erschrocken:

– Was, bist Du denn verrückt? Noch ein Kind? Fällt mir gar nicht ein! Ein Kind, das immer schreit und alle Welt in Anspruch nimmt und Geld kostet! Eins ist doch schon genug! Noch eins? Ich danke schön!

Da nahm sie ihn in die Arme küßte ihn und sagte:

– Ich bitte Dich, mach mich noch einmal Mutter!

Aber er ward böse, als ob sie ihn beleidigt hätte:

– Du hast wohl den Kopf verloren! Bitte schweig!

Sie schwieg und nahm sich vor, ihn durch List zu bewegen, ihr das Glück zu schenken, von dem sie träumte. Da suchte sie die Umarmungen zu verlängern und spielte eine Komödie voll verzweifelter Glut, preßte ihn an sich, gebrauchte alle Listen, aber er blieb Herr seiner selbst und vergaß sich nicht ein einziges Mal.

Doch ihr verzweifelter Wunsch ließ sie nicht in Ruhe, und, bereit alles zu wagen, alles zu versuchen, kehrte sie zum Pfarrer Picot zurück.

Er war eben beim Frühstück, aß und war dunkelrot, denn nach der Mahlzeit hatte er immer Herzklopfen. Sobald er sie eintreten sah, rief er:

– Nun?

Er wollte gern den Erfolg seiner Vermittelung kennen lernen.

Jetzt war sie entschlossen, schämte sich nicht mehr und sagte:

– Mein Mann will kein Kind weiter.

Der Pfarrer drehte sich zu ihr um, ganz dabei und bereit, mit einer gewissen Priesterneugier in diesen ehelichen Geheimnissen herum zu stöbern, die ihm sein Amt scherzhaft machten. Er fragte:

– Wie so denn? Kommt er nicht zu Ihnen?

Da sagte sie:

– Ja, aber er .. er.. weigert sich, mich Mutter zu machen.

Der Pfarrer begriff, er kannte diese Dinge, und er begann, wie ein Fastender nach den Leckerbissen verlangt, nach allen Einzelheiten genau zu fragen.

Dann dachte er ein paar Augenblicke nach und sagte ganz ruhig, als ob er von einer günstigen Ernte spräche, ihr alles feststellend und ihr einen Plan entwerfend, wie sie sich geschickt benehmen sollte:

– Liebe Tochter, für Sie giebt es nur ein Mittel, lassen Sie ihn glauben, daß Sie Mutter sind, dann hütet er sich nicht mehr und Sie werden es wirklich.

Sie ward dunkelrot, aber zu allem entschlossen, fragte sie: – Aber wenn er es nicht glaubt?

Der Pfarrer kannte das Mittel, die Männer dahin zu bringen, wo man sie haben will:

– Reden Sie einfach überall davon, erzählen Sie allen, daß Sie Mutter werden, da wird er es auch glauben.

Dann fügte er hinzu, als wollte er sich von einer Schuld frei sprechen:

– Das ist Ihr Recht, die Kirche duldet den Verkehr zwischen Mann und Frau nur wenn er den Zweck hat, die Familie fortzupflanzen.

Sie befolgte seinen gerissenen Rat, und vierzehn Tage später sagte sie es Julius. Er erschrack:

– Das ist unmöglich, das ist nicht wahr!

Sie gab ihm sofort den Grund ihres Verdachtes an. Er beruhigte sich und sagte:

– Ach, wir wollen es mal abwarten, Du wirst sehen, Du irrst Dich.

Dann fragte er jeden Morgen:

– Nun?

Sie antwortete:

– Nein noch nicht! Es sollte mich sehr wundern, wenn es nicht so wäre.

Jetzt beunruhigte er sich, war wütend und verzweifelt und ebenso sehr überrascht. Er sagte:

– Ich kann das nicht verstehen. Ich begreife gar nicht, wie das möglich ist, ich lasse mich drauf hängen.

Nach vier Wochen verbreitete sie allerwärts die Nachricht, nur Gräfin Gilberts sagte sie es aus einer Art zarter Scham nicht.

Julius kam ihr in seiner ersten Wut nicht zu nahe, dann fand er sich ärgerlich damit ab, erklärte: „Das wird ein ungebetener Gast!“ und suchte seine Frau wieder auf.

Was der Priester vorher gesehen, traf ein: Nun ward sie Mutter.

Da verriegelte sie alle Abende, überwältigt von ungestümer Freude, ihre Thür und gelobte sich in einem plötzlichen Gefühl der Dankbarkeit gegen die ungewisse Gottheit, die sie verehrte, ewige Keuschheit.

Sie fühlte sich wieder beinahe glücklich und wunderte sich, wie schnell der Schmerz um den Verlust der Mutter besänftigt Worden. Sie hatte gemeint, untröstlich zu sein, nun schloß sich nach kaum zwei Monaten die offene Wunde, es blieb ihr nichts, als eine zärtliche Melancholie, wie ein Trauer-Schleier, der über ihr Leben gebreitet. Jetzt schien kein Unglück sie mehr treffen zu können, ihre Kinder würden groß werden und sie lieben, sie würde ruhig und zufrieden leben, ohne sich um ihren Mann zu kümmern.

Gegen Ende September machte der Pfarrer Picot einen förmlichen Besuch in einem neuen Priesterkleide, auf dem sich erst Flecken von acht Tagen befanden, und stellte seinen Nachfolger, den Pfarrer Tolbiac vor. Er war ein ganz junger, hagerer, kleiner Priester mit nachdrucksvoller Sprechweise, dessen schwarzumränderte, tiefliegende Augen von verborgenem Eifer sprachen.

Der alte Pfarrer war zum Decan von Goderville ernannt worden.

Johanna war wirklich traurig über sein Fortgehen. Die Gestalt dieses Mannes war mit allen ihren Frauenerlebnissen verknüpft. Er hatte sie verheiratet, hatte Paul getauft und die Baronin beerdigt. Sie konnte sich Etouvent ohne den dicken Wanst des Pfarrers Picot, wenn er längs der Höfe hinging, gar nicht denken, und sie liebte ihn, weil er heiter und natürlich war.

Trotz seiner Beförderung schien er nicht froh zu sein. Er sagte:

– Frau Gräfin, ach kommt mich das schwer an! Jetzt bin ich seit achtzehn Jahren hier. Die Pfarre bringt nicht viel ein, und es ist nicht viel los damit. Die Leute haben auch nicht mehr Religion, wie gerade nötig ist, und die Weiber, die Weiber, sehen Sie mal, haben ja keine Ehre im Leib. Und die Mädchen lassen sich nicht eher trauen, als bis sie ihren Pilgergang hinter sich haben! Sie wissen:

die Myrte ist billig hier zu Lande! Aber das schadet nichts, ich hatte sie doch gern.

Der neue Pfarrer machte eine unwillige Bewegung. Er war rot geworden und sagte kurz:

– Bei mir wird sich das alles ändern!

Zart und mager in seinem schon abgeschabten, aber reinlichen Priesterrock sah er aus, wie ein wütendes Kind.

Der Pfarrer Picot blickte ihn von der Seite an, wie er es zu thun pflegte, wenn er scherzte, und fuhr fort:

– Nun, lieber Amtsbruder, um solche Dinge zu verhindern, müßte man die ganze Gemeinde einsperren, und das würde doch nichts nützen.

Der neue Pfarrer antwortete in schneidigem Ton:

– Das werden wir ja sehen!

Der Alte nahm eine Prise und sagte:

– Herr Amtsbruder, das Alter wird Sie ruhig machen. Sie werden auf die Art nur noch die letzten Beter aus der Kirche jagen. Nehmen Sie sich in Acht, wahrhaftig. Wenn ich bei der Predigt ein Mädchen sehe, das mir etwas stark vorkommt, so sage ich mir, das giebt ein Gemeindeglied mehr, und ich suche sie zu verheiraten. Sehen Sie mal, Sie werden sie nicht hindern, zu sündigen, aber Sie können wohl zu dem Burschen gehen und ihn daran hindern, daß er das Mädchen sitzen läßt. Verheiraten Sie sie, Herr Amtsbruder, verheiraten Sie sie, aber kümmern Sie sich um weiter nichts.

Der neue Pfarrer antwortete kurz und bündig:

– Wir haben verschiedene Ansichten, da läßt sich nicht weiter streiten.

Und der Pfarrer Picot wiederholte, wie er bedauere, von dem Dorfe fortzugehen, von dem Meer, das er von den Fenstern des Pfarrhauses aus erblickt, von dem kleinen, trichterförmigen Thälchen, wo er sein Brevier gelesen und in der Ferne die Schiffe vorüber fahren gesehen.

Die beiden Priester empfahlen sich. Der alte umarmte Johanna, die fast weinte.

Acht Tage später kam Pfarrer Tolbiac wieder. Er sprach von den Reformen, die er einführte, wie etwa ein Kronprinz, der zur Regierung gelangt. Dann bat er die

Gräfin, Sonntag in der Kirche nicht zu fehlen und zu allen Festtagen zu kommunizieren.

– Sie und ich, sagte er, sind das Haupt der Bevölkerung, wir müssen den Leuten immer ein gutes Beispiel geben. Um die Gewalt zu haben und geachtet zu sein, müssen wir einig sein. Wenn Kirche und Schloß sich die Hände reichen, wird die Hütte uns fürchten und uns gehorchen.

Johannas Religion war ganz Gefühl. Sie hatte jenen träumerischen Glauben, den jede Frau sich bewahrt, und wenn sie so ziemlich ihre kirchlichen Pflichten erfüllte, so war es hauptsächlich aus alter Gewohnheit vom Kloster her, denn die aufrührerische Philosophie des alten Barons hatte längst ihre religiöse Überzeugung erschüttert.

Der Pfarrer Picot begnügte sich mit dem wenigen, das sie ihm geben konnte und schalt sie nicht, aber als sein Nachfolger sie am folgenden Sonntag nicht im Gotteshaus gesehen hatte, kam er unruhig mit ernster Miene herbei.

Sie wollte mit dem Pfarrhaus nicht brechen und versprach zu kommen, indem sie sich vornahm, nur aus Gefälligkeit während der ersten Wochen regelmäßig zur Kirche zu gehen.

Allmählich ward ihr das Kirchengehen zur Gewohnheit, und sie erlag dem Einfluß dieses zarten, kleinen, herrschsüchtigen und tadellosen Pfarrers.

Er gefiel ihr durch seine Exaltiertheit und seine Glaubensglut. Er berührte in ihr die Seite der religiösen Poesie, die alle Frauen in der Seele tragen. Seine unbeugsame Strenge, seine Verachtung der Welt und der Sinne, sein Ekel vor allem, was die Menschen treibt, sein Gottesglauben, seine wilde, jugendliche Unerfahrenheit, seine harten Worte, sein unbeugsamer Wille brachten bei Johanna den Eindruck hervor, als sei er von dem Holz der Märtyrer, und sie ließ sich verführen, sie, die leidende, schon oft enttäuschte Frau, durch den starren Fanatismus dieses Knaben, dieses Dieners des Herrn. Er führte sie zum tröstenden Christus, zeigte ihr, wie die frommen Freuden der Religion all ihr Leid mildern würden, und sie kniete im Betstuhl, demütigte sich vor Gott, fühlte sich klein und schwach vor diesem Priester, der kaum fünfzehn Jahre alt zu sein schien.

Aber bald war er verhaßt in der ganzen Gemeinde.

Von unbeugsamer Strenge gegen sich selbst, war er gegen die andern von unerschütterlicher Unduldsamkeit. Eines vor allem erzürnte und empörte ihn: die Liebe.

In seinen Predigten sprach er häufig davon, in harten Worten, indem er nach Kirchenart über seine bäurischen Zuhörer donnernde Sätze losließ gegen die böse Lust. Er zitterte vor Wut, stampfte mit dem Fuße auf, ganz erfüllt von den Bildern, die er selbst in seiner Wut heraufbeschwor.

Die Burschen und Mädchen blickten sich in der Kirche heimlich an, und die alten Bauern, die gern einen Scherz über diese Dinge machen, mißbilligten die Unduldsamkeit des jungen Pfarrers, wenn sie aus der Kirche heimgingen, neben dem Sohn in der blauen Bluse und der Bäuerin in der schwarzen Haube. Die ganze Gegend kam in Aufregung.

Man erzählte sich leise sein strenges Vorgehen im Beichtstuhl, die schweren Strafen, die er auferlegte, und da er sich weigerte, einem Mädchen, deren Keuschheit der Versuchung erlegen war, die Absolution zu erteilen, fing man an, sich darüber lustig zu machen. Beim Hochamt an den großen Festen lachte man, wenn man sah, wie junge Leute auf ihrer Bank sitzen blieben, statt mit den andern zum Abendmahl zu gehen.

Bald belauschte er die Liebespaare, um zu verhindern, daß sie sich träfen, wie ein Wildhüter dem Wilddieb nachschleicht. Er jagte sie längs der Gräben hinter den Scheunen auf, an Mondscheinabenden, und in den Büscheln des Seegrases an den Hängen der Hügel. Einmal traf er ein Paar, das sich, als er sich näherte, nicht losließ, sie hielten sich umschlungen und gingen unter Küssen in einem steinigen Hohlweg hin.

Der Pfarrer rief:

– Wollt ihr euch gleich loslassen, Bauerngesindell

Der Bursche drehte sich um und antwortete:

– Kümmern Sie sich um Ihre Sachen, Herr Pfarrer, solche Geschichten gehen Sie nichts an.

Da hob der Pfarrer Steine vom Boden auf und warf nach ihnen wie nach Hunden. Lachend entflohen sie beide, und am folgenden Sonntag nannte er ihre Namen beim Gottesdienst von der Kanzel herab.

Alle jungen Leute der Gegend hörten auf in die Kirche zu gehen.

Jeden Donnerstag aß der Pfarrer im Schloß und kam auch sonst oft während der Woche, um mit seinem Beichtkind zu sprechen.

Sie begeisterte sich mit ihm, sprach über überirdische Dinge und brachte das ganze, komplizierte, alte Arsenal geistlicher Fragen zum Vorschein.

Sie gingen beide die Allee der Baronin entlang und sprachen von Christus und den Aposteln, von der heiligen Jungfrau und den Kirchenvätern, als hätten sie sie Persönlich gekannt. Ab und zu blieben sie stehen und stellten sich tiefsinnige Fragen, die sie in Visionen auflöste, in poetische Worte, die wie Leuchtkugeln zum Himmel aufstiegen, er, philosophierend mit scharfen Beweisen, indem er disputierte, wie ein vollständig Übergeschnappter, der mathematisch die Quadratur des Zirkels beweisen will.

Julius behandelte den neuen Pfarrer mit großem Respekt und sagte öfters:

– Der gefällt mir ganz gut, der paktiert nicht. Julius beichtete und kommunizierte, wie der Priester wollte, indem er großherzig das gute Beispiel gab.

Jetzt ging er fast täglich zu Fourvilles, jagte mit dem Mann, der gar nicht mehr ohne ihn sein konnte, und ritt mit der Gräfin aus, trotz Regen und schlechtem Wetter. Der Graf sagte: – Sie sind verrückt mit ihrer Reiterei, aber es bekommt meiner Frau gut.

Gegen Mitte November kehrte der Baron zurück. Er war verändert, gealtert, müde und in trauriger Stimmung, die ihn gar nicht mehr los ließ, und da war es, als ob die Liebe, die ihn mit seiner Tochter verknüpfte, gewachsen wäre, als ob ein paar Monate der Einsamkeit sein Bedürfnis nach Liebe, Zutrauen und Zärtlichkeit gesteigert hatten.

Johanna teilte ihm ihre neuen Ideen nicht mit, ihre Intimitäten mit dem Pfarrer Tolbiac und ihren religiösen Eifer. Aber als er das erste Mal den Priester sah, erwachte in ihm sofort eine heftige Feindschaft.

Und als die junge Frau ihn eines Abends fragte:

– Wie findest Du ihn? – antwortete er:

– Der Mann ist ein Inquisitor und muß sehr gefährlich sein.

Als er dann durch die Bauern, deren Freund er war, von der Strenge des jungen Priesters gehört, von seiner Heftigkeit und dem Verfolgungssystem, das er ausübte gegen die Naturgesetze und angeborenen Instinkte, brach geradezu der Haß in seinem Herzen aus.

Er selbst gehörte zu der alten philosophischen Schule der Naturanbetung. Wenn er zwei Tiere sich paaren sah, rührte ihn das, er kniete vor einer Art pantheistischer Gottheit, sträubte sich gegen die katholische Auffassung von einem Gott mit philiströsen Absichten, von jesuitischem Eifer, tyrannischer Rache, einem Gott, der ihm die Schöpfung wie sie einmal war, verballhornte, die Schöpfung so grenzenlos, so allmächtig, die ganze Welt, Licht, Erde, Gedanke, Pflanze, Fels, Mensch, Luft, Tier, Stern, Gott und der geringste Wurm, schaffend weil erschaffen durch etwas, das stärker wie ein Wille, weiter wie ein Gedanke, fortzeugend ohne Ziel, ohne Zweck, ohne Ende, in allen Arten, in allen Formen, im unendlichen Weltenraum, keinem anderen Zwange folgend als dem Zufall und der Wärme, die die Sonne über die Welten ausgießt.

Die Schöpfung enthält alle Keime, die Gedanken und das Leben entwickelten sich in ihr wie Blumen und Früchte auf den Bäumen. So war für ihn die Fortpflanzung das große allgemeine Gesetz, der Zeugungstrieb geheiligt, ein göttlicher Akt, der den geheimen immerwährenden Willen der Weltenseele erfüllt. Und er begann, die Bauern von Hof zu Hof bearbeitend, einen heftigen Kampf gegen den unbeugsamen Priester, der das Leben bekämpfte.

Johanna war verzweifelt, sie betete zu Gott, flehte ihren Vater an, aber er antwortete nur immer:

– Diese Art Menschen muß man bekämpfen, das ist unser Recht und unsere Pflicht! – Und er sagte öfters, indem er die langen, weißen Haare schüttelte:

– Sie sind nicht menschlich, sie kapieren nichts, aber auch nichts; sie handeln wie in einem bösen Traum, sie sind antiphysisch! – Und er schrie „antiphysisch“, als ob er einen Fluch ausgestoßen hätte.

Der Priester fühlte wohl, daß er sein Feind sei, aber da er Herr des Schlosses und der jungen Frau bleiben wollte, so wartete er ruhig seine Zeit ab, des endlichen Sieges gewiß.

Dann trieb ihn ein bestimmter Gedanke. Er hatte zufällig das Verhältnis zwischen Julius und Gilberta entdeckt und wollte dem um jeden Preis ein Ziel setzen. Eines Tages kam er zu Johanna und verlangte von ihr, nach einem langen, umschreibenden Gespräch, sie solle sich mit ihm zusammen thun, um mit ihm das Böse zu bekämpfen und zwei Seelen zu retten, die in Gefahr.

Sie verstand das nicht und wollte wissen, was er meinte.

Er antwortete:

– Die Stunde ist noch nicht gekommen, ich werde bald wieder mit Ihnen reden. – Und er lief davon.

Der Winter ging seinem Ende zu, ein fauler Winter, wie man auf dem Lande sagt, naß und lau!

Ein paar Tage später kam der Pfarrer wieder und redete in unbestimmten Ausdrücken von einer jener unwürdigen Verbindungen zwischen Leuten, die untadelig sein sollten. Er gehörte, behauptete er, zu denen, die von diesen Thatsachen wüßten und sie mit allen Mitteln bekämpfen würden. Dann stellte er Betrachtungen höherer Art an, und endlich nahm er Johannas Hand und beschwor sie, die Augen zu öffnen, zu verstehen und ihm zu helfen.

Diesmal hatte sie verstanden, aber sie schwieg, entsetzt beim Gedanken, welche Unannehmlichkeiten dadurch über ihr stilles Haus hereinbrechen würden, und sie that, als wüßte sie nicht, was der Pfarrer meinte.

Da hielt er nicht mehr zurück, sondern redete ganz offen:

– Ich habe eine peinliche Pflicht zu erfüllen, Frau Gräfin, aber ich kann nicht anders. Mein Amt befiehlt mir, vor Ihnen nicht verborgen zu halten, was Sie verhindern können. Wissen Sie also, daß Ihr Gatte eine sündhafte Verbindung unterhalt mit der Gräfin Fourville!

Sie senkte ergeben und kraftlos den Kopf. Der Priester begann von neuem:

– Was gedenken Sie jetzt zu thun?

Da stammelte sie:

– Was soll ich denn thun, Herr Abbé?

Er antwortete heftig:

– Sich zwischen diese beiden Sünder werfen.

Sie begann zu weinen und sagte mit thranenerstickter Stimme:

– Aber er hat mich schon mit einem Dienstmädchen betrogen. Er liebt mich nicht mehr, er mißhandelt mich, sobald ich einen Wunsch äußere, der ihm nicht paßt. Was soll ich dagegen thun?

Der Pfarrer rief, ohne geradezu zu antworten:

– Also Sie beugen sich, Sie ergeben sich darein, Sie stimmen bei? Der Ehebruch ist in Ihrem Haus, und Sie dulden ihn? Das Verbrechen geschieht unter Ihren Augen, und Sie wenden sich ab. Sie wollen eine christliche Ehefrau sein, eine Mutter?

Sie schluchzte:

– Was soll ich denn thun?

Er antwortete:

– Alles, nur nicht diese Sünde dulden! Alles, sage ich Ihnen. Verlassen Sie ihn. Fliehen Sie dieses befleckte Haus.

Sie sagte:

– Aber ich habe kein Geld, Herr Pfarrer, und dann habe ich jetzt keinen Mut, und wie soll ich ohne Beweise fort? Ich habe nicht einmal das Recht dazu.

Bebend stand der Priester auf:

– Die Feigheit spricht aus Ihnen. Ich hatte geglaubt, daß Sie anders wären. Sie sind Gottes Gnade nicht wert.

Sie sank in die Kniee:

– Ich bitte Sie, verlassen Sie mich nicht! Raten Sie mir doch!

Er antwortete kurz:

– Öffnen Sie Graf Fourville die Augen, ihm kommt es zu, dieses Verhältnis zu brechen.

Bei diesem Gedanken faßte sie das Entsetzen:

– Aber, Herr Abbé, er würde sie töten und ich würde eine Denunziation begehen; nein, niemals!

Da hob er wütend die Hand, als wollte er sie verfluchen:

– So bleiben Sie in Ihrer Schmach, in Ihrer Sünde, denn Sie sind schuldiger, wie jene, Sie, die Gattin, eine gefällige Kupplerin! Ich habe hier nichts mehr zu suchen.

Er ging so wütend davon, daß er am ganzen Leib zitterte.

Verzweifelt stürzte sie ihm nach, bereit nachzugeben und es ihm zu versprechen. Aber er bebte vor Empörung und eilte mit schnellen Schritten dahin, indem er in der Wut seinen großen, blauen Regenschirm schüttelte, der beinahe so hoch war, wie er.

Er gewahrte Julius am Eingangsthor, der dort Bäume abästen ließ; so wandte er sich nach links, um durch den Hof der Couillards zu gehen und wiederholte:

– Lassen Sie mich, ich habe Ihnen nichts mehr zu sagen, Frau Gräfin.

Gerade auf seinem Weg, mitten im Hof, standen eine Menge Kinder, vom Hofe und aus der Nachbarschaft, um die Hütte der Hündin Mirza herum, indem sie neugierig mit stummer, eifriger Aufmerksamkeit etwas betrachteten. Mitten unter ihnen befand sich der Baron, die Hände auf dem Nacken, und blickte auch neugierig hin. Man konnte meinen, er sei der Schullehrer. Als er aber von weitem den Priester bemerkte, ging er davon, um ihn nicht grüßen und sprechen zu müssen.

Johanna rief ihm noch nach:

– Bitte lassen Sie mir doch ein Paar Tage Zeit, Herr Pfarrer, um zu überlegen, ich sage Ihnen dann, was ich mir ausgedacht habe, und wir werden sehen, was wir thun können.

Sie näherten sich der Kinderschar, und der Pfarrer trat hinzu, um zu sehen, was ihre Aufmerksamkeit erregte.

Es war die Hündin, die Junge warf. Vor der Hütte krabbelten vier kleine um die Mutter herum, die sie zärtlich ableckte, während sie voller Schmerzen auf der Seite lag. Im Augenblicke, wo der Priester sich vorbeugte, streckte sich das Tier in Wehen, und ein sechstes kleines Hündchen erschien. Da klatschten die Bengels in die Hände und riefen:

– Da ist noch eins, ein neues!

Es war für sie ein Hauptvergnügen, ein ganz natürlicher Vorgang, und kein unreiner Gedanke dabei. Sie sahen dieser Geburt zu, wie sie Äpfel vom Baume hätten fallen sehen.

Der Pfarrer Tolbiac war zuerst ganz paff, dann packte ihn ein unwiderstehlicher Zorn: er hob seinen großen Regenschirm, und begann blindlings auf die Köpfe der Kinderschar mit aller Kraft loszuschlagen. Die Bengel stoben erschreckt auseinander, und er stand plötzlich vor der Hündin, die sich bemühte, aufzustehen; aber er ließ sie nicht auf die Pfoten kommen, sondern, wie rasend, begann er, sie zu erwürgen. Den umklammernden Händen konnte sich das Tier nicht entziehen und stöhnte fürchterlich, indem es sich zu wehren suchte. Er zerschlug seinen Schirm auf ihm, und dann trat er, als er nichts mehr in der Hand hatte, das Tier mit Füßen, stampfte darauf und zerdrückte es, sodaß durch den Druck ein letztes Junges zur Welt kam, und nun trat er wie besessen mit dem Hacken den blutenden Körper, der noch inmitten der quiekenden, blinden, täppischen Tierchen, die schon Nahrung suchten, zuckte, tot. Johanna war fortgelaufen. Plötzlich fühlte der Priester, wie ihn jemand beim Hals packte. Er bekam eine fürchterliche Ohrfeige, sodaß sein Dreimaster davonflog, dann zerrte ihn der Baron mit Gewalt bis ans Thor und schmiß ihn auf die Straße.

Als der Baron zurückkehrte, sah er seine Tochter schluchzend zwischen den kleinen Hunden knieen, die sie in ihren Schoß zusammen las. Mit großen Schritten ging er auf sie zu, mit den Armen fuchtelnd, und rief empört:

– Das ist nun der Kerl im Priesterrock, das ist er! Hast Du ihn jetzt erkannt? Das ist er!

Die Pächtersleute waren herbeigelaufen. Alle betrachteten das Tier, dessen Leib aufgeschlitzt war, und die alte Couillard sagte:

– Ne, wie kann eener nor so wilde sein?

Johanna hatte die sieben Jungen aufgelesen und wollte sie groß ziehen.

Man bemühte sich, ihnen Milch einzuflößen. Drei starben am nächsten Tage. Da suchte der alte Simon die ganze Gegend ab, um eine Hündin zu finden, die sie nähren könnte. Er fand keine. Aber er brachte eine Katze mit, von der er behauptete, sie würde das eben so gut besorgen. Es wurden also noch drei der jungen Hunde getötet, und der letzte dieser Amme von einer ganz andern Tierart übergeben.

Die Katze nahm ihn sofort an, legte sich auf die Seite und ließ ihn trinken.

Damit die Adoptivmutter aber nicht erschöpft würde, entwöhnte man das Hündchen vierzehn Tage darauf, und Johanna übernahm es, dasselbe mit der Flasche großzuziehen.

Sie hatte es Toto genannt, aber der Baron veränderte den Namen und taufte es „Massacre."

Der Priester kehrte nicht wieder, doch am folgenden Sonntag schleuderte er von der Kanzel herab fürchterliche Verwünschungen und Drohungen gegen das

Schloß, indem er sagte, man müßte mit glühenden Eisen die schwärenden Wunden ausbrennen! Und er verfluchte den Baron – der sich darüber lustig machte – und ließ eine noch ganz leise Anspielung auf Julius' neues Verhältnis fallen.

Der Vicomte war empört, aber die Furcht vor einem großen Skandal dämpfte seinen Zorn. Da setzte der Priester von Predigt zu Predigt seine Rache-Drohungen fort, indem er verkündete, die Stunde des Gerichts sei nahe, Gott würde alle seine Feinde treffen. Julius schrieb an den Erzbischof einen respektvollen, aber energischen Brief. Pfarrer Tolbiac wurde mit Ungnade bedroht und schwieg.

Jetzt traf man ihn oft auf langen einsamen Spaziergängen, wie er eilig mit exaltiertem Ausdruck dahin schritt. Alle Augenblicke begegneten Gilberta und Julius bei ihren Spazierritten ihm, manchmal in der Ferne, als schwarzem Punkt auf der Ebene oder am Klippenrande, manchmal trafen sie ihn sein Brevier lesend in irgend einem kleinen Thälchen, in das sie sich zurückziehen wollten. Da machten sie Kehrt, um nicht gesehen zu werden.

Der Frühling war gekommen, entzündete neu ihre Liebe und führte sie einander in die Arme, sei es hier, sei es dort, an einem jeden stillen Fleck, wohin sie auf ihren Ritten kamen.

Da das Laubwerk der Bäume noch dünn war und das Gras naß, und sie nicht wie im Sommer sich im Unterholz des Waldes verstecken konnten, hatten sie meistens, um ihre Liebesszenen zu verbergen, die fahrbare Hütte eines Hirten benutzt, die oben an der Küste von Vaucotte stand und seit aem Herbst verlassen war. Sie stand dort auf ihren hohen Rädern, fünf Meter vom Klippenrande entfernt, gerade an dem Punkte, wo das Thal sich jäh herabsenkte; dort konnten sie nicht überrascht werden, denn sie beherrschten die ganze Ebene. Und die Pferde, die an die Deichsel gebunden wurden, warteten, bis sich ihre Liebe erschöpft.

Da bemerkten sie eines Tages, als sie ihren Zufluchtsort verließen, den Pfarrer Tolbiac, der, im Seegras versteckt, las.

– Wir werden künftig unsre Pferde im Hohlweg lassen müssen, sagte Julius, sie könnten uns sonst verraten.

Und von nun an pflegten sie, die Tiere in einer buschreichen Senkung des Thälchens anzubinden.

Eines Abends, als sie beide nach La Vrillette zurückkehrten, um mit dem Grafen zu essen, sahen sie, wie der Pfarrer von Etouvent das Schloß verließ. Er machte ihnen Platz und grüßte, ohne sie anzublicken.

Eine Unruhe packte sie, aber sie beruhigten sich bald wieder.

Eines Tages saß Johanna in ihrem Zimmer und las. Es war Anfang Mai, draußen tobte der Sturm und heulte im Kamin. Da sah sie plötzlich Graf Fourville zu Fuß so schnell daherkommen, daß sie meinte, ein Unglück sei geschehen.

Sie eilte hinab, ihn zu empfangen, und als sie ihm gegenüber stand, meinte sie, er sei von Sinnen.

Er trug eine große Pelzmütze, die er nur zu Hause aufzusetzen pflegte, dazu seinen Jagdanzug, und war so bleich, daß sein roter Bart, der sonst von seiner rötlichen Gesichtsfarbe kaum abstach, aussah wie eine Flamme. Seine Augen waren starr und rollten hin und her.

– Nicht wahr, meine Frau ist hier? murmelte er. Johanna verlor den Kopf und sagte:

– Nein, ich habe sie heute noch nicht gesehen!

Ihm waren die Beine wie gebrochen, und er mußte sich setzen. Er nahm die Mütze ab und wischte sich mehrmals mit dem Taschentuche die Stirn.

Dann erhob er sich mit Anstrengung, ging auf die junge Frau zu und streckte ihr beide Hände entgegen, mit offenem Mund, bereit zu sprechen, um ihr irgend etwas Entsetzliches einzugestehen. Doch er ließ es, sah sie verzweifelt an und sagte in einer Art Delirium:

– Aber es ist Ihr Mann! Sie auch......

Und dann stürmte er nach dem Meere zu davon.

Johanna lief ihm nach, ihn zurückzuhalten, rief ihn, flehte ihn an, Grauen im Herzen; denn sie dachte: „Er weiß alles! Was wird er thun? Wenn er sie nur nicht findet!“

Doch sie konnte ihn nicht erreichen, und er hörte sie nicht. Ohne Zaudern stürmte er seinem Ziel entgegen. Er sprang über die Gräben, eilte mit Riesenschritten durch die Binsen den Klippen zu.

Johanna stand am Grabenrande, der mit Bäumen bepflanzt war, und blickte ihm lange nach, dann kehrte sie angstgequält, als sie ihn aus den Augen verloren, wieder heim.

Er war nach rechts zu abgebogen und hatte zu laufen angefangen. Das unruhige Meer wälzte seine Wogen heran, ganz schwarze Wolken zogen mit rasender Schnelligkeit dahin, und immer, immer folgten andere. Und jede peitschte die Küste mit einem Regenschauer. Der Wind pfiff und stöhnte, bog das Gras nieder, legte die junge Saat zu Boden und trieb Schaumflocken, wie große, weiße Vögel weit hinein ins Land.

Die Tropfen, die einander folgten, peitschten das Gesicht des Grafen, näßten ihm die Wangen und den Bart, an dem das Wasser herablief, brausten in seinen Ohren und rüttelten sein Herz auf.

Dort drüben öffnete sich vor ihm das tiefe Thal von Vaucatte. Dort stand eine Schäferhütte, und zwei Pferde waren an die Deichsel des rollenden Hauses gebunden. Bei diesem Wetter hatten die beiden nichts zu fürchten.

Sobald der Graf die Pferde entdeckte, duckte er sich zu Boden und schlich auf Händen und Füßen, wie ein Riesenungetüm, schmutzbedeckt, die Pelzmütze auf dem Kopf, heran.

Er kroch bis zur einsamen Hütte und versteckte sich darunter, damit jene ihn durch die Ritzen des Bretterbodens nicht sehen sollten.

Die Pferde, die sein Herankommen bemerkt, wurden unruhig. Langsam schnitt er mit seinem Messer, das er offen in der Hand hielt, die Zügel durch, und bei einem heftigen Windstoß entflohen die Tiere, gepeitscht vom Hagelschauer, der auf das schräge Dach des Holzhäuschens, das auf seinen Rädern erzitterte, niederprasselte. Da richtete sich der Graf auf, legte seine Augen unten an die Thürritze und lugte hinein. Er blieb unbeweglich, er schien, zu warten. Es verging einige Zeit, plötzlich stand er auf, bespritzt von oben bis unten. Mit aller Kraft schob er den Riegel zu, der von außen die Thür verschloß, dann packte er die Deichsel und begann das Häuschen zu schütteln als ob er es in Stücke brechen wollte. Darauf spannte er sich plötzlich davor, indem er seinen Riesenleib mit gewaltiger Anstrengung zusammenkrümmte und nun keuchend zog, wie ein Stier. Er zog das Haus, mit den beiden, die darin waren, bis an den Abhang. Drinnen brüllten sie und donnerten an die Wand, sie begriffen nicht, was mit ihnen geschah.

Als er an den Absturz gekommen war, ließ er das leichte Holzhaus los, das die steile Böschung hinunter zu rollen begann. Es beschleunigte seine Fahrt, raste dahin, immer schneller, stolperte wie ein Tier, da die Deichsel auf die Erde aufstieß.

Ein alter Bettler, der in einem Graben Unterschlupf gesucht hatte, sah es über seinen Kopf hinwegsausen und hörte ein markerschütterndes Geschrei in dem Holzkasten.

Da brach bei einem Aufstoß ein Rad, und die Hütte legte sich auf die Seite und begann zu rollen, wie ein herabstürzendes Haus vom Gipfel eines Berges herunter kollern würde. Als sie an den Rand des Hohlwegs kam, sprang sie in die Höhe, beschrieb einen Bogen, stürzte hinab, und zerbrach wie ein Ei.

Sobald sie unten auf den Felsen zerschlagen war, stieg der alte Bettler, an dem sie vorüber geschossen, langsam hinab. Doch mit Bauernpfiffigkeit wagte er sich nicht an das zerbrochene Haus heran, sondern ging zum nächsten Bauernhof, um das Unglück zu melden.

Man lief herbei, räumte die Trümmer bei Seite und fand zwei Körper. Sie waren zerschlagen, zerbrochen und mit Blut bedeckt. Der Mann hatte die Stirn gespalten und das Gesicht zerschmettert, der Unterkiefer der Frau hing herab, durch einen Aufschlag vom Gesicht abgetrennt, und ihre zerbrochenen Glieder waren weich, als wären keine Knochen darin.

Aber man erkannte sie und stellte lange Betrachtungen an über die Ursache des Unglücks.

– Was haben Sie denn in der Hütte gemacht? fragte eine alte Frau. Da erzählte der Bettler, daß sie sich wahrscheinlich in die Hütte geflüchtet vor dem schrecklichen Unwetter, und daß der Wind das Häuschen ins Rollen gebracht. Und er erzählte, daß er sich selbst gern darin versteckt hätte, dah er aber die beiden Pferde die an der Deichsel angebunden waren, gesehen, und so gemerkt hätte, daß die Hütte besetzt sei. Er fügte mit zitternder Stimme hinzu:

– Wie gut, sonst wäre ich krepiert!

Jemand sagte:

– Nun, wäre das nicht besser gewesen?

Da bekam der gute Mann einen fürchterlichen Wutanfall:

– Warum soll das besser sein? Weil ich ein armes Luder bin und die reich sind?

Und zitternd, während ihm das Wasser herablief über den verwirrten Bart und die langen Haare, deutete er mit seinem Krückstock auf die beiden Leichen und sagte:

– Vor dem Tode sein mer alle gleich.

Aber andere Bauern waren dazu gekommen und blickten von der Seite unruhig, heimlich erschreckt und beängstigt zu. Dann wurde beraten, was man thun sollte, und sie kamen überem, die Körper in die Schlösser zu bringen, indem sie auf eine Belohnung hofften.

Es wurden also zwei Karren angespannt, aber eine neue Schwierigkeit trat ein. Die einen wollten einfach Stroh hinein legen, die andern meinten, es wäre schicklich, Matrazen zu nehmen. Die Frau, die vorhin gesprochen hatte, sagte:

– Aber die Matrazen würden ja ganz voll Blut und müßten doch wieder gewaschen werden.

Da antwortete ein dicker Bauer mit fröhlichem Schmunzeln:

– Die müssen se doch bezahlen. Je scheener wir'sch machen, desto teurer wird's.

Das entschied, und die beiden federlosen rumpeligen Karren mit ihren rohen Rädern, fuhren im Trabe davon, einer rechts und einer links, indem sie bei jedem Ruck in den tiefen Räderspuren der Wege die Überreste der Wesen, die sich umarmt hatten und nun nie wieder zu einander kommen würden, durcheinander schüttelten und warfen.

Sobald der Graf die Hütte den Abhang hatte hinab rollen sehen, war er, so schnell er konnte, durch Regen und Sturm entflohen. Ein paar Stunden lang lief er so dahin, Hecken und Gräben überspringend, und ohne zu wissen wie, war er bei einbrechender Dunkelheit zu Haus.

Die Dienerschaft erwartete ihn und kündete ihm an, daß die beiden Gäule eben ohne Reiter wiedergekommen, da Julius' Pferd dem andern nachgelaufen war.

Da verlor der Graf die Haltung und sagte mit abgehackter Stimme:

– Es wird ihnen bei dem furchtbaren Unwetter etwas zugestoßen sein! Geht alle suchen!

Er entfernte sich selbst wieder, aber sobald er außer Sehweite war, versteckte er sich unter einem Dornenbusch und spähte nach der Straße hinüber, auf der tot oder sterbend, verstümmelt oder auf immer entstellt, diejenige gebracht werden mußte, die er noch mit wütender Leidenschaft liebte.

Und bald kam ein Karren an ihm vorüber, der etwas Seltsames trug. Er hielt vor dem Schloß, fuhr dann hinein. Das war sie! Ja! Ja! Aber eine entsetzliche Angst bannte ihn auf den Fleck, die furchtbare Angst zu erfahren, was geschehen, ein Grauen vor der Wirklichkeit. Und er bewegte sich nicht, zusammen gekauert wie ein Hase, zusammenzuckend beim geringsten Geräusch.

Er wartete eine Stunde, zwei Stunden vielleicht. Der Karren kam nicht wieder zurück, und er sagte sich, daß seine Frau gestorben. Aber der Gedanke sie zu sehen, ihrem starren Blicke zu begegnen, erfüllte ihn mit solchem Entsetzen, daß er plötzlich fürchtete, in seinem Versteck gefunden und gezwungen zu werden, diesem Todeskampf beizuwohnen. Und er floh noch tiefer in den Wald.

Da überlegte er sich, daß sie vielleicht Hilfe brauchte, daß niemand sie pflegen könnte, und spornstreichs rannte er ins Schloß zurück.

Als er heimkehrte, traf er den Gärtner. Sofort rief er ihn an:

– Nun? Der Mann wagte nicht zu antworten. Da hielt ihn der Graf Fourville fest:

– Ist sie tot? Und der Diener stammelte:

– Ja, Herr Graf!

Ein Gefühl der Erleichterung, eine plötzliche Ruhe kam über ihn und seine bebenden Nerven, und festen Schrittes stieg er die Treppe hinauf.

Die andere Karre war nach Les Peuples gefahren worden. Johanna sah sie von weitem, gewahrte die Matraze, erriet, daß ein Körper darauf liege, und begriff alles. Sie war so erschrocken, daß sie besinnungslos zusammen brach.

Als sie wieder zur Besinnung kam, stützte ihr Vater ihr den Kopf und machte Essigumschläge auf die Schläfe. Er fragte zögernd:

– Weißt Du? Sie antwortete:

– Ja, Papa. Aber als sie aufstehen wollte, konnte sie nicht, so gebrochen war sie.

Und am selben Abend brachte sie ein totes Kind zur Welt. Ein Mädchen!

Von Julius' Begräbnis sah und erfuhr sie nichts.

Nach ein oder zwei Tagen bemerkte sie nur, daß Tante Lieschen wieder gekommen war, und in den Fieberträumen suchte sie beharrlich, sich zu erinnern, seit wann die alte Jungfer eigentlich von Les Peuples wieder fort gewesen, warum und unter welchen Umständen.

Sie konnte nicht damit ins Reine kommen, selbst wenn sie bei Besinnung war. Sie wußte nur, daß sie sie nach Muttings Tode noch gesehen.

XI

Drei Monate mußte sie das Zimmer hüten. Sie war so schwach und so bleich geworden, daß man sie aufgegeben hatte; dann kam sie allmählich wieder zu Kräften. Papachen und Tante Lieschen verließen sie nicht. Sie wohnten beide in Les Peuples. Von dem Unglück war eine Art Nervenkrankheit zurückgeblieben, das geringste Geräusch ließ sie ohnmächtig werden und durch die kleinste Ursache fiel sie in langandauernde Besinnungslosigkeit.

Sie hatte nie nach Einzelheiten über den Tod Julius' gefragt, was half ihr das? Wußte sie nicht genug? Alle Welt glaubte an ein Unglück, aber sie ließ sich nicht täuschen, und verschloß in ihrem Herzen das Geheimnis, das sie quälte: die Kenntnis des Ehebruchs und das plötzliche furchtbare Erscheinen des Grafen am Tage der Katastrophe.

Jetzt war in ihrer Seele, von dem kurzen Liebeslenz, den ihr früher ihr Mann geschenkt, nur noch eine zärtliche, süße, melancholische Erinnerung geblieben. Sie sah ihn nur noch, wie er zur Brautzeit gewesen und damals, in den wenigen Stunden im sonnigen Korsika, wo bei ihr die Leidenschaft erwacht.

Alle Fehler verblichen, alle Härten verschwanden, sogar seine Untreue verlor sich jetzt in ihrem Gedächtnis, da sie das geschlossene Grab trennte, und Johanna überkam etwas, wie eine unbestimmte, späte Dankbarkeit für diesen Mann, der sie in den Armen gehalten. Sie vergab vergangene Leiden und dachte nur noch an die Augenblicke des Glückes. Dann ging die Zeit dahin, Monat auf Monat folgte sich, und der Staub der Vergessenheit legte sich langsam auf alle ihre Erinnerungen und ihre Leiden. Nun widmete sie sich ganz ihrem Sohn.

Er ward das Ideal, der einzige Gedanke dieser drei Wesen, die um ihn waren, und er herrschte wie ein Despot. Sogar unter diesen drei Untertanen, die er sich gemacht, brach eine Art Eifersucht aus. Wenn der Baron das Kind auf den Knieen geschaukelt hatte, so betrachtete Johanna nervös ihren Sohn, wenn er den Großvater küßte. Und Tante Lieschen, die genau so wie sie es von aller Welt gewesen, auch von ihm vernachlässigt wurde, und die manchmal von diesem kleinen Herrn, der kaum sprechen konnte, schlecht behandelt wurde, ging weinend davon auf ihr Zimmer, indem sie die kargen, erbettelten Liebkosungen, die sie nur mit Mühe erhalten, mit den Küssen verglich, die er Mutter und Großvater gab.

Zwei ruhige Jahre ohne besondere Ereignisse verstrichen unter unausgesetzter Beschäftigung mit dem Kind. Im Anfange des dritten Jahres beschlossen sie, bis zum Herbst in Rouen zu wohnen, und die ganze Familie zog um.

Als sie aber in das alte, leerstehende, feuchte Haus kamen, bekam Paul eine so heftige Bronchitis, daß man eine Rippenfellentzündung fürchtete, und die drei Verwandten erklärten ganz erschrocken, daß man die gute Luft in Les Peuples nicht entbehren könnte, und sobald der Kleine gesund geworden war, brachte man ihn zurück.

Da begann eine Reihe von eintönigen, schönen Jahren. Sie waren immer um den Knaben, bald in seinem Zimmer, bald im großen Salon, bald im Garten. Sie waren glückselig über sein Stammeln, seine komischen Ausdrücke und Bewegungen.

Seine Mutter nannte ihn mit dem Kosenamen Paulchen, das konnte er nicht aussprechen und sagte statt dessen Pullchen, sodaß sie immerfort darüber lachen mußten. Der Name blieb ihm, er wurde anders nicht mehr genannt.

Da er schnell wuchs, war eine der Lieblingsbeschäftigungen der drei Verwandten, die der Baron „seine drei Mütter“ nannte, seine Größe zu messen.

Man hatte an der Thüreinfassung des Salons eine Reihe von kleinen Schnitten mit dem Taschenmesser gemacht, die von Monat zu Monat die Fortschritte im Wachstum anzeigten. Diese Leiter, „Pullchens Leiter“ genannt, spielte eine große Rolle bei ihnen allen.

Dann begann eine große Rolle noch jemand anderes in der Familie zu spielen: der Hund „Massacre,“ den Johanna vernachlässigt hatte, weil sie sich nur mit ihrem Sohn beschäftigte.

Er wurde von Ludwine gefüttert und war in einer alten Tonne vor dem Stalle untergebracht worden. Dort lebte er einsam immer an der Kette.

Paul bemerkte ihn eines Morgens und verlangte ihn zu streicheln. Mit unendlicher Angst wurde er hingebracht; der Hund spielte mit dem Kind, das brüllte, wenn man es von ihm trennen wollte. Da ward Massacre losgekettet und ins Hans gelassen. Er war unzertrennlich von Paul und ward sein bester Freund. Sie wälzten sich zusammen auf dem Boden und schliefen neben einander auf dem Teppich, bald sogar schlief Massacre an der Seite seines Spielkameraden im Bett.

Johanna war darüber außer sich, wegen der Flöhe, und Tante Lieschen war dem Hund böse, weil er einen so großen Teil des Liebebedürfnisses des Kleinen raubte. Die Zuneigung, die das Tier stahl, schien ihr die Liebe zu sein, die sie gern gehabt hätte.

Seltene Besuche wurden ausgetauscht mit den Briseville und Coutelier. Nur der Ortsvorstand und der Arzt unterbrachen durch regelmäßige Besuche die Einsamkeit des alten Schlosses. Johanna ging seit der Ermordung der Hündin und wegen des Verdachts, den ihr der Priester in Bezug auf den furchtbaren Tod der Gräfin und Julius' eingeflößt, nicht mehr zur Kirche: sie zürnte dem Gott, der solche Diener haben konnte.

Der Pfarrer Tolbiac griff ab und zu mit direkten Anspielungen das Schloß an, das beherrscht sei vom Geist des Bösen, dem Geiste ewiger Verneinung, dem Geiste des Irrtums und der Lüge, dem Geiste der Sünde, der Verderbnis und Unreinheit. Damit zielte er auf den Baron.

Seine Kirche war übrigens leer, und wenn er längs der Felder ging, auf denen die Landleute hinter dem Pfluge schritten, blieben die Bauern nicht stehen, um mit ihm zu sprechen, blickten, sich nicht um, ihn zu grüßen. Übrigens galt er für einen Hexenmeister, weil er den Teufel aus einer besessenen Frau ausgetrieben. Er wußte, wie man behauptete, geheimnisvolle Worte, um Unglück fern zu halten, das nach seiner Meinung immer eine Art Teufelswerk war. Den Kühen, die blaue Milch gaben oder den Schwanz gerollt trugen, legte er die Hände auf; und durch ein Paar fremdklingende Worte ließ er verlorene Gegenstände wieder erscheinen.

Sein enger, fanatischer Sinn führte ihn zum leidenschaftlichen Studium religiöser Bücher, die Geschichten von Teufelserscheinungen auf Erden enthielten, von der verschiedenen Art, wie der Böse seine Macht zeigte, seine vielen, verschiedenen geheimen Einflüsse, alle Quellen, die er hatte und die gewöhnlichen Liste, die er anwandte. Da Tolbiac meinte, er sei besonders dazu berufen, jene geheimnisvolle, gefährliche Macht zu bekämpfen, hatte er alle Beschwörungsformeln, die in kirchlichen Büchern standen, auswendig gelernt.

Er meinte immer, daß der böse Geist im Schatten umgehe, und alle Augenblicke kamen ihm die lateinischen Worte auf die Lippen:

– Sicut leo rugiens circuit quaerens quem devoret.

Da verbreitete sich eine Furcht in der Gegend, eine Angst vor seinen geheimnisvollen Künsten. Sogar seine Amtsbrüder, unwissende Landgeistliche, für die Beelzebub Glaubensartikel ist, und die durch die genauen Vorschriften des Ritus für die Fälle, wo des Bösen Macht sich zeigen sollte, endlich dahin kommen, Religion und Magie zu verwechseln, betrachteten Pfarrer Tolbiac ein wenig wie einen Hexenmeister, und achteten ihn ebenso wegen der dunklen Macht, die sie ihm zuschoben, wie wegen seiner tadellosen Lebensführung.

Wenn er Johanna begegnete, grüßte er sie nicht.

Das beunruhigte und betrübte Tante Lieschen, die in ihrer ängstlichen Altjungfernseele nicht begreifen konnte, wie man nicht zur Kirche gehen könne. Sie war fromm, sie beichtete und kommunizierte ohne Zweifel, aber niemand fragte darnach und niemand wußte es.

Wenn sie allein war, ganz allein mit Paul, sprach sie ihm ganz leise vom lieben Gott. Er hörte ihr zu, wie wenn sie ihm Wundermären aus den ersten Tagen der Schöpfung erzählte. Aber wenn sie ihm sagte, daß man Gott sehr, sehr lieben müsse, fragte er oft:

– Wo ist er, Tante?

Da deutete sie wohl mit dem Finger zum Himmel:

– Da oben Pullchen, aber Du darfst nicht davon sprechen.

Sie hatte Angst vor dem Baron. Aber eines Tages erklärte ihr Pullchen, der liebe Gott sei überall, nur nicht in der Kirche. Er hatte seinem Großvater das geheimnisvolle Gespräch mit der Tante erzählt.

Das Kind wurde nun zehn Jahre alt, die Mutter sah wie vierzig aus. Der Knabe war kräftig, ausgelassen, keck, kletterte auf die Bäume, aber lernte nicht gerade viel.

Wenn die Stunden ihn langweilten, so wurden sie unterbrochen, und jedesmal, wenn ihn der Baron etwas lange bei den Büchern behielt, kam sofort Johanna und sagte:

– Laß ihn doch jetzt spielen, er darf nicht ermüdet werden, er ist noch so klein.

Für sie war er immer noch ein oder zwei Jahre alt.

Sie gab sich kaum Rechenschaft davon, daß er ging, lief und sprach wie ein kleiner Mann, sondern lebte in fortwährender Furcht, er möchte fallen, er möchte sich erkälten, er möchte sich erhitzen beim Laufen, er möchte zuviel essen für seinen Magen oder zu wenig für sein Wachstum.

Als er zwölf Jahre alt war, trat eine große Schwierigkeit ein: Die Firmelung.

Tante Lieschen sprach eines Morgens mit Johanna und stellte ihr vor, daß man den Kleinen nicht länger ohne Religionsunterricht lassen dürfe. Sie begründete das auf alle mögliche Weise, führte tausend Gründe an, vor allem aber den: was ihre Bekannten dazu sagen würden.

Die Mutter war unentschieden und erregt, zögerte und meinte, man könne noch warten.

Aber als sie einen Monat später einen Besuch der Brisevilles erwiderten, sagte diese zufällig:

– Dies Jahr wird Ihr Paul wohl gefirmelt?

Und Johanna, die darauf nicht gefaßt war, antwortete:

– Jawohl!

Dieses einfache Wort gab den Ausschlag, und ohne ihrem Vater etwas davon zu sagen, bat sie Tante Lieschen, das Kind zur Konfirmationsstunde zu bringen.

Vier Wochen lang ging alles gut, aber Pullchen kam eines Tages heiser nach Hause, und am andern hustete er. Seine Mutter forschte ihn verzweifelt aus und erfuhr, daß der Pfarrer ihn bis zum Schluß der Stunde hinaus geschickt hatte, wo er vor der Kirchenthür im Zuge stehen mußte, weil er sich schlecht betragen hatte.

Sie behielt ihn also zu Hause und brachte ihm selbst die Religionsbegriffe bei. Aber Pfarrer Tolbiac weigerte sich trotz Tante Lieschens Bitten, ihn unter die Konfirmanden aufzunehmen, da er nicht genügend vorbereitet sei.

Das nächste Jahr wiederholte sich die Sache. Da schwur der Baron wütend, daß das Kind es nicht nötig habe, an solche Dummheiten zu glauben, an das kindische Symbol der Transsubstantiation, um ein ordentlicher Mann zu werden, und es ward beschlossen, er sollte als Christ erzogen werden aber nicht als Katholik, und wenn er erwachsen wäre, könne er glauben was er wolle.

Aber Johanna, die kurz darauf den Brisevilles einen Besuch gemacht hatte, bekam keinen Gegenbesuch. Sie wunderte sich darüber, weil sie die peinliche Artigkeit ihrer Nachbarn kannte, und die Marquise von Coutelier teilte ihr von oben herab den Grund dieser Zurückhaltung mit.

Da die Marquise sich wegen der Stellung ihres Mannes, durch seine Titel und durch ihren großen Reichtum, wie eine Königin unter dem Adel der Normandie betrachtete, so herrschte sie auch wie eine Königin, sprach ganz offen und war liebenswürdig oder unangenehm, je nach dem Fall, ermahnte, führte auf den rechten Weg, beglückwünschte – bei jeder Gelegenheit. Als Johanna bei ihr erschien, sagte sie nach ein paar frostigen Worten in trockenem Ton:

– Es giebt zwei Klassen Menschen, solche die an Gott glauben und solche, die nicht an Gott glauben. Erstere, sogar die Niedrigsten, sind unsre Freunde, unsresgleichen, die andern existieren für uns nicht.

Johanna, welche die Spitze fühlte, antwortete:

– Kann man denn aber nicht an Gott glauben, auch ohne in die Kirche zu gehen?

Die Marquise antwortete:

– Nein, Gräfin. Die Gläubigen beten zu Gott in seiner Kirche, wie man die Menschen in ihrer Wohnung aufsucht.

Johanna antwortete verletzt:

– Gott ist überall. Ich aber, die im Grunde meines Herzens an seine Güte glaube, fühle seine Gegenwart nicht mehr, wenn gewisse Priester sich zwischen ihn und mich stellen.

Die Marquise erhob sich:

– Der Priester trägt das Banner der Kirche, wer diesem Banner nicht folgt, ist gegen ihn und gegen uns.

Nun stand auch Johanna bebend auf:

– Sie glauben an den Gott einer Partei, ich glaube an den Gott aller guten Menschen.

Sie grüßte und ging.

Aber auch die Bauern schimpften unter einander über sie, daß sie Pullchen nicht firmeln ließ. Sie gingen zwar auch nicht zur Kirche, näherten sich nicht dem Altar und empfingen die Sakramente nur nach den ausdrücklichen Vorschriften der Kirche zu Ostern. Aber bei den Kleinen war es etwas anderes, und nichts hätte sie bewegen können, ein Kind außerhalb dieser allgemeinen Gesetze zu erziehen. Denn Religion bleibt eben Religion.

Sie bemerkte bald diesen Tadel und war im stillen empört über solches Paktieren, solche Gewissensberuhigung über die allgemeine Furcht, vor allem aber über solch erbärmliche Feigheit, die in der Tiefe aller Herzen lag und wenn sie ans Licht trat, sich hinter soviel Masken der Ehrbarkeit verbarg.

Der Baron übernahm die Leitung von Pauls Unterricht und begann Lateinisch mit ihm. Die Mutter empfahl ihm immer:

– Ermüde ihn nur nicht und strenge ihn nicht an.

Sie irrte unruhig um das Schulzimmer herum, denn Papachen hatte ihr den Eintritt untersagt, weil sie den Unterricht fortwährend unterbrach, um zu fragen:

„Du hast doch keine kalten Füße, Pullchen," oder, „Du hast doch nicht etwa Kopfweh, Pullchen," oder um den Unterricht aufhören zu lassen: „Laß ihn doch nicht soviel sprechen, das strengt seine Kehle zu sehr an."

Sobald der Kleine frei hatte, ging er mit Mutter und Tante in den Garten. Sie hatten jetzt eine große Vorliebe für Gartenkultur, und alle drei pflanzten im Frühjahr Bäumchen und säeten Samen aus, dessen Sprießen und Keimen sie leidenschaftlich verfolgten; sie beschnitten die Sträucher und wanden Blumensträuße.

Die Lieblingsbeschäftigung des angehenden jungen Mannes war, Salat zu ziehen.

Er pflegte vier große Beete im Gemüsegarten, auf denen er mit unendlicher Sorgfalt Lattich, Endivien, Cichorie und Kresse zog, alle bekannten Arten dieser eßbaren Blätter. Er hackte, begoß, jätete, pflanzte, von seinen beiden Müttern unterstützt, die er arbeiten ließ, wie Tagelöhnerinnen.

Stundenlang knieten sie in den Beeten, beschmutzten Kleider und Hände, beschäftigt, die Wurzeln der winzigen Pflänzchen einzusetzen in die kleinen Löcher, die sie mit dem Finger in die Erde gebohrt.

Pullchen wurde groß. Er war bald fünfzehn Jahr, und die Leiter im Salon zeigte ein Meter achtundfünfzig Centimeter an, in seiner Entwicklung aber blieb er ein Kind, unwissend, thöricht, begraben zwischen diesen beiden Frauen und dem alten, liebenswürdigen Manne, der aber doch schon zu alt und veraltet war.

Eines Abends sprach der Baron vom Gymnasium. Johanna fing sofort an zu weinen, Tante Lieschen blieb gauz erschrocken in einer dunklen Ecke; und die Mutter sagte:

– Er braucht doch nicht soviel zu lernen. Er wird Landmann, Landjunker. Er bebaut sein Feld, wie viele Adlige das thun; in diesem Hause wird er glücklich leben und alt werden, in diesem Hause, wo wir vor ihm gelebt haben und auch sterben werden. Was kann man mehr verlangen?

Aber der Baron schüttelte den Kopf:

– Was willst Du ihm antworten, wenn er Dir nun einmal sagte, wenn er fünfundzwanzig Jahre alt ist: ich bin nichts und ich weiß nichts durch Deine Schuld, wegen Deiner mütterlichen Selbstsucht. Ich kann nicht arbeiten, nicht vorwärts kommen, und bin doch nicht gemacht für das bescheidene Leben, das traurig ist zum Sterben und zu dem mich Deine kurzsichtige Zärtlichkeit verdammt hat.

Sie weinte noch immer und flehte ihren Sohn an:

– Pullchen, mein Pullchen, nicht wahr, Du wirst mir nie vorwerfen, daß ich Dich zu lieb gehabt habe? Nicht wahr?

Und das große Kind versprach es erstaunt:

– Nein, Mama!

– Schwörst Du es mir?

– Ja, Mama!

– Du willst doch hier bleiben, nicht wahr?

– Ja, Mama!

Da sagte der Baron fest und laut:

– Johanna Du hast kein Recht, über dieses Leben zu verfügen. Was Du da thust, ist feige, beinahe sträflich; Du opferst Dein Kind Deinem eignen Glück.

Sie verbarg ihr Gesicht in den Händen, stieß ein plötzliches Schluchzen aus und stammelte in Thränen:

– Ich bin so unglücklich gewesen, so unglücklich und nun, wo ich Ruhe habe mit ihm, nimmt man ihn mir fort. Was soll jetzt aus mir werden ganz allein?

Ihr Vater erhob sich, setzte sich an ihre Seite und nahm sie in die Arme:

– Und ich, Johanna?

Sie fiel ihm plötzlich um den Hals, küßte ihn stürmisch, und sagte atemholend mit halberstickter Stimme:

– Ja, Du hast recht, Papachen, vielleicht war ich von Sinnen, aber ich habe ihn so lieb und habe so viel gelitten. Ich will ja zugeben, daß er in die Schule geht.

Und nun sing Pullchen, ohne zu wissen, um Was es sich handelte, fürchterlich an zu heulen.

Da umarmten ihn die drei Mütter, streichelten ihn, redeten ihm Mut ein, und als sie zu Bett gingen, war allen das Herz schwer, und alle weinten in ihrem Bett, sogar der Baron, der sich bis dahin noch zusammen genommen hatte.

Es ward festgesetzt, daß sie den Jungen in Havre auf das Gymnasium schicken wollten, und nun wurde er mehr verhätschelt wie je zuvor.

Seine Mutter stöhnte oft bei dem Gedanken an die Trennung, sie bereitete seine Ausstattung vor, als sollte er eine Reise auf zehn Jahre unternehmen. Dann an einem Oktobermorgen, nachdem sie die Nacht nicht geschlafen, stiegen die beiden Damen mit ihm und dem Baron in den Wagen, der im Trabe davon fuhr.

Man hatte schon bei einer früheren Fahrt seinen Platz in der Klasse und im Schlafzimmer bestellt. Johanna ordnete unter Tante Lieschens Beihilfe den ganzen Tag die Sachen in die kleine Kommode. Aber da das Möbel nicht ein viertel von dem fassen konnte, was man mitgeschleppt, gingen sie zum Vorsteher und baten um eine zweite Kommode. Der Ökonom wurde gerufen, aber er machte darauf aufmerksam, daß soviel Wäsche und Kleider nur im Wege wären und gar nichts nützten; und auf Grund der Schulordnung weigerte er sich, eine andere Kommode herzugeben. Da entschloß sich die trostlose Mutter in einem kleinen, benachbarten Hotel ein Zimmer zu mieten, und machte mit dem

Hotelbesitzer aus, es sollte Pullchen alles gebracht werden, was er brauchen würde.

Dann wurde ein Spaziergang an den Strand unternommen, um die Schiffe ein- und auslaufen zu sehen. Ein trauriger Abend sank auf die Stadt nieder, in der sich allmählich die Lichter entzündeten. Zum Essen gingen sie in ein Restaurant; keiner von ihnen hatte Hunger, und sie blickten sich mit nassen Augen an, wahrend die Schüsseln herum gereicht wurden und fast unberührt wieder verschwanden.

Dann gingen sie langsam zum Gymnasium zurück. Von allen Seiten kamen Kinder jeden Alters an, durch ihre Angehörigen oder Dienstboten gebracht. Viele weinten. In dem großen, kaum erhellten Hof hörte man das Geräusch des Abschieds.

Johanna und Pullchen umarmten sich lange, Tante Lieschen blieb im Hintergründe ganz vergessen stehen und verbarg das Gesicht im Taschentuch. Aber der Baron, der auch weich wurde, kürzte den Abschied ab und nahm seine Tochter mit. Vor der Thür wartete der Wagen, sie stiegen alle drei ein und fuhren im Dunkel Les Peuples zu.

Ab und zu klang ein lautes Schluchzen in der Dunkelheit.

Am nächsten Tage weinte Johanna bis zum Abend, den folgenden Tag ließ sie anspannen und fuhr nach Havre. Pullchen schien sich bereits mit der Trennung abgefunden zu haben, zum ersten Male in seinem Leben hatte er Spielkameraden, und der Wunsch, spielen zu gehen machte ihn ungeduldig auf seinem Stuhl im Sprechzimmer.

So kam Johanna alle zwei Tage und Sonntags zum Ausgang. Da sie nicht wußte, was sie während der Schulstunden zwischen den Erholungspausen machen sollte, blieb sie im Sprechzimmer sitzen, denn sie hatte weder den Mut, noch die Kraft, die Anstalt zu verlassen. Der Vorsteher ließ sie zu sich bitten und bat sie, weniger häufig zu kommen, aber sie kehrte sich nicht daran. Da sagte er ihr, daß, wenn sie fortfahren würde, ihren Sohn zu hindern, während der Freistunden zu spielen, und zu arbeiten, indem sie ihn unausgesetzt in Beschlag nahm, man genötigt sein würde, ihr das Kind zurück zu geben. Der Baron wurde davon verständigt. Sie ward also in Les Peuples unter Augen behalten, wie eine Gefangene.

Eine unausgesetzte Unruhe quälte sie. Sie begann, umher zu irren und ging ganze Tage lang allein mit dem Hund Massacre spazieren, träumend, in Gedanken verloren. Manchmal blieb sie an den Klippen einen ganzen Nachmittag sitzen und starrte ins Meer hinaus.

Ab und zu ging sie in den Wald bis Yport die alten Wege, deren Erinnerungen sie quälten. Wie weit, weit zurück lag die Zeit, wo sie als junges Mädchen, trunken in Träumen, diesen Weg geschritten!

Jedesmal, wenn sie ihren Sohn wiedersah, war es ihr, als wären sie zehn Jahre getrennt gewesen. Von Monat zu Monat wurde er männlicher, von Monat zu Monat wurde sie älter; ihr Vater sah wie ihr Bruder aus, und Tante Lieschen, die nicht alterte, sondern verwelkt geblieben war seit ihrem fünfundzwanzigsten Jahr, konnte man für eine ältere Schwester halten.

Pullchen arbeitete nicht viel, in der vierten Klasse blieb er sitzen, in der dritten ging es so lala, in der zweiten blieb er wieder sitzen, und als er in die Prima aufrückte, war er schon bald zwanzig Jahre. Er war ein großer, blonder, junger Mann geworden, mit schon ganz buschigem Backenbart, und einem Anflug von Schnurrbart. Nun kam er jeden Sonntag nach Les Peuples; da er seit langer Zeit Reitstunde nahm, mietete er einfach ein Pferd und ritt in zwei Stunden hin.

Schon am Morgen fuhren ihm Johanna, Tante Lieschen und der Baron entgegen, der allmählich immer krummer ward, und wie ein kleiner Alter ging, die Hände auf dem Rücken, als wollte er dadurch verhindern, daß er auf die Nase fiel. Sie gingen langsam den Weg hin, setzten sich ab und zu in den Graben und blickten aus, ob sie den Reiter noch nicht sahen, und sobald er als schwarzer Punkt auf der weißen Linie erschien, winkten sie alle drei mit den Taschentüchern.

Er setzte sein Pferd in Galopp und kam angebraust wie das Donnerwetter, sodaß Johanna und Lieschen vor Furcht zitterten und der Großvater ganz begeistert mit dem Enthusiasmus eines, der es nicht mehr kann, „bravo“ rief.

Obgleich Paul einen Kopf größer war als seine Mutter, behandelte sie ihn immer noch wie ein kleines Kind und fragte noch:

– Hast Du keine kalten Füße, Pullchen?

Wenn er auf der Terrasse eine Cigarette rauchend spazieren ging, öffnete sie das Fenster, um ihm zuzurufen:

– Geh doch nicht ohne Hut, ich bitte Dich, Du wirst Dich furchtbar erkälten.

Sie zitterte vor Besorgnis, wenn er nachts wieder fortritt:

– Reite nur nicht zu schnell, mein liebes Pullchen, sei vorsichtig, denke an Deine arme Mutter, die verzweifelt sein würde, wenn Dir etwas geschähe.

An einem Sonnabend morgen bekam sie einen Brief von Paul, der ihr anzeigte, daß er am nächsten Tage nicht kommen würde, weil ein Paar Freunde eine Landpartie verabredet und ihn eingeladen hätten.

Sie litt Qualen während des ganzen Sonntags, als könnte ein Unglück geschehen, dann hielt sie es am Donnerstag nicht mehr aus und fuhr nach Havre. Er schien verändert zu sein, obgleich sie nicht wußte worin. Er war angeregt, sprach mit männlicherer Stimme, und plötzlich sagte er ihr, wie etwas ganz Natürliches:

– Weißt Du, Mama, da Du heute gekommen bist, werde ich nächsten Sonntag nicht nach Les Peuples kommen, denn wir machen wieder eine Partie.

Sie war ganz erschrocken, niedergeschmettert, als hätte er ihr angekündigt, er ginge nach Amerika.

Darum sagte sie, als sie endlich die Sprache wieder gewonnen:

– Aber Pullchen, was hast Du denn, sag mir nur, was geht denn vor?

Er begann zu lachen und küßte sie:

– Aber nichts Mama, ich will mich mit meinen Freunden amüsieren. Ich bin doch mal jung.

Sie fand keine Antwort, und als sie allein im Wager saß, bedrängten sie allerlei seltsame Gedanken. Sie hatte ihr Pullchen nicht wieder erkannt, ihr Pullchen von früher. Sie sah zum ersten Male, daß er groß war, daß er ihr nicht mehr gehörte, daß er nun für sich leben würde, ohne sich um die Alten zu kümmern. Es war ihr, als hätte er sich in einem Tage verändert. Was? Das war ihr Sohn, das kleine Jüngelchen, dem sie früher den Salat pflanzen mußte, dieser kräftige, bärtige junge Mann, der seinen Willen zeigte?

Drei Monate hindurch kam Paul nur von Zeit zu Zeit zu seinen Verwandten, immer wie es schien von dem geheimen Wunsche getrieben, so schnell als möglich wieder fort zu kommen. Jeden Abend suchte er noch eine Stunde abzuknappsen.

Johanna war erschrocken, und der Baron wiederholte oft, um sie zu trösten:

– Laß ihn doch, der Junge ist zwanzig Jahre alt.

Eines Morgens erschien ein alter, schlecht gekleideter Mann und fragte, in einem französisch mit deutscher Aussprache, nach der Frau Gräfin.

Nachdem er sich mehrmals verbeugt, zog er eine schmierige Brieftasche hervor und sagte:

– Ich habe ein kleines Papierchen für Sie!

Damit reichte er ihr ein fettiges Stück Papier, das er auseinander faltete. Sie las, las wieder, blickte den Juden an, las nochmals und fragte:

– Was soll denn das heißen?

Der Mann erklärte:

– Das will ich Ihnen sagen. Ihr Sohn brauchte ein bißchen Geld, und da ich wußte, daß Sie eine gute Mutter sind, habe ich ihm geborgt, was er brauchte.

Sie zitterte:

– Aber, warum hat er mich denn nicht darum gebeten?

Der Jude erklärte lang und breit, es handele sich um eine Spielschuld, die am nächsten Tage vor zwölf Uhr hatte bezahlt werden müssen, daß Paul, da er noch nicht majorenn sei, von niemandem etwas geborgt erhalten hätte, und daß seine Ehre in Gefahr gewesen, ohne den kleinen Dienst, den er dem jungen Mann geleistet hatte.

Johanna wollte den Baron rufen, aber sie konnte sich nicht erheben, sie war vor Schreck wie gelähmt. Endlich sagte sie zu dem Wucherer:

– Wollen Sie so gut sein, zu klingeln.

Er zögerte, eine Falle vermutend, und stammelte:

– Wenn ich Sie störe, komme ich wieder.

Sie schüttelte den Kopf. Er klingelte. Stumm warteten sie, einander gegenüber.

Als der Baron erschien, begriff er sofort, um was es sich handelte. Das Papier lautete auf eintausendfünfhundert Franken. Er zahlte eintausend Franken und blickte den Mann scharf an:

– Daß Sie mir aber nicht wieder kommen!

Der andere dankte, grüßte und verschwand.

Der Großvater und die Mutter fuhren sofort nach Havre, aber im Gymnasium erfuhren sie, daß Paul seit einem Monat nicht erschienen sei. Der Direktor hatte vier Briefe bekommen, von Johanna unterzeichnet, die ein Unwohlsein des Schülers anzeigten und Nachrichten über das Befinden gaben. Jeder Brief war von einem ärztlichen Zeugnis begleitet. Alle Schriftstücke natürlich falsch.

Sie waren wie niedergedonnert und blickten sich an. Der Direktor war ganz verzweifelt und begleitete sie zum Polizeikommissar. Die beiden blieben die Nacht im Hotel. Am nächsten Tage fand man den jungen Mann bei einer Dirne in der Stadt. Der Großvater und die Mutter brachten ihn nach Les Peuples, ohne daß während des ganzen Weges ein Wort gesprochen wurde. Johanna weinte und preßte das Taschentuch vor die Augen, Paul blickte gleichmütig zum Fenster hinaus.

Nach acht Tagen hatten sie entdeckt, daß er während der drei letzten Monate fünfzehntausend Franken Schulden gemacht hatte. Die Gläubiger hatten sich zuerst nicht gemeldet, weil sie wußten, daß er bald volljährig würde.

Es wurde ihm keine Szene gemacht, man wollte ihn durch Güte gewinnen. Man gab ihm seine Lieblingsspeisen zu essen, man liebkoste, man verzog ihn. Es war Frühjahr und trotz Johannas Angst, mieteten sie ihm ein Boot in Iport, damit er zu seinem Vergnügen spazieren fahren könnte.

Aus Furcht, er möchte nach Havre gehen, bekam er kein Pferd. Er benahm sich aufgeregt und manchmal roh. Der Baron ängstigte sich wegen der Unterbrechung seiner Studien, aber Johanna fragte sich entsetzt bei dem Gedanken einer Trennung, was aus ihm werden sollte. Eines Abends kehrte er nicht heim. Man erfuhr, daß er mit zwei Matrosen mit dem Boote fortgefahren. Barhäuptig lief die verzweifelte Mutter in der Nacht nach Yport. Ein paar Menschen erwarteten am Strande die Rückkehr des Bootes. In der Ferne erschien ein Licht. Sie wankte hin, aber ihr Sohn Paul war nicht mehr an Bord. Er hatte sich nach Havre fahren lassen. Die Polizei wurde beauftragt, sie fand ihn nicht wieder, das Mädchen, das ihn zuerst versteckt, war auch spurlos verschwunden und hatte ihre Möbel verkauft.

In Pauls Zimmer in Les Peuples entdeckte man zwei Briefe von diesem Geschöpf, das ganz wahnsinnig in ihn verliebt zu sein schien. Sie schrieb von einer Reise nach England, sie habe das nötige Geld dazu aufgebracht, wie sie sagte.

Und schweigend und traurig lebten die drei Einwohner des Schlosses in furchbaren Höllenqualen. Johannas Haar, das schon ergraut gewesen, war weiß geworden. Sie fragte sich, warum das Schicksal sie so traf. Eines Morgens erhielt sie einen Brief vom Pfarrer Tolbiac:

„Frau Gräfin! Die Hand Gottes ruht schwer auf Ihnen. Sie haben ihm Ihr Kind verweigert, nun hat er es Ihnen genommen, um es einer Dirne in die Arme zu führen.

Öffnen sich Ihnen bei diesen Zeichen des Himmels nicht die Augen? Gottes Gnade ist ohne Grenzen, vielleicht verzeiht er Ihnen, wenn Sie kommen, um vor ihm zu knieen. Ich bin sein bescheidener Diener und werde Ihnen die Thür seines Hauses öffnen, wenn Sie anklopfen.“ Lang blieb sie sitzen mit diesem Brief auf den Knieen. Vielleicht war es wahr, was der Priester sagte, und alle religiösen Zweifel zerrissen ihr Herz. Konnte Gott rachsüchtig und eifersüchtig sein, wie die Menschen? Aber wenn er sich nicht rachsüchtig und eifersüchtig zeigte, würde ihn niemand fürchten und niemand mehr zu ihm beten. Er zeigte sich den Menschen Wohl, um ihnen klarer zu werden, in ihren eignen Empfindungen. Und sie packte der feige Zweifel, der die Zaudernden zur Kirche treibt. Eines Abends lief sie eilig bei sinkender Nacht zum Pfarrhaus, kniete vor dem mageren Priester nieder und bat um Absolution.

Er versprach ihr eine halbe Verzeihung, da Gott seine ganze Gnade nicht ausschütten könne auf ein Dach, unter dem ein Mann lebe, wie der Baron: – Sie werden bald ein Zeichen von Gottes Langmut erhalten.

In der That bekam sie zwei Tage darauf einen Brief von ihrem Sohn, und sie betrachtete ihn in ihrer Verzweiflung wie einen Anfang zu der ihr vom Pfarrer verheißenen Seelenerleichterung:

„Liebe Mama! Beunruhige Dich nicht. Ich bin in London, bin gesund und brauche notwendig Geld. Wir haben keinen Groschen mehr, nicht einmal täglich mehr zu essen.

Die, die bei mir ist und die ich mit allen Fasern meines Herzens liebe, hat alles geopfert was sie besaß, um mich nicht zu verlassen: fünftausend Franken; und Du verstehst, daß meine Ehre es erfordert, ihr diese Summe wieder zu erstatten. Sei also so gut und gieb mir einen Vorschuß von fünftausend Franken auf Papas Erbschaft, da ich bald volljährig bin. Du würdest mich dadurch aus großer Verlegenheit befreien. Adieu liebe Mama. Ich küße Dich von Herzen, ebenso Großpapa und Tante Lieschen. Ich hoffe Dich bald wieder zu sehen.

Dein Sohn
Vicomte Paul von Lamare."

Er hatte ihr geschrieben! Er vergaß sie also nicht. Sie dachte nicht daran, daß er Geld forderte. Da er keins mehr hatte, sollte er es bekommen. Was war Geld! Er hatte ihr geschrieben!

Weinend brachte sie den Brief dem Baron. Tante Lieschen wurde herbeigerufen, und Zeile um Zeile lasen sie den Brief von seiner Hand, und jedes einzelne Wort ward besprochen.

Johanna fiel aus vollkommener Verzweiflung in eine Art Hoffnungsrausch und verteidigte Paul:

– Er wird wiederkommen, denn er schreibt es. Der Baron sagte ruhig:

– Das ist ganz gleich, er hat uns um dieses Geschöpfes willen verlassen, er liebt sie also mehr als uns alle, da er nicht gezögert hat zu wählen.

Ein fürchterlicher Schmerz traf jäh Johannas Herz, und plötzlich stieg in ihr ein Haß auf gegen diese Geliebte, die ihr den Sohn raubte, ein unauslöschlicher, wütender Haß, der Haß der eifersüchtigen Mutter. Bis dahin hatte sie nur an Paul gedacht, kaum ward sie sich klar, daß eine Dirne die Ursache seiner Entfernung war; aber Plötzlich hatten die Worte des Barons ihr die Rivalin vor die Seele geführt, deren bösen Einfluß klar gemacht, und sie fühlte, daß zwischen dieser Frau und ihr ein verzweifelter Kampf begann, und sie fühlte auch, daß sie lieber ihren Sohn verlieren, als ihn mit der andern teilen würde.

Und alle ihre Freude war dahin.

Sie schickten fünfzehntausend Franken und bekamen fünf Monate keine Antwort darauf.

Dann erschien ein Beamter, um die Einzelheiten von Julius' Erbschaft zu ordnen. Johanna und der Baron legten ohne weiteres Rechnung ab und überließen ihm sogar die Nutznießung, die eigentlich der Mutter zustand.

Paul war nach Paris zurückgekehrt und erhielt hundertzwanzigtausend Franken.

Dann schrieb er im Laufe des nächsten halben Jahres noch vier Mal,und gab in kurzen Worten Nachricht von sich, indem er mit kühlen Versicherungen der Anhänglichkeit schloß. Er versicherte darin: „Ich arbeite, ich habe eine Stellung an der Börse gefunden, ich hoffe, euch einmal ein paar Tage in Les Peuples besuchen zu können."

Er sprach kein Wort von seiner Geliebten, und dieses Stillschweigen redete mehr, als seitenlange Briefe. Johanna fühlte hinter diesen eisigen Zeilen den Einfluß des Weibes, das immer Feindin der Mütter sein wird, der Dirne.

Die drei einsamen Leute überlegten, was man thun könnte, um Paul zu retten, und fanden nichts.

Nach Paris fahren? Wozu?

Der Baron sagte: – Wir müssen warten, bis seine Leidenschaft nachläßt, er wird ganz von selbst wiederkommen.

Ihr Dasein war traurig. Johanna und Lieschen gingen zusammen zur Kirche, aber sie verheimlichten es vor dem Baron. Es verging eine ziemlich lange Zeit, ohne daß eine Nachricht eingetroffen wäre, dann bekamen sie eines Morgens einen verzweifelten Brief, den sie mit Entsetzen lasen:

„Liebes Mamachen! Ich bin verloren; wenn Du mir nicht hilfst, muß ich mir eine Kugel vor den Kopf schießen. Eine Spekulation, die alle möglichen Sicherheiten bot, ist gescheitert. Ich bin fünfundachtzigtausend Franken schuldig geworden. Wenn ich nicht zahle, bin ich entehrt, ruiniert und kann nie wieder in die Höhe kommen. Ich bin verloren, ich wiederhole Dir, daß ich mir eher eine Kugel vor den Kopf schieße, als diese Schmach zu überleben. Vielleicht hätte ich es schon gethan, wenn mir nicht eine Frau immer wieder Mut zugesprochen, von der ich Dir nicht rede, die aber mein guter Stern geworden ist.

Ich küsse Dich von Herzen liebe Mama! Vielleicht das letzte Mal! Leb wohl!

Paul."

Ein Paar Stöße von Bankabrechnungen waren dem Briefe beigelegt, aus denen man das Nähere über den Zusammenbruch ersehen konnte.

Der Baron antwortete postwendend, sie würden helfen. Dann fuhr er nach Havre, um sich über die Sache zu unterrichten.

Er nahm Hypotheken auf den Grundbesitz auf, um Geld flüssig zu machen und Paul zu schicken. Der junge Mann antwortete in drei überschwänglichen Dankbriefen, voll leidenschaftlicher Zärtlichkeit, in denen er ankündigte, er werde sofort kommen, die geliebten Verwandten zu sehen und in seine Arme zu schließen.

Er kam nicht.

Ein Jahr verstrich.

Johanna und der Baron wollten endlich nach Paris fahren, um ihn zu besuchen und einen letzten Versuch zu machen, als ein Brief von ihm eintraf, aus dem sie ersahen, daß er wieder in London war, wegen einer neuen Dampfschiffunternehmung unter der Firma: Paul de Lamare & Co. Er schrieb: „Jetzt habe ich ein sicheres Glück in Händen, vielleicht den Reichtum. Ich riskiere nichts. Ihr seht, welcher Vorteil sich mir bietet. Wenn ich euch wiedersehe, werde ich mir eine schöne Stellung in der Welt geschaffen haben. Heutzutage kann man nur als Geschäftsmann vorwärts kommen."

Drei Monate darauf war die Dampfschifffahrtsgesellschaft bankrott, und der Direktor wurde wegen allerlei Unregelmäßigkeiten in der Buchführung steckbrieflich verfolgt.

Johanna bekam einen Nervenanfall, der mehrere Tage dauerte, dann ward sie bettlägerig.

Der Baron reiste nach Havre, zog Erkundigungen ein, besprach sich mit Advokaten, Geschäftsleuten, und Sachwaltern und stellte fest, daß das Defizit der Firma Lamare sich auf zweihundertfünfunddreißigtausend Franken belief, und wieder nahm er Hypotheken auf. Das Schloß Les Peuples und die beiden Pachthöfe, die dazu gehörten, wurden mit einer Riesensumme belastet.

Eines Abends, als er im Bureau eines Geschäftsmannes die letzten Formalitäten erledigte, fiel er plötzlich von einem Schlaganfall getroffen, zu Boden.

Durch einen reitenden Boten wurde Johanna benachrichtigt. Als sie eintraf, war er tot.

Sie brachte die Leiche nach Les Peuples und war so vernichtet, daß sie in ihrem Schmerz mehr stumpf vor sich hin brütete, als verzweifelt war.

Der Pfarrer Tolbiac verweigerte die Einsegnung der Leiche in der Kirche, trotz verzweifelter Bitten der beiden Frauen. Bei Einbruch der Nacht wurde der Baron ohne jede Feierlichkeit begraben.

Paul erfuhr den Tod durch einen der Liquidatoren seines Bankrotts. Er war noch in England versteckt. Er schrieb und entschuldigte sich, daß er nicht gekommen, er habe die Nachricht zu spät erhalten. „Übrigens werde ich jetzt, liebe Mama, wo Du mir geholfen hast, nach Frankreich zurückkehren und Dich bald besuchen."

Johanna war so vernichtet daß nichts mehr auf sie Eindruck machte.

Und gegen Ende des Winters bekam Tante Lieschen, die Jetzt achtundsechzig Jahre alt war, einen Bronchialkatarrh, aus dem sich eine Lungenentzündung entwickelte, und sie entschlief sanft mit den Worten:

„Meine arme, kleine Johanna, ich will Gott bitten, daß er Erbarmen mit Dir hat."

Johanna folgte ihrem Sarge. Sie sah die Schollen darauf fallen, und als sie zusammenbrach, hatte sie im Innern ihres Herzens den Wunsch, auch zu sterben, um nicht mehr zu leiden, nichts mehr denken zu müssen. Eine kräftige Bauernfrau nahm sie in die Arme und trug sie davon, wie ein kleines Kind.

Im Schloß ließ sich Johanna, die fünf Nächte am Bett der alten Jungfer gewacht, ohne Widerstand von der ihr unbekannten Bäuerin, die sie mild, aber doch mit Entschiedenheit pflegte, zu Bett bringen; und von Müdigkeit und Leid überwältigt, verfiel sie in einen tiefen Schlaf der Erschöpfung.

Mitten in der Nacht erwachte sie. Auf dem Kamin brannte ein Nachtlicht, in einem Stuhl saß eine Frau und schlief. Wer war es? Sie erkannte sie nicht, sie beugte sich über den Bettrand, um sie beim zitternden Schein des Nachtlichts, das auf einer Ölschicht in einem Wasserglase brannte, zu erkennen. Es schien ihr, als hätte sie dieses Gesicht schon gesehen. Aber wann? Wo? Die Frau schlief ganz ruhige den Kopf auf die Schultern gesenkt, die Mütze war zu Boden gefallen. Sie mochte vierzig bis fünfzig Jahre alt sein, war kräftig, stark, von gesunder Gesichtsfarbe. Ihre Hände hingen zu beiden Seiten des Stuhls herab, ihr Haar war ergraut. In jener Verwirrung des Geistes nach fieberhaftem Schlafs wie er schweren Schicksals-Schlägen folgt, blickte Johanna die Frau unverwandt an. Sie hatte das Gesicht ja schon gesehen. Früher, oder vor kurzem? Sie wußte es nicht, und das peinigte sie, machte sie nervös. Um die Schlafende näher zu betrachten, schlich sie auf den Fußspitzen heran. Das war die Frau, die sie auf dem Kirchhof aufgehoben und dann zu Bett gebracht hatte; davon hatte sie eine unbestimmte Erinnerung.

Aber war sie ihr anderwärts schon begegnet, zu einer andern Zeit ihres Lebens? Oder meinte sie, sie bloß in der dunklen Erinnerung des letzten Tages zu erkennen? Und dann, wie kam sie in dieses Zimmer? Warum?

Die Frau schlug die Augen auf, erblickte Johanna und richtete sich schnell auf. Nun standen sie einander gegenüber, so nahe, daß sie sich fast berührten.

Die Unbekannte brummte:

„Was? Sie sind auf? Sie werden sich ja wieder Schaden thun. Werden Sie sich gleich wieder zu Bett legen.“

Johanna fragte:

„Wer sind Sie?“

Aber das Weib öffnete die Arme, packte sie, hob sie auf und trug sie mit der Kraft eines Mannes aufs Bett, und als sie sie langsam auf das Lager niederließ und sich dabei über Johanna beugte, sodaß sie beinahe auf ihr lag, begann sie zu weinen und küßte ihre Wangen, ihr Haar und ihre Augen, netzte sie mit Thränen und stammelte:

„Meine arme Herrin, Fräulein Johanna! Meine arme Herrin! Erkennen Sie mich denn nicht?“

Und Johanna rief:

„Rosalie!“ – umarmte sie und küßte sie. Sie schluchzten beide, eng umschlungen, weinten zusammen und konnten sich aus ihrer Umarmung nicht mehr lassen. Rosalie beruhigte sich zuerst:

„Nun, Sie müssen vernünftig sein und sich nicht erkälten.“ Sie ordnete Decken und Bett, schob das Kopfkissen wieder unter den Kopf ihrer ehemaligen Herrin, die tiefatmend dalag, ganz erregt von all den alten Erinnerungen, die in ihrer Seele wach wurden.

Endlich fragte sie:

„Wie bist Du denn wieder hergekommen, meine arme Rosalie?“

Rosalie antwortete:

„Meiner Treu, sollte ich Sie denn jetzt ganz allein lassen?“

Johanna sagte:

„Mach doch Licht, daß ich Dich sehe.“

Und als Rosalie das Licht auf den Nachttisch stellte, betrachteten sie sich lange, ohne ein Wort zu reden.

Dann streckte Johanna ihre alten Dienerin die Hand entgegen und flüsterte:

„Ich hätte Dich ja nie wieder erkannt, liebe Rosalie. Du hast Dich sehr verändert! Weißt Du? Aber doch nicht so wie ich!"

Und Rosalie betrachtete diese magere verwelkte Frau mit dem weißen Haar, die sie einst jung, schön und frisch verlassen hatte, und antwortete:

„Ja, Frau Johanna, Sie haben sich verändert und mehr, als sein dürfte; aber denken Sie auch, wir haben uns jetzt vierundzwanzig Jahre nicht gesehen."

Sie schwiegen und überließen sich wieder ihren Gedanken. Endlich stammelte Johanna:

„Bist Du wenigstens glücklich gewesen?"

Rosalie, die sehr schmerzliche Erinnerungen zu erwecken fürchtete, stammelte:

„Ja, o ja, Frau Gräfin! Ich kann mich nicht gerade beklagen. Jedenfalls ist es mir besser ergangen, wie Ihnen. Nur eins habe ich nie vergessen, daß ich hier fort gemußt habe."

Dann schwieg sie, da sie doch ohne es zu wollen an die Vergangenheit gerührt. Doch Johanna sagte mild:

„Weißt Du Rosalie, es geht nicht immer, wie man will. Du bist wohl auch Witwe, nicht wahr?"

Dann kam eine Befürchtung über sie, sodaß ihre Stimme zitterte, und sie fuhr fort:

„Hast Du noch andere – andere Kinder?"

„Nein, Frau Gräfin!"

„Und er ... Dein Sohn? Was ist denn aus ihm geworden? Bist Du zufrieden mit ihm?"

„Ja, Frau Gräfin! Er ist ein guter Junge, der sich vor keiner Arbeit scheut. Vor sechs Monaten hat er sich verheiratet, er übernimmt meinen Hof, weil ich doch nun wieder zu Ihnen komme."

Johanna zitterte vor Bewegung und flüsterte:

„Da willst Du also bei mir bleiben?“

Rosalie antwortete kurz:

„Das will ich meinen, ich habe mich schon darauf eingerichtet.“

Dann sprachen sie einige Zeit nicht mehr.

Johanna konnte nicht anders, als ihr und Rosaliens Leben zu vergleichen, aber ohne Bitterkeit im Herzen, jetzt ganz abgefunden mit der ungerechten, grausamen Fügung des Schicksals.

Sie fragte:

„Wie ist denn Dein Mann mit Dir gewesen?“

„O, er war ein braver Kerl, Frau Gräfin, und nicht faul, der hat was vor sich gebracht. Er ist an der Schwindsucht gestorben.“

Da setzte sich Johanna im Bett auf, denn sie fühlte das Bedürfnis alles genau zu erfahren:

„Rosalie, jetzt mußt Du mir aber alles erzählen, Dein ganzes Leben, das wird mir heute wohlthun.“

Und Rosalie rückte einen Stuhl heran und begann, vor ihr zu erzählen von ihrem Haus, von ihrer Familie, indem sie von allerhand Kleinigkeiten sprach, die die Landleute interessieren. Sie beschrieb ihren Hof, lachte manchmal über Dinge, die früher geschehen und die ihr schöne Stunden ins Gedächtnis riefen, und allmählich ward ihr Ton lauter, wie sie als Bauerfrau, die zu Haus befehlen mußte, gewohnt war zu sprechen. Endlich sagte sie:

„O ich bin zu was gekommen, mir geht nichts ab!“

Dann wurde sie wieder verlegen und fügte leiser hinzu:

„Ich habe ja das alles Ihnen zu verdanken, ich will auch keinen Lohn haben. Nein, nein, auf keinen Fall, und wenn Sie es nicht wollen, gehe ich wieder fort.“

Johanna sagte:

„Du willst mir doch nicht etwa umsonst dienen?“

„Ach was, Geld? Sie wollen mir Geld geben! Aber ich habe vielleicht ebenso viel wie Sie. Wissen Sie wirklich, was Ihnen übrig bleibt nach all der Hypothekenschmiererei und den Zinsen und dem Erborgten, was nicht bezahlt ist und zu jedem Termin dicker wird? Wissen Sie's? Nun, ich versichere Sie, Sie haben nicht mehr zehntausend Franken Einkommen, nicht zehntausend Franken hören Sie. Aber ich werde Ihnen das alles in Ordnung bringen und zwar schnell.“

Sie hatte wieder laut gesprochen, ward bös und war außer sich über alles, was da verfehlt worden war, über den drohenden Zusammenbruch. Da ein unbestimmtes Lächeln der Rührung über das Antlitz ihrer Herrin glitt, rief sie empört:

„Sie müssen nicht darüber lachen, Frau Gräfin, denn ohne Geld ist man nichts!“

Johanna ergriff ihre Hände und behielt sie in den ihren. Dann sagte sie langsam, immer von dem Gedanken verfolgt, der sie beherrschte:

„Ach, ich habe kein Glück gehabt, bei mir ist alles schief gegangen. Das Unglück hat auf meinem Leben gelastet.“

Aber Rosalie hob den Kopf:

„Das müssen Sie nicht sagen, Frau Gräfin, das müssen Sie nicht sagen. Sie sind unglücklich verheiratet gewesen, weiter ist es nichts, aber man macht das auch nicht so, so heiratet man nicht, ohne seinen Zukünftigen genau zu kennen.“

Und sie sprachen weiter von ihren Angelegenheiten wie zwei alte Freundinnen.

Als die Sonne aufging redeten sie noch immer.

XII

Rosalie hatte binnen acht Tagen die unwidersprochene Herrschaft über alles im Schloß, auch über die Bewohner, an sich gerissen.

Johanna ergab sich darein und gehorchte, ohne etwas zu sagen. Schwach und den einen Fuß nachschleppend, wie einst Mutting, ging sie am Arm ihrer Dienerin hinaus, die sie langsam spazieren führte, sie ausschalt, dann wieder mit kurzen, aber zärtlichen Worten aufmunterte und sie behandelte wie ein krankes Kind.

Sie sprachen von früheren Zeiten, Johanna mit thränender Stimme, Rosalie im ruhigen Ton, wie die Bauern reden. Der alte Dienstbote kam öfters auf alle die

Angelegenheiten der nicht bezahlten Zinsen zurück. Dann forderte sie, daß man ihr die Papiere aushändige, die ihr Johanna, die ganz geschäftsunkundig, aus Scham für ihren Sohn, verborgen.

Da fuhr Rosalie eine Woche lang jeden Tag nach Fécamp, um sich durch einen Notar, den sie kannte, die Geschäfte erklären zu lassen.

Dann setzte sie sich eines Abends, nachdem sie ihre Herrin zu Bett gebracht, an das Fußende des Lagers und sagte kurz:

– So, Frau Gräfin, jetzt liegen Sie, nun wollen wir einmal reden.

Und sie setzte die Lage auseinander. Nachdem alles reguliert war, blieben etwa noch sieben-bis achttausend Franken Jahreseinkommen, mehr nicht.

Johanna antwortete:

– Ja, aber weißt Du Rosalie, ich fühle, daß ich es doch nicht mehr lange mache. Für mich reicht es längst.

Rosalie ward böse:

– Sie, Frau Gräfin, das ist schon möglich; aber Herr Paul? Ihm wollen Sie wohl nichts hinterlassen?

Johanna bebte:

– Ich bitte Dich, sprich mir nie von ihm, es thut mir zu weh!

– Im Gegenteil, ich will gerade davon sprechen, denn sehen Sie einmal, Sie sind nicht tapfer. Er hat Dummheiten gemacht, na Gott, die wird er nicht immer machen. Dann wird er heiraten, wird Kinder haben, und das kostet Geld, die groß zu ziehen. Hören Sie mal, Sie müssen Les Peuples verkaufen.

Johanna schrak empor und richtete sich im Bett auf:

„Les Peuples verkaufen? Daran kannst Du denken? Das geschieht nicht, niemals!"

Aber Rosalie ließ sich nicht irre machen:

„Ich sage Ihnen, Sie werden es verkaufen Frau Gräfin, Sie müssen!"

Sie rechnete alles vor und setzte ihren Plan auseinander. Wenn es gelänge, Les Peuples und die beiden Pachthöfe einem Herrn zu verkaufen, der es gern hätte, und den sie ausfindig gemacht hatte, könnte man die vier Pachthöfe in Saint-Léonard behalten, die von allen Hypotheken entlastet, achttausenddreihundert

Franken Jahreseinkommen abwerfen würden. Davon müßten jährlich eintausenddreihundert Franken für Unterhaltungskosten und etwaige Reparaturen bei Seite gelegt werden, dann blieben siebentausend Franken, von denen man fünftausend Franken für die laufenden Ausgaben des Jahres nehmen konnte und zweitausend zurücklegen, um einen Notpfennig zu besitzen.

Sie fügte hinzu:

„Alles andere ist aufgefressen, da ist nichts zu wollen, und dann hören Sie einmal, ich bekomme die Schlüssel, und Herr Paul bekommt nichts, aber gar nichts mehr, der würde Sie ja ausrauben bis zum letzten Groschen."

Johanna, die still weinte, flüsterte:

„Aber, wenn er nun nichts zu essen hat?"

„Dann kommt er zu uns essen, wenn er Hunger hat. Ein Bett und ein Teller Suppe ist immer da. Glauben Sie, daß er alle die Dummheiten gemacht hätte, wenn Sie ihm von Anfang an keinen Groschen gegeben hätten?"

„Aber er hatte Schulden, es hätte seine Ehre gekostet."

„Glauben Sie, daß es ihn hindern würde, dasselbe zu machen, wenn Sie nichts mehr haben? Sie haben bezahlt, gut! Aber jetzt bezahlen Sie nichts mehr, das sage ich Ihnen, und nun gute Nacht, Frau Gräfin!

Und sie ging davon.

Johanna schlief nicht, ganz verstört bei dem Gedanken, Les Peuples verkaufen zu sollen, dieses Haus verlassen zu müssen, in dem sich ihr ganzes Leben abgespielt.

Als sie am nächsten Tage Rosalie ins Zimmer treten sah, sagte sie:

– Meine arme Rosalie, ich werde mich nie dazu entschließen können, von hier fort zu gehen.

Aber die Frau ward bös:

– Ja, Frau Gräfin, es muß aber sein. Nachher kommt der Notar mit dem Herrn, der das Schloß kaufen will, sonst haben Sie in vier Jahren kein Radieschen mehr, das Ihnen gehört!

Aber Johanna sagte nur immer:

– Ich kann nicht! Ich kann nicht!

Eine Stunde später brachte ihr der Briefträger einen Brief von Paul, der wieder zehntausend Franken verlangte. Was thun? Sie blickte verzweifelt Rosalie an, die mit den Achseln zuckte:

– Frau Gräfin, was habe ich Ihnen gesagt? Sie hätten was Schönes angestellt, wenn ich nicht dazu gekommen wäre.

Und Johanna beugte ihren Willen unter den ihrer Dienerin und antwortete dem jungen Mann:

„Lieber Sohn, ich kann für Dich nichts mehr thun. Du hast mich ruiniert, ich bin sogar gezwungen, Les Peuples zu verkaufen; aber denke daran, daß Du immer ein Unterkommen finden kannst, wenn Du Dich flüchten willst, bei Deiner alten Mutter, der Du viel Kummer gemacht hast."

Als der Notar mit Herrn Jeoffrien kam, einem ehemaligen Zuckersieder, empfing sie die Herren selbst und bat, alles genau anzusehen.

Einen Monat darauf unterschrieb sie den Verkaufsvertrag und kaufte zugleich ein kleines Häuschen bei Goderville im Dorf Batteville, an der Landstraße von Montivilliers gelegen. Dann ging sie bis an den Abend ganz allein in Muttings Allee spazieren, mit zerrissenem Herzen und in tiefer Verzweiflung, indem sie schluchzend Lebewohl sagte dem weiten Rundblick, den Bäumen, der morschen, alten Bank unter der Platane, all den Dingen, die sie so genau kannte, die in ihren Augen, in ihrer Seele zu haften schienen, dem Wäldchen, dem Graben vor der Haide, an dem sie so oft gesessen, von dem aus sie, an jenem furchtbaren Todestage Julius', den Grafen Fourville hatte zum Meer laufen sehen, einem alten Ulmenstamm ohne Krone, an den sie sich so oft gelehnt, diesem ganzen, lieben, alten Garten.

Rosalie nahm sie beim Arm und zwang sie, herein zu gehen.

Vor der Thür wartete ein großer Bauer von etwa fünfundzwanzig Jahren, der sie freundschaftlich begrüßte, als kennte er sie schon längst:

„Guten Tag, Frau Johanna, geht 's gut? Die Mutter hat mich zum Umzug herbestellt, ich möchte gern wissen, was Se mitnehmen wollen. Ich werde die Sachen allmählich 'rüberschaffen, damit die Feldarbeit nicht zu kurz kommt."

Es war der Sohn ihrer Dienerin, der Sohn Julius', der Bruder Pauls.

Es war ihr, als stünde ihr Herz still, und doch hatte sie diesen Burschen umarmen mögen. Sie blickte ihn an und suchte, ob er ihrem Manne ähnlich sähe, oder ihrem Sohn. Er war von roter Gesichtsfarbe, mit blondem Haar und blauen Augen wie die Mutter, und doch sah er Julius ähnlich. Aber wodurch nur? Er hatte etwas von ihm in seinem ganzen Ausdruck und in seiner Art.

Der Bursche sagte:

– Wenn Sie mir das einmal gleich zeigen wollten, wäre es mir angenehm.

Aber sie wußte noch nicht, was sie mitnehmen wollte, denn ihr neues Haus war sehr klein, und sie bat ihn, gegen Ende der Woche noch einmal wieder zu kommen.

Da kümmerte sie sich um den Umzug, der ihr in ihrem traurigen Dasein eine Zerstreuung bot. Sie ging von Zimmer zu Zimmer und suchte die Möbel aus, die ihr Ereignisse in Erinnerung brachten, diese lieben Möbel, die ein Stück unsres Lebens bedeuten, beinahe ein Stück von uns selbst geworden sind, die wir von Kindheit an kennen, und an denen frohe und traurige Erinnerungen hängen, die unsere ganze Geschichte erzählen, die die stummen Begleiter unserer frohen und trüben Stunden gewesen sind, die alt geworden sind und abgenutzt mit uns, deren Stoff hier und da zerrissen ist, deren Beine und Arme wackeln, deren Farben verblichen sind.

Ein Stück nach dem andern suchte sie aus. Alle Augenblicke kam sie wieder zurück und wog den Vorteil zweier Stühle oder irgend eines alten Schreibtisches, gegen einen alten Arbeitstisch.

Sie öffnete die Fächer, suchte sich Thatsachen ins Gedächtnis zu rufen; wenn sie dann entschlossen war, brachte man die Gegenstände ins Eßzimmer.

Sie wollte alle Möbel ihres Schlafzimmers behalten, ihr Bett, die Gobelins, die Kaminuhr, alles.

Sie nahm ein paar Möbel aus dem Salon, bei denen sie die Zeichnungen auf den Stoffen von Kindheit an geliebt: Fuchs und Storch, Fuchs und Rabe, Cicade und Ameise und den schwermütigen Reiher.

Dann irrte sie durch alle Winkel der Wohnung, die sie verlassen sollte, und eines Tages ging sie auch auf den Boden hinauf.

Sie war ganz erstaunt: dort lagen eine Menge Dinge aller Art herum, einzelne zerbrochen, andere nur verstaubt, wieder andere, die dort hinauf gekommen waren, man wußte nicht wie, weil sie nicht mehr gefielen, weil sie durch neue ersetzt waren.

Sie entdeckte eine Menge Kleinigkeiten, die sie früher geliebt und die, ohne daß sie es bemerkt, verschwunden waren, vieles, das sie in den Händen gehabt, die alten, kleinen, unbedeutenden Gegenstände, die fünfzehn Jahre sich bei ihr herum getrieben hatten, die sie täglich gesehen, ohne sie zu bemerken, und die nun plötzlich, als sie sie hier oben auf dem Boden wiederfand, neben noch älteren, deren Standort aus der ersten Zeit, als sie ins Schloß gekommen, sie sich noch deutlich erinnerte, plötzlich die Wichtigkeit vergessener Zeugen, wiedergefundener Freunde annahmen. Sie machten ihr den Eindruck wie jene alten Leute, mit denen man lange verkehrt hat, obgleich sie sich nie bemerkbar gemacht, und die nun plötzlich eines Abends um eine Kleinigkeit anfangen, endlos zu schwatzen, ihre ganze Seele bloßzulegen, von deren Dasein man nie etwas gemerkt.

Von einem ging sie zum andern, und jedesmal packte es sie, und sie sagte sich:

„Da, diese chinesische Tasse habe ich ja eines Abends ein Paar Tage vor der Hochzeit kaput gemacht! – Und da die kleine Laterne von Mutting und der Spazierstock von Papachen, den er zerbrach, als er die Verandathür aufmachen wollte, die vom Regen verquollen war."

Da gab es auch eine Menge Dinge, die sie gar nicht kannte, die ihr keine Erinnerung ins Gedächtnis führten, die wohl von den Großeltern oder Urgroßeltern stammen mochten, verstaubte Gegenstände, die wie verloren aussahen in einer Zeit, die nicht die ihre war und die traurig zu sein schienen, daß sie verlassen waren. Deren Geschichte niemand kannte, und von denen niemand wußte, was mit ihnen geschehen, weil niemand die gesehen, die sie ausgesucht und geliebt hatten, niemand die Hand gekannt, die sich ihrer bedient und die Augen, die mit Vergnügen auf ihnen geruht.

Johanna wendete sie um und um, und machte mit dem Finger Spuren in den angesammelten Staub, und dort in dem alten Gerümpel verweilte sie, in dem fahlen Licht, das durch ein paar kleine eingefaßte Scheiben im Dach fiel.

Ganz genau untersuchte sie Stühle mit nur noch drei Beinen und wollte entdecken, ob sie keine Erinnerung wachriefen. Da war eine kupferne Wärmflasche, ein verbeulter Fußwärmer, den sie zu erkennen glaubte, und eine Menge außer Dienst gestellten Hausrats.

Dann machte sie einen Haufen von den Gegenständen die sie mitnehmen wollte, ging wieder hinunter und schickte Rosalie hinauf. Rosalie war empört und weigerte sich, „diesen Dreck" herunter zu holen und mitzuschleppen.

Aber Johanna, die doch sonst gar keinen Willen mehr hatte, blieb diesmal fest, und sie mußte gehorchen.

Eines Morgens fuhr der junge Denis Lecoq, Julius' Sohn, mit dem Wagen vor, um die ersten Sachen abzuholen. Rosalie begleitete ihn, das Ausladen zu überwachen und die Möbel dorthin zu stellen, wohin sie kommen sollten.

Johanna war allein geblieben. Sie irrte nun durch die Zimmer des Schlosses in grenzenloser Verzweiflung, sie umarmte in übertriebener Zärtlichkeit alles, was sie nicht mit sich nehmen konnte: die großen, weißen Vögel an den Wänden des Salons, die alten Bücher, alles was sie auf ihrem Rundgange traf; aus einem Zimmer lief sie ins andere, Thränen in den Augen und Verzweiflung im Herzen.

Dann eilte sie hinaus, um dem Meer lebewohl zu sagen.

Es war Ende September, die grauen Wolken hingen tief herab und schienen auf der Erde zu rasten.

Soweit das Auge blickte, erstreckten sich die grauen Nebelfluten. Am Klippenrande blieb sie lange stehen, quälende Gedanken im Hirn.

Als es dann Nacht ward, ging sie wieder hinein, und an diesem Tage hatte sie soviel gelitten, wie nur je in ihren tiefsten Qualen.

Rosalie war heim gekommen und erwartete sie. Sie war sehr zufrieden mit dem neuen Haus und behauptete, es sei viel heiterer als dieser Riesenkasten, der nicht einmal an einer Straße stünde.

Johanna weinte den ganzen Abend.

Die Pächtersleute nahmen, seit sie wußten, daß das Schloß verkauft war, nur noch soweit Rücksicht, als nötig war. Sie nannten sie unter sich, „die Tolle“, ohne recht zu wissen warum; wahrscheinlich weil sie, in ihrem Bauerninstinkte, ihre krankhafte, sich immer steigernde Sentimentalität, ihre exaltierten Träume, die gleichwie eine Störung ihre arme, durch das Unglück getroffene Seele durchzogen, ahnten und doch nicht verstehen konnten.

Am Tage vor ihrer Abreise kam sie zufällig in den Stall, ein Knurren ließ sie zusammenfahren. Es war Massacre, an den sie seit Monaten kaum mehr gedacht hatte. Blind und gelähmt, zu einem Alter gelangt, das ein Hund sonst kaum erreicht, vegetierte er noch auf seinem Strohlager dahin, von Ludwine gepflegt, die ihn nie vergaß.

Johanna nahm ihn in die Arme, küßte ihn und trug ihn ins Haus. Dick wie eine Tonne konnte er sich kaum auf seinen steifen Beinen halten und bellte immerfort etwa wie die Hunde aus Papiermaché, die man den Kindern schenkt.

Endlich kam der letzte Tag. Johanna hatte in Julius' ehemaligem Zimmer geschlafen, da in ihrem keine Möbel mehr standen. Müde und keuchend stand sie auf, als hätte sie einen langen Marsch hinter sich. Der Wagen mit den Koffern und dem Rest der Möbel stand schon voll geladen im Hof. Dahinter ein anderer zweiräderiger Karren, um Herrin und Dienerin mitzunehmen.

Der alte Simon und Ludwine sollten allein bleiben, bis der neue Herr ankäme, dann sich zu Verwandten begeben. Johanna hatte ihnen eine kleine Rente ausgesetzt; übrigens hatten sie sich auch etwas gespart. Sie waren jetzt sehr alte, unnütze, schwatzhafte Dienstboten geworden. Marius, der sich verheiratet, hatte längst das Haus verlassen.

Gegen acht Uhr fing es an zu regnen, ein feiner, eisiger Regen, den eine leichte Seebrise daher trieb. Die Plane mußte über den Wagen gedeckt werden. Die Blätter fielen schon von den Bäumen.

Auf dem Küchentisch dampften Tassen mit Milchkaffee, Johanna saß vor der ihrigen und trank mit kleinen Schlucken, dann erhob sie sich und sagte:

„Wir wollen gehen."

Sie setzte ihren Hut auf, warf den Shawl um und, während ihr Rosalie die Gummischuhe anzog, sagte sie zu ihr:

„Weißt Du noch Rosalie, wie es regnete, als wir von Rouen hierher fuhren."

Da bekam sie etwas wie einen Krampf, preßte beide Hände auf die Brust und fiel besinnungslos zu Boden.

Über eine Stunde blieb sie wie tot liegen, dann schlug sie die Augen auf und es überliefen sie Zuckungen unter unaufhörlichen Thränen.

Als sie sich etwas beruhigt hatte, fühlte sie sich so schwach, daß sie nicht aufstehen konnte. Aber Rosalie, die neue Anfälle fürchtete, wenn man die Abreise noch verschob, holte ihren Sohn. Sie nahmen sie, hoben sie auf, trugen sie hinunter und setzten sie in den Wagen auf die Holzbank mit dem Lederkissen. Die alte Dienerin, die zu Johanna in den Wagen gestiegen, wickelte ihr die Beine in eine Decke und hing ihr noch einen warmen Mantel um die Schultern, dann rief sie, indem sie einen Regenschirm über ihren Kopf hielt:

„Schnell Denis, nun fort!“

Der junge Mann kletterte hinauf, setzte sich neben seine Mutter, aus Mangel an Platz, nur auf einen Schenkel und brachte sein Pferd in Trab, dessen ruckweises Ziehen die beiden Frauen hin und her rüttelte.

Als sie im Dorf um die Ecke bogen, sahen sie von weitem jemand auf der Straße. Es war der Pfarrer Tolbiac, der auf ihre Abfahrt gelauert hatte.

Er blieb stehen, um den Wagen vorbei zu lassen. Mit der einen Hand hielt er den Priesterrock in die Hohe gerafft, damit er nicht naß würde, und seine mageren, in schwarzen Strümpfen steckenden Beine endigten in riesigen, schmutzigen Schuhen.

Johanna schlug die Augen nieder, um seinem Blick nicht zu begegnen. Aber Rosalie, die alles wußte, ward wütend und brüllte, indem sie ihren Sohn anstieß.

„Der Lümmel! Der Lümmel! Zieh ihm doch eins mit der Peitsche über!“

Der junge Mann lenkte gerade im Augenblick, wo er am Priester vorüber kam, seinen alten Karren, der mit aller Geschwindigkeit angesaust kam, in eine Pfütze, sodaß der Schmutz hoch aufspritzte und den Priester von Fuß bis zu Kopf bedeckte

Rosalie war glückselig darüber, blickte sich um und drohte ihm mit der Faust, während der Pfarrer sich mit seinem großen Taschentuch abwischte.

Sie waren schon fünf Minuten gefahren, als Johanna plötzlich rief:

„Wir haben Massacre vergessen.“

Sie mußten halten, Denis stieg ab und lief zurück, um den Hund zu holen, wahrend Rosalie die Zügel hielt.

Endlich erschien der junge Mann wieder das unförmliche, kahle Tier auf den Armen und legte es zu Füßen der beiden Frauen, die es mit ihren Röcken zudeckten.

XIII

Zwei Stunden später hielt der Wagen vor einem kleinen Ziegelhaus, das mitten in einem von Birnbäumen bestandenen Obstgarten lag, dicht an der Chaussee.

Vier Lauben, aus Lattenwerk mit Jelänger-Jelieber überwachsen, bildeten die vier Ecken des Gartens, der aus kleinen Gemüsebeeten bestand, die durch schmale, von Obstbäumen eingefaßte Wege von einander getrennt waren.

Eine hohe, lebende Hecke lief rings um die Besitzung, die ein Acker vom nächsten Bauernhaus trennte. Hundert Schritte weiter an der Straße lag eine Schmiede, sonst waren die nächsten Wohnhäuser einen Kilometer entfernt. Rund herum konnte man die ganze Ebene von Caux übersehen, übersäet mit Bauernhöfen, die jeder von vier doppelten Reihen von Bäumen umgeben.

Sobald Johanna angekommen war, wollte sie sich ausruhen, aber Rosalie erlaubte es ihr nicht, in der Befürchtung sie möchte sich trüben Gedanken hingeben. Der Tischler von Goderville war zur ersten Einrichtung gekommen, und man begann sofort die bereits hergeschafften Möbel an Ort und Stelle zu tragen, während man auf den letzten Wagen noch wartete, der bald eintreffen mußte.

Es war eine große Arbeit, die lange Überlegung und langes Hin- und Herreden erforderte.

Nach einer Stunde erschien endlich der Wagen am Thor und mußte in strömendem Regen ausgeladen werden. Als es Abend ward, sah es fürchterlich im Hause aus, da man die Möbel und abgeladenen Gegenstände wo gerade Platz war aus der Hand gestellt hatte. Sobald Johanna im Bett lag, schlief sie erschöpft ein.

Die folgenden Tage hatte sie keine Zeit, weich zu werden, denn es gab viel zu thun. Sie fand sogar ein gewisses Vergnügen daran, ihr neues Haus hübsch einzurichten, immer in Gedanken daran, daß ihr Sohn doch einmal herkommen würde. Die Gobelins aus ihrem ehemaligen Schlafzimmer wurden im Eßzimmer aufgespannt, das zugleich als Salon diente. Sie gab sich besondere Mühe, eines der beiden im ersten Stock liegenden Zimmer, das sie in Gedanken „Pullchens Stube“ nannte, gemütlich zu machen.

Das zweite behielt sie für sich. Rosalie wohnte darüber im Dachgeschoß.

Das kleine, sorgsam wohnlich gemachte Haus war sehr nett, und in der ersten Zeit gefiel es Johanna darin, obgleich ihr etwas fehlte, sie war sich nur nicht klar was.

Eines Tages brachte ihr der Bureauchef des Notars von Fécamp dreitausendsechshundert Franken als Preis für die in Les Peuples gelassenen Möbel, die von einem Tapezierer taxiert worden waren.

Als sie das Geld bekam, freute sie sich innig, und sobalb der Mann fort war, setzte sie schnell den Hut auf, da sie Paul diese Summe, auf die sie gar nicht gerechnet, schicken wollte.

Aber wie sie die Chaussee nach Goderville hinab eilte, begegnete ihr Rosalie, die vom Markt kam. Die Dienerin schöpfte Verdacht, obwohl sie zuerst nicht wußte warum, aber als sie entdeckte, um was es sich handelte, – denn Johanna konnte ihr nichts mehr verbergen, – setzte sie ihren Korb zu Boden, um nach Herzenslust sich auszuschimpfen. Die Hände in die Seite gestemmt, schrie sie sie an, dann packte sie ihre Herrin beim Arm, nahm ihren Korb und begann sie nach Hause zu schaffen.

Sobald sie heimgekehrt waren, verlangte das Mädchen das Geld. Johanna gab es, behielt aber sechshundert Franken; doch die mißtrauische Dienerin kam bald dahinter und ließ sich alles ausliefern. Endlich aber erlaubte Rosalie, daß dieser Überschuß dem jungen Mann geschickt würde.

Nach ein Paar Tagen dankte er:

„Du hast mir einen großen Dienst geleistet, liebe Mama, denn wir waren im tiefsten Elend.“

Johanna konnte sich nicht in Batteville eingewöhnen, immer schien es ihr, als atme sie nicht mehr wie früher, als wäre sie noch verlassener, noch mehr allein, verloren im Leben. Sie ging spazieren nach dem Weiler Berneuil, kam über Les Trois-Mares zurück und nachdem sie heimgekehrt, stand sie wieder auf, vom Wunsche getrieben, abermals fort zu gehen, als hätte sie vergessen, sich gerade dorthin zu begeben, wohin sie gewollt.

Und täglich begann das von neuem, obgleich sie den Grund dieser seltsamen Unruhe nicht begriff. Eines Abends kam ihr unwillkürlich ein Wort auf die Lippen, das ihr Klarheit brachte. Als sie sich zum Essen setzten, sagte sie:

„Ich möchte das Meer einmal sehen.“

Was ihr so sehr fehlte, war das Meer, ihr gewaltiger Nachbar seit fünfundzwanzig Jahren, das Meer mit der Salzluft, seiner Wut und Empörung, seiner grollenden Stimme, seinen mächtigen Stürmen, das Meer, das sie in Les Peuples jeden Morgen von ihrem Fenster aus gesehen, das sie Tag und Nacht eingeatmet, das sie in ihrer Nähe gefühlt, das sie liebte wie ein menschliches Wesen, ohne es selbst zu wissen.

Massacre war immer in großer Erregung. Er hatte sich, schon am Abend ihrer Ankunft, unter das Topfbrett in der Küche gelegt, und es war nun unmöglich, ihn von dort fort zu bringen.

Beinahe unbeweglich lag er da den ganzen Tag, kaum ab und zu mit dumpfem Knurren sich umwendend. Aber sobald die Nacht kam, stand er auf und schleppte sich bis zur Gartenthür, sich an den Wänden entlang schiebend. Nachdem er dann draußen die paar Minuten zugebracht, die er brauchte, kam er wieder herein, legte sich an den noch warmen Herd, und sobald seine beiden Herrinnen zu Bett gegangen waren, fing er an zu heulen.

So heulte er die ganze Nacht hindurch, mit Mark und Bein erschütternder Klage; manchmal schwieg er eine Stunde, dann ging es desto verzweifelter weiter. Da ward er vor dem Hause in einer Tonne angebunden, und nun heulte er unter dem Fenster.

Nun nahmen sie ihn, da er krank war und doch bald sterben würde, wieder in die Küche.

Johanna, die das alte Tier immerfort stöhnen und unausgesetzt kratzen hörte, indem es sich im neuen Hause zurecht zu finden suchte, da es wohl begriff, daß es nicht mehr daheim war, konnte nachts kein Auge mehr zuthun.

Nichts vermochte das Tier zu beruhigen. Den Tag über lag es ruhig, als ob seine erloschenen Augen, das Bewußtsein seiner Hilflosigkeit, ihn daran hinderten, sich zu bewegen, wie alle Wesen, die leben und sich rühren. Sobald es aber Nacht ward, fing er an, ununterbrochen hin und her zu wandern, als wagte er nur noch zu leben und sich zu bewegen in der Dunkelheit, die alle blind macht.

Eines Morgens fand man ihn tot, das war für Herrin und Dienerin eine große Erleichterung.

Der Winter rückte vor, und Johanna beschlich eine unwiderstehliche Verzweiflung, nicht nur über jene bittern Schmerzen, die die Seele zu peinigen scheinen, sondern eine tiefe, lähmende Traurigkeit.

Keine Zerstreuung rüttelte sie auf, niemand kümmerte sich um sie. Die Chaussee vor ihrer Thür erstreckte sich nach rechts wie nach links leblos dahin. Ab und zu kam im Trab ein Wagen vorüber, von einem Mann gelenkt mit rotem Gesicht, dessen Bluse der Wind blähte, sodaß sie aussah wie ein blauer Ballon, dann wieder ein Lastwagen, oder man sah von weitem zwei Bauersleute kommen, Mann und Frau, zuerst ganz klein in der Ferne, dann wachsend, um endlich, wenn sie am Hause vorübergekommen, wieder an Größe abzunehmen, und drüben am Ende des weißen Bandes, das sich hinauf, hinab, den weichen Bodenwellen folgend dahinstreckte, so klein zu werden wie zwei Insekten.

Als das Gras wieder wuchs, kam jeden Morgen am Zaun ein kleines Mädchen im kurzen Röckchen vorüber, und trieb zwei magere Kühe, die an der Chaussee längs des Grabens grasten. Abends kam sie mit derselben verschlafenen Miene zurück, indem sie alle zehn Minuten hinter ihren Tieren einen Schritt vorwärts that.

Johanna träumte jede Nacht, daß sie noch in Les Peuples wohnte.

Dort war sie im Traum wie früher mit Papachen und Mutting, manchmal war auch Tante Lieschen dabei. Sie nahm all die vergessenen nun abgebrochenen Beschäftigungen wieder auf, es war ihr, als stützte sie ihre Mutter, die ihren Spaziergang in ihrer Allee machte, und bei jedem Erwachen mußte sie weinen.

Sie dachte immer an Paul und fragte sich, was er wohl triebe, wie er jetzt wohl aussähe, ob er an sie dächte, und zwischen den Bauerhöfen spazieren gehend, bewegte sie alle diese Gedanken im Kopf, die sie so quälten.

Vor allem aber litt sie an einer unstillbaren Eifersucht gegen diese unbekannte Frau, die ihr den Sohn geraubt. Nur dieser Haß hielt sie noch zurück, hinderte sie zu handeln, ihn aufzusuchen, sich ihn zu holen. Sie glaubte, seine Geliebte auf der Schwelle ihres Hauses stehen zu sehen und ihre Frage zu hören: „Was wollen Sie hier, Madam?“ Ihr Mutterstolz empörte sich gegen die Möglichkeit einer solchen Begegnung, und der Stolz der Frau, die immer rein geblieben war, keine Schwächen gezeigt und sich keines Fehles schuldig gemacht hatte, versetzte sie in immer größere Verzweiflung über all diese Niedrigkeiten der Menschen um sie herum, die alle Schmutz und Gemeinheit der sinnlichen Liebe, welche die Herzen selbst feige macht, in Bann hält. Die ganze Menschheit schien ihr unrein, wenn sie an alle schmutzigen Geheimnisse der Sinne dachte, an die

Zärtlichkeiten, die erniedrigen, an alle Geheimnisse, die sie bei diesem ewigen Umschlingen verrieten.

Frühling und Sommer ging vorüber, aber als der Herbst wiederkam mit seinen langen Regengüssen, dem grauen Himmel und den dunklen Wolken, ergriff sie ein solcher Ekel über ihr Dasein, daß sie beschloß, einen großen Versuch zu unternehmen, um ihr Pullchen wieder zu gewinnen.

Jetzt mußte doch die Leidenschaft des jungen Mannes nachgelassen haben. Sie schrieb ihm einen tiefbetrübten Brief:

„Mein liebes Kind! Ich flehe Dich an, kehre zurück, um alles in der Welt. Denke doch daran, daß ich alt und krank und das ganze lange Jahr hindurch mit einer Dienerin allein bin. Ich wohne jetzt in einem kleinen Häuschen an der Landstraße, es ist sehr traurig hier, wenn Du aber bei mir wärest, würde alles anders sein. Ich habe nur Dich auf der Welt und habe Dich seit sieben Jahren nicht gesehen. Du kannst gar nicht ahnen, wie unglücklich ich gewesen bin und wie Du mein ganzes Glück warst. Du warst mein Leben, mein Traum, meine einzige Hoffnung, meine einzige Liebe, und Du fehlst mir, Du hast mich verlassen.

Ach komme doch wieder, mein kleines Pullchen, komm in meine Arme, die Dir verzweifelt entgegenstreckt

Deine alte Mutter."

Er antwortete ein paar Tage darauf:

„Meine liebe Mama! Ich möchte Dich ja so gern sehen, aber ich habe keinen Pfennig Geld. Übrigens wollte ich Dich aufsuchen, um mit Dir über etwas zu sprechen, das mich in den Stand setzen würde, Dir Deine Wünsche zu erfüllen.

Die Selbstlosigkeit und Liebe derjenigen, die in den bösen Tagen, die ich durchkämpfen mußte, meine Gefährtin gewesen ist, bleibt immer dieselbe; ich darf nicht länger zögern, ihre Liebe und treue Zuneigung öffentlich anzuerkennen. Übrigens ist sie sehr gut erzogen, das wirst Du sehen, ist sehr gebildet und liest sehr viel. Kurz, Du kannst Dir nicht denken, was sie mir immer gewesen ist. Ich wäre ein Lump, wenn ich mich ihr nicht dankbar erzeigte. Ich bitte Dich also um die Erlaubnis, sie heiraten zu dürfen. Wenn Du mir alle meine dummen Streiche verzeihst, könnten wir zusammen in Deinem neuen Hause wohnen. Wenn Du sie kenntest, würdest Du sofort Deine Zustimmung geben. Ich versichere Dich, sie ist ein wundervolles Geschöpf und sehr vornehm. Du würdest sie lieb gewinnen, das weiß ich gewiß. Ich aber könnte ohne sie nicht leben. Ich bitte um Deine Antwort, meine liebe Mama, und wir umarmen Dich von Herzen.

Dein Sohn Paul von Lamare."

Johanna war wie vernichtet. Sie blieb unbeweglich sitzen, den Brief auf den Knieen. Sie ahnte die List dieser Dirne, die immer ihren Sohn zurück gehalten hatte, die ihm nicht ein einziges Mal erlaubt zu kommen, gewiß, daß ihre Stunde einmal schlagen würde, die Stunde, wo die verzweifelte alte Mutter, dem Wunsche ihren Sohn zu umarmen, nicht mehr wiederstehen können, schwach werden und in alles einwilligen würde.

Und der tiefe Schmerz darüber, daß Paul dieses Geschöpf ihr beharrlich vorzog, zerriß ihr das Herz. Sie sagte sich:

„Er liebt mich nicht! Er liebt mich nicht!"

Rosalie trat ein. Johanna stammelte:

„Jetzt will er sie heiraten."

Das Mädchen schrak zusammen:

„Nein, Frau Gräfin, das werden Sie nicht erlauben, Herr Paul darf dieses Weibsbild nicht heiraten."

Johanna antwortete schwach, aber ganz empört:

„Nein, das soll nie geschehen. Und da er nicht kommen will, werde ich zu ihm gehen. Wir wollen sehen, wer von uns beiden ihn gewinnen wird."

Sie schrieb sofort an Paul, ihm ihre Aukunft anzuzeigen und um ihn anderwärts zu sehen, als in der Wohnung, wo dieses Frauenzimmer hauste.

Dann traf sie, in Erwartung seiner Antwort, ihre Vorbereitungen. Rosalie begann in einen alten Koffer die Siebensachen ihrer Herrin einzupacken, aber als sie ein Kleid, ein altes bäurisches Kleid zusammen legte, sagte sie:

„Aber Sie haben ja nichts anzuziehen, so lasse ich Sie nicht fort, so müssen Sie sich schämen, und die Damen in Paris würden Sie für ein Dienstmädchen halten."

Johanna ließ sie gewähren, und die Frauen gingen zusammen nach Goderville und suchten einen grünkarrierten Stoff aus, der einer Schneiderin im Ort anvertraut wurde. Dann gingen sie zum Notar, Herrn Roussel, der alljährlich einmal auf vierzehn Tage nach der Hauptstadt fuhr, und baten ihn um allerlei Auskünfte, denn Johanna hatte seit achtundzwanzig Jahren Paris nicht gesehen.

Er gab ihr eine Menge guter Ratschläge, wie sie sich vor dem Überfahrenwerden und vor Taschendieben hüten sollte, riet ihr, ihr Geld in die Kleider einzunähen und nur das Unentbehrlichste im Portemonnaie zu behalten. Dann sprach er lange über Restaurants mit mäßigen Preisen und nannte zwei oder drei, wo Damen allein hingehen konnten. Endlich riet er ihr, im Hotel Normandie abzusteigen, das unmittelbar am Bahnhof lag und wo sie sich auf ihn beziehen konnte, da er dort zu wohnen pflegte.

Seit sechs Jahren ging diese Eisenbahn, von der alle Welt sprach, zwischen Paris und Havre. Aber Johanna, die immer in ihrem Kummer dahin lebte, hatte solch einen Dampfwagen, der alle Verkehrsverhältnisse im Land auf den Kopf stellte, noch nicht gesehen.

Paul antwortete nicht. Sie wartete acht Tage, dann vierzehn Tage, ging jeden Tag auf der Landstraße dem Briefträger entgegen und fragte ihn mit zitternder Stimme:

„Haben Sie nichts für mich, Vater Mandalain?"

Und der Mann antwortete mit seiner durch die Unbilden der Witterung immer heiseren Stimme:

„Nee, mei gutes Frauchen, heite hab 'ch nischt for Sie."

Wahrscheinlich verhinderte jene Person Paul, zu antworten.

Da entschloß sich Johanna, sofort abzureisen. Sie wollte Rosalie mitnehmen, aber die weigerte sich, um die Kosten der Reise nicht zu erhöhen, und ihre Herrin durfte nicht mehr als dreihundert Franken mitnehmen:

„Wenn Sie was brauchen, können Sie mir schreiben, und ich gehe zum Notar, daß er es Ihnen schickt; denn wenn ich Ihnen mehr mitgebe, schluckt es bloß Herr Paul."

An einem Dezembermorgen bestieg sie Denis Lecoq's Wagen, der sie abholte, um sie zum Bahnhof zu fahren. Rosalie begleitete sie bis hin.

Sie erkundigten sich erst, was die Billets kosteten. Als dann alles in Ordnung war, sie den Koffer aufgegeben hatten, warteten sie an den Eisenbahnschienen, die am Boden lagen, und suchten sich klar zu machen, wie das Ding wohl eigentlich ginge, und sie waren so mit diesem Wunder beschäftigt, daß sie an den traurigen Grund der Reise nicht mehr dachten.

Endlich klang in der Ferne ein Pfiff, sodaß sie den Kopf wandten, aber sie sahen nur die schwarze Maschine, die immer größer ward. Mit fürchterlichem Lärm kam sie daher und brauste an ihnen vorüber, eine lange Reihe kleiner, rollender Häuser hinter sich herziehend.

Der Schaffner öffnete eine Thür, Johanna küßte weinend Rosalie und stieg in eines der Abteile. Rosalie rief bewegt:

„Adieu, Frau Gräfin, glückliche Reise, auf Wiedersehen!“

„Adieu Rosalie!“

Es pfiff wieder, und die lange Wagenkette setzte sich in Bewegung, langsam, dann schneller, endlich mit rasender Geschwindigkeit.

In dem Abteil, in das Johanna gestiegen war, saßen zwei Herren, die schliefen.

Sie sah Bäume, Häuser, Dörfer vorüber schießen, ganz erschrocken über diese Geschwindigkeit und fühlte sich in einer neuen Welt, die nicht mehr die ihre war, die Welt ihrer ruhigen Jugend, ihres eintönigen Daseins.

Der Zug lief in Paris ein, als es Abend war. Ein Gepäckträger nahm Johannas Koffer, und sie folgte ihm erschrocken, hin und her gestoßen, nicht gewöhnt sich in solcher Menschenmenge zu bewegen. Sie lief eilig hinter dem Manne her, da sie fürchtete, ihn zu verlieren.

Als sie im Hotel war, sagte sie sofort:

„Herr Roussel hat mich hierher empfohlen!“

Die Besitzerin, eine dicke, ernst drein schauende Frau, saß in ihrem Bureau und fragte:

„Herr Roussel? Wer ist das?“

Johanna antwortete ganz erschrocken:

„Aber der Notar von Goderville, der jedes Jahr bei Ihnen wohnt.“

Die Dicke antwortete:

„Kann schon sein! Kenne ihn nicht. Wünschen Sie ein Zimmer?“

„Ja wohl!“

Und der Kellner, der ihr das Handgepäck abgenommen hatte, ging vor ihr die Treppe hinauf.

Sie fühlte sich bedrückt, setzte sich an einen kleinen Tisch und bat, man möchte ihr eine Suppe und ein halbes Huhn zu essen bringen. Seit dem Morgen hatte sie nichts genossen.

Traurig saß sie bei dem Schein ihres Lichts und dachte an tausend Dinge. Sie erinnerte sich, wie sie durch diese selbe Stadt auf der Rückkehr von der Hochzeitsreise gekommen und wie bei Gelegenheit ihres Aufenthaltes in Paris die ersten Anzeichen von Julius' Charakter deutlich geworden. Doch damals war sie jung, tapfer und voll Vertrauen. Aber jetzt fühlte sie sich alt, befangen, selbst ängstlich, schwach und durch eine Kleinigkeit schon in Unruhe versetzt. Als sie mit Essen fertig war, setzte sie sich ans Fenster und blickte auf die menschenbelebte Straße hinab. Sie hatte Lust auszugehen, aber sie wagte es nicht, sie meinte, sie würde sich unrettbar verirren, so legte sie sich dann zu Bett und blies das Licht aus.

Aber der Lärm, das Gefühl in einer unbekannten Stadt zu sein und die Aufregung der Reise hielt sie wach. Die Stunden verstrichen, draußen auf der Straße ward es allmählich stiller, aber sie konnte nicht einschlafen, diese Halbruhe der Großstadt störte sie. Sie war an den tiefen Schlummer des Landes gewöhnt, der alles umfängt, Menschen, Tiere, wie die Natur, und jetzt fühlte sie um sich herum eine nervöse Unruhe. Sie hörte Stimmen, die sie nur undeutlich vernahm, als kämen sie aus den Mauern des Hotels.

Ab und zu krachte ein Möbel, eine Thür schloß sich, eine Glocke klang.

Plötzlich schrie gegen zwei Uhr morgens, als sie gerade anfing einzuschlafen, im Nebenzimmer eine Frau. Johanna fuhr hoch im Bett auf, da war es ihr, als hörte sie einen Mann lachen.

Dann dachte sie, je näher der Tag rückte, immer mehr an Paul, und sie zog sich an, sobald es anfing hell zu werden.

Er wohnte im Innern der Stadt, Rue du Sauvage.

Sie wollte zu Fuß hingehen, um sparsam zu sein, wie ihr Rosalie empfohlen. Es war kalt, die Kälte prickelte ihr im Gesicht, die Leute liefen eilig auf der Straße hin, und sie ging so schnell als möglich, indem sie einer Straße folgte, die ihr bezeichnet worden und an deren Ende sie sich rechts wenden sollte und darauf links. Wenn sie dann an einen Platz käme, sollte sie wieder fragen. Aber sie fand den Platz nicht und erkundigte sich bei einem Bäcker, der ihr ganz etwas anderes sagte. Sie ging wieder weiter, verlief sich, irrte umher, folgte andern Ratschlägen und verirrte sich gänzlich.

Jetzt ging sie verzweifelt aufs Geratewohl, und sie wollte eben eine Droschke anrufen, als sie plötzlich die Seine vor sich sah. Da ging sie die Quais hinab.

Nach etwa einer Stunde kam sie zur Rue du Sauvage, einer Art halbdunklen Gäßchens. Vor der Thür, die die Nummer trug, blieb sie stehen, so bewegt, daß sie nicht einen Schritt mehr thun konnte. In diesem Hause wohnte Pullchen.

Sie fühlte Kniee und Hände zittern. Endlich trat sie ein, folgte einem Gang, erblickte das Zimmer des Portiers, und fragte, indem sie ihm ein Geldstück in die Hand drückte:

„Bitte, sagen Sie doch Herrn Paul von Lamare, daß ihn unten eine alte Dame, eine Freundin seiner Mutter erwartet."

Der Portier antwortete:

„Der wohnt nicht mehr hier."

Es überlief sie kalt, sie stammelte:

„Ach, ... wo wohnt er denn jetzt?"

„Das weiß ich nicht!"

Alles drehte sich um sie, sodaß sie meinte, sie würde hinschlagen, und ein paar Augenblicke konnte sie nicht sprechen. Endlich bezwang sie sich und fragte:

„Seit wann ist er denn fort?"

Der Mann gab genaue Auskunft.

„Etwa seit vierzehn Tagen. Sie sind so eines Abends fort und nicht wiedergekommen, sie hatten im ganzen Viertel hier Schulden. Na, da begreifen Sie wohl, daß sie nicht gerade ihre Adresse hinterlassen haben."

Johanna sah vor sich etwas wie Flammen aufflackern, als hätte man vor ihren Augen ein Gewehr abgefeuert. Aber eine fixe Idee hielt sie aufrecht, sodaß sie stehen blieb, anscheinend ganz ruhig und vernünftig.

Sie wollte alles wissen, sie wollte Pullchen finden.

„Da hat er also nichts gesagt, als er fortging?"

„Nein nichts, sie sind gerückt, um nicht zu zahlen."

„Aber er wird wohl jemand schicken, um seine Briefe zu holen?"

„Ich würde sie nicht geben, und dann bekam er nicht zehn Stück das ganze Jahr, aber zwei Tage ehe sie verduffteten, habe ich ihm noch einen 'raufgetragen."

Das war wahrscheinlich ihr Brief. Sie sagte plötzlich:

„Hören Sie mal, ich bin seine Mutter und bin gekommen, um ihn zu holen! Hier haben Sie zehn Franken wenn Sie irgend etwas hören oder über ihn erfahren können, sagen Sie es mir. Hotel Normandie, Rue du Havre, es soll Ihr Schade nicht sein."

Er antwortete:

„Das will ich schon besorgen!"

Und sie ging davon. Und wieder irrte sie umher, ohne sich darum zu kümmern, wo sie sich eigentlich befand. Sie lief, als hätte sie eine dringende Besorgung zu machen, an den Häusern hin, ab und zu stießen sie Leute an, die ein Packet trugen. Sie überschritt die Straßen, ohne auf die Wagen zu achten, und die Kutscher schimpften. Wenn sie an das Trottoir kam, stolperte sie, weil sie auf den Weg nicht sah, denn verzweifelt lief sie, und lief was sie nur konnte.

Plötzlich befand sie sich in einem Garten und fühlte sich so müde, daß sie auf eine Bank sank. Dort blieb sie wahrscheinlich lange sitzen und weinte ohne es selbst zu merken, denn die Vorübergehenden blieben stehen und blickten sie an. Da fühlte sie, daß sie fror, und stand auf, um wieder fortzugehen. Ihre Füße trugen sie kaum, so müde und matt war sie. Sie wollte in irgend ein Restaurant gehen, um Bouillon zu trinken, aber sie wagte sich nicht hinein, aus einer Art Scham, daß man ihr ihren Kummer zu sehr ansehen könnte. Einen Augenblick blieb sie stehen, blickte hinein, gewahrte alle die Leute, die dort saßen und entfloh wieder verlegen, indem sie zu sich sprach:

„Ich gehe ins nächste."

Endlich kaufte sie bei einen Bäcker ein Hörnchen und aß es unterwegs. Sie hatte großen Durst, aber sie wußte nicht, wo sie trinken sollte und so überwand sie es.

Sie ging durch einen Bogen und stand plötzlich wieder in einem Garten, der von Säulengängen umgeben war, und erkannte nun das Palais Royal.

Da sie durch die Sonne und vom Gehen wieder etwas warm geworden war, setzte sie sich dort noch ein oder zwei Stunden hin. Eine Menge Menschen flutete hin und her, elegante Leute, die schwatzten, lächelten, grüßten, jene glückliche Menge, deren Frauen schön, deren Männer reich sind, und die nur in Glück und Freude lebt.

Johanna war erschrocken, mitten unter dieses elegante Getriebe geraten zu sein und entfloh. Doch plötzlich kam ihr der Gedanke, sie könnte vielleicht Paul hier begegnen, und nun irrte sie umher sah allen Leuten ins Gesicht, lief auf und ab, von einem Ende des Gartens zum andern mit ihrem bescheidenen schnellen Schritt.

Viele drehten sich um, sie zu betrachten, andere lachten und machten sich auf sie aufmerksam. Sie merkte es und lief davon, denn sie dachte, man lache über ihr Äußeres, ihr grün gewürfeltes Kleid, das Rosalie ausgesucht und die Schneiderin von Guderville nach deren Angabe angefertigt.

Sie wagte nicht einmal mehr, die Leute nach dem Weg zu fragen. Endlich raffte sie sich doch auf, that es und fand schließlich ihr Hotel wieder.

Den Rest des Tages verbrachte sie auf einem Stuhl am Fußende ihres Bettes ohne sich zu regen. Dann aß sie wie Tags zuvor etwas Suppe und etwas Fleisch, darauf ging, sie zu Bett, alles mechanisch, aus Gewohnheit.

Am folgenden Morgen begab sie sich auf die Polizeipräfektur, damit man ihr Kind ihr wiederbrächte. Man konnte ihr nichts versprechen, aber die Beamten wollten ihr Möglichstes thun.

Da irrte sie in den Straßen umher, immer in der Hoffnung, ihm zu begegnen, und mitten in dieser hin und her flutenden Menge fühlte sie sich einsamer und verlorener, als auf dem öden, verlassenen Lande. Als sie abends ins Hotel zurückkehrte, sagte man ihr, es hätte jemand von Herrn Paul nach ihr gefragt und der Betreffende würde morgen wiederkommen.

Ein Blutstrom schoß ihr zum Herzen, und sie schloß die Nacht kein Auge.

Wenn er es nun war? Ja, er war es gewiß, wenn sie auch nach dem Äußern, das man ihr beschrieb, ihn nicht wiedererkannt hätte.

Gegen neun Uhr klopfte es, sie rief: „herein“, bereit ihm mit offnen Armen entgegen zu eilen. Ein Unbekannter stand vor ihr, und während er um Entschuldigung bat wegen der Störung und auseinandersetzte, was er wollte, nämlich, daß ihm Paul Geld schulde, begann sie zu weinen, obwohl sie es nicht zeigen wollte, und wischte jedesmal, wenn eine Thräne ihr ins Auge trat, sie mit der Fingerspitze fort.

Der Mann hatte durch den Portier des Hauses Rue du Sauvage gehört, daß sie gekommen, und da der junge Mann nicht aufzutreiben war, so wandte er sich an die Mutter. Er hielt ihr ein Papier entgegen, das sie nahm ohne sich etwas dabei zu denken. Sie las dort: neunzig Franken, zog den Beutel und zahlte. An diesem Tage ging sie nicht aus. Am folgenden Tage erschienen andere Gläubiger, sie gab, was sie hatte und behielt nur einige zwanzig Franken, dann schrieb sie Rosalie, wie die Sache stehe.

Sie verbrachte ihre Zeit damit, herum zu irren, die Antwort ihrer Dienerin erwartend, denn sie wußte nicht, was sie anfangen sollte, wie die unendlichen, traurigen Stunden totschlagen, da sie niemand besaß, der ihr zugeredet hätte, da niemand ihr Elend kannte. Auf's Geratewohl lief sie umher, immer von der Sehnsucht gequält, zurückzukehren in ihr kleines Haus an der einsamen Landstraße.

Ein paar Tage vorher konnte sie dort nicht mehr leben, so traurig war sie, und nun fühlte sie wieder, daß sie im Gegenteil nur dort leben konnte, wo ihr trauriges Leben wurzelte.

Endlich fand sie eines Abends einen Brief vor und zweihundert Franken. Rosalie schrieb ihr:

„Frau Johanna! Kommen Sie schnell zurück, denn ich schicke Ihnen nichts mehr. Ich werde, wenn wir Nachricht bekommen, selbst Herrn Paul suchen. Besten Gruß! Ihre Dienerin Rosalie."

Und eines Morgens, als es schneite und sehr kalt war, fuhr Johanna nach Batteville zurück.

XIV

Da ging sie nicht mehr aus und bewegte sich nicht mehr vom Fleck. Jeden Morgen stand sie zur selben Stunde auf, sah aus dem Fenster nach dem Wetter, dann ging sie hinab und setzte sich ins Wohnzimmer an das Kaminfeuer. Dort blieb sie unbeweglich sitzen, starrte in die Flammen, ließ ihre traurigen Gedanken umherschweifen und dachte an all ihr Unglück. Allmählich ward es dunkel in dem kleinen Räume, ohne daß sie eine andere Bewegung gemacht, als etwas Holz nach zu legen. Dann brachte Rosalie die Lampe und sagte:

„Liebe Frau Johanna, rütteln Sie sich einmal auf, sonst haben Sie heute abend keinen Hunger.“

Oft kamen ihr fixen Ideen, die sie beherrschten, und sie wurde gequält durch Kleinigkeiten, die in ihrem Kopfe eine unendliche Wichtigkeit annahmen. Sie lebte nur noch in der Vergangenheit, in der frühesten Vergangenheit, in den ersten Zeiten ihres Lebens und in der Erinnerung an die Hochzeitsreise dort unten in Korsika. Landschaftsbilder dieser Insel, die sie längst vergessen, stiegen plötzlich wieder vor ihr auf in der Glut des Kamins. Sie erinnerte sich aller Einzelheiten, aller Kleinigkeiten, aller Menschen, denen sie dort begegnet. Das Gesicht des Führers Johann Ravoli verfolgte sie, und sie meinte manchmal seine Stimme zu hören.

Dann dachte sie an die süßen Kinderjahre Pauls, wie sie hatte säen und pflanzen müssen und wie sie neben Tante Lieschen auf dem fetten Boden gekniet und, um sich bei dem Kinde einzuschmeicheln, versucht hatten, sich gegenseitig den Rang streitig zu machen.

Und leise murmelten ihre Lippen: „Pullchen, mein kleines Pullchen“, als ob sie mit ihm gesprochen hätte. An diesem Worte blieben ihre Träume hängen. Manchmal versuchte sie stundenlang mit dem ausgestreckten Finger in der Luft zu schreiben, die Buchstaben seines Namens zu kritzeln. Langsam zog sie sie, am Feuer sitzend, und bildete sich ein, sie sähe ihn, meinte dann plötzlich sich geirrt zu haben und begann wieder das P mit vor Müdigkeit zitterndem Arme, indem sie sich zwang, den Namen bis zu Ende zu schreiben. Wenn sie dann fertig war, begann sie von neuem.

Endlich konnte sie nicht mehr, verwechselte alles, schrieb andere Worte und wurde nervös bis zum Wahnsinn. Alle Eigentümlichkeiten in der Einsamkeit lebender Menschen kamen über sie. Der geringste Gegenstand, den man an eine andere Stelle setzte, brachte sie außer sich. Rosalie zwang sie oft dazu, zu gehen, sie schleppte sie auf die Straße, aber Johanna sagte nach zwanzig Minuten:

„Rosalie, ich kann nicht mehr“ – und setzte sich an den Grabenrand.

Bald ward ihr jede Bewegung unangenehm, und sie blieb so lange wie möglich im Bett liegen. Seit ihrer Kindheit hatte sie nur immer an einem festgehalten, aufzustehen, sobald sie ihren Milchkaffee getrunken hatte. Übrigens legte sie auf dieses Getränk einen außergewöhnlichen Wert, hätte sie es entbehren müssen, so wäre ihr das fühlbarer geworden als irgend etwas anderes. Jeden Morgen wartete sie darauf, daß Rosalie erschien, mit fast sinnlicher Ungeduld, und sobald die volle Tasse auf dem Nachttisch stand, setzte sie sich und trank sie gierig aus, dann warf sie die Bettdecke ab und begann sich anzukleiden.

Aber allmählich gewöhnte sie sich daran, nachdem sie die Tasse auf die Untertasse zurückgesetzt ein paar Sekunden zu träumen, dann streckte sie sich wieder im Bett aus, endlich verlängerte sich von Tag zu Tag diese Faulheit, bis zum Augenblick, wo Rosalie wütend zurückkehrte und sie fast mit Gewalt anzog.

Sie hatte fast keinen Willen mehr, und jedesmal wenn die Dienerin sie um Rat fragte, ihre Ansicht hören wollte, antwortete sie:

„Thu was Du willst."

Sie meinte, sie sei vom Unglück so verfolgt, daß sie fatalistisch wurde wie ein Orientale, und da sie immer ihre Träume und Hoffnungen vernichtet gesehen, wagte sie schließlich gar nichts mehr zu unternehmen und zögerte tagelang, nur das Geringste zu beginnen, fest überzeugt, daß sie jedes Mal auf einen falschen Weg geraten und es schlecht ausgehen würde.

Immer sagte sie:

„Ich habe kein Glück im Leben gehabt." Dann rief Rosalie:

„Was würden Sie denn sagen, wenn Sie um ihr Brot arbeiten müßten, wenn Sie jeden Tag um sechs Uhr aufstehen müßten, um auf Tagelohn zu gehen. Das müssen doch sehr viele, und wenn sie zu alt werden, sterben sie im Elend."

Johanna antwortete:

„Denke doch nur, daß ich ganz allein bin, daß mein Sohn mich verlassen hat."

Da ward Rosalie wütend:

„Nun, das ist was Rechtes! Wie ist es denn mit denen, die beim Militär dienen müssen, und mit denen, die nach Amerika gegangen sind?"

Amerika war für sie ein unbestimmter Begriff, ein Land, wohin man geht um sein Glück zu machen, und von dem man nie wieder kehrt.

Sie fuhr fort:

„Einmal muß man sich doch trennen. Alt und jung ist nicht dazu gemacht, um ewig zusammen zu hocken:" – Und mit wildem Ausdruck schloß sie dann:

„Was würden Sie denn sagen, wenn er tot wäre?"

Da antwortete Johanna nichts mehr.

Sie schöpfte wieder Kräfte, als in den ersten Frühlingstagen die Luft etwas wärmer ward, aber sie benutzte diese Rückkehr ihrer Beweglichkeit nur dazu, mehr und mehr in düstere Gedanken zu versinken.

Als sie eines Morgens auf den Boden gegangen war, um etwas zu suchen, öffnete sie zufällig eine Kiste voll alter Kalender, die man dort aufgehoben, wie es vielfach auf dem Lande Sitte.

Es war ihr, als fände sie die vergangenen Jahre selber wieder, und seltsame Bewegung ergriff sie angesichts dieses Haufens viereckiger Papierblätter.

Sie nahm sie mit hinunter. Da gab es alle Formen, große und kleine, und sie ordnete sie den Jahren nach auf dem Tisch. Plötzlich fand sie den ersten wieder, den sie nach Les Peuples gebracht.

Sie betrachtete ihn lange, die Striche, die sie am Morgen, als sie von Rouen fortgefahren, gemacht, den Tag nach ihrer Rückkehr aus dem Kloster, und sie weinte, weinte Thränen der Trauer, armselige Thränen als alte Frau, die ihr ganzes elendes Leben vor sich auf dem Tisch gebreitet sieht.

Und ein Gedanke kam ihr, der sie bald unausgesetzt peinigte und quälte: sie wollte Tag um Tag wiederfinden, was sie je gethan hatte.

Sie nagelte die verblichenen Karten an den Wanden eine neben der andern fest, und stundenlang brachte sie vor einem oder dem andern zu und fragte sich immer:

„Was habe ich den Monat doch gethan?“

Sie hatte die besonders wichtigen Tage ihres Lebens angestrichen, und manchmal konnte sie einen ganzen Monat so wieder herstellen, indem sie alle kleinen Begebenheiten, die vor oder nach einem besonders wichtigen Ereignis stattgefunden, einzeln sich wieder in Erinnerung brachte.

Durch peinliches Nachdenken, und indem sie ihr Gedächtnis anstrengte, gelang es ihr beinahe ganz genau, die ersten beiden Jahre, die sie in Les Peuples zugebracht festzustellen. Die fernerliegenden Ereignisse ihres Lebens kamen ihr mit wundersamer Leichtigkeit, als wären sie plastisch, zu Sinn.

Aber die folgenden Jahre schienen sich ihr im Nebel zu verlieren, sich zu vermischen, und manchmal saß sie unendliche Zeit da, den Kopf auf einen Kalender gebeugt, angestrengt an die Vergangenheit denkend, ohne sogar im stande zu sein sich zu erinnern, ob das und das gerade in diesem Jahr geschehen.

Von einem zum andern schritt sie im Zimmer hin, das rings behängt war mit diesen Tafeln der Vergangenheit, als wären es die Stationen auf einem Wallfahrtswege.

Vor einem davon blieb sie dann plötzlich stehen, setzte sich und starrte bis zum Dunkelwerden unbeweglich das Kartenblatt an, in ihrem Suchen verloren.

Da plötzlich, als alle Säfte unter dem Einfluß der warmen Sonnenstrahlen erwachten, als auf den Feldern die junge Saat zu sprießen begann, die Bäume grün wurden, als die Apfelbäume in den Höfen, wie große, rote Kugeln in Blüte standen und ihren Duft hinaus sandten in die Ebene, kam eine große Erregung über sie.

Sie konnte nicht mehr an einem Fleck bleiben, sie irrte umher. Zwanzigmal am Tage ging sie aus, kam wieder ins Haus zurück, lief längs der Bauernhöfe hin und regte sich auf in einer Art fieberhaften Bedauerns.

Der Anblick eines Maßliebchens, das irgendwo im Grase blühte, eines Sonnenstrahls, der durch die Blätter brach, einer Pfütze in einer Räderspur, in der sich das Blau des Himmels spiegelte, bewegte sie, stimmte sie ganz weich, schüttelte sie, und ferne Sehnsucht zog ihr ins Herz, wie ein Echo ihrer Mädchenträume.

Als sie einer Zukunft hoffend entgegensah, hatte sie genau so gezittert und die Süße der lauen wonnigen Tage eingesogen. Nun, wo sie abgeschlossen hatte, fand sie all das wieder, sie genoß es noch einmal in ihrem Herzen, aber zugleich litt sie dabei, als ob die ewige Freude der erwachten Welt, indem sie in ihre verdorrte Haut, ihr träges Blut, ihre niedergebeugte Seele drang, nur noch einen schwachen schmerzlichen Reiz in ihr erwecken konnte.

Und ihr war es auch, als wäre um sie herum alles anders geworden. Die Sonne mußte wohl weniger warm scheinen, als in ihrer Jugend, der Himmel schien ihr weniger blau, das Gras weniger grün, und die Blumen, die ihr farblos zu sein dünkten und nicht so stark dufteten, berauschten sie nicht mehr so sehr wie einst.

Aber manchmal überkam sie doch eine solche lähmende Freude, daß sie wieder begann zu träumen, zu hoffen und zu erwarten. Kann man denn nicht, trotz unausgesetzter Mißgunst des Schicksals immer noch hoffen, so lange die Sonne scheint?

Stunden- und stundenlang ging sie ihres Weges, als peitschte sie eine Erregung der Seele. Dann blieb sie plötzlich stehen, setzte sich an der Straße nieder, um nachzudenken über traurige Dinge. Warum hatte sie nicht gelebt wie andere Menschen? Warum hatte sie nicht die Freuden eines ruhigen Daseins genossen?

Manchmal vergaß sie wieder einen Augenblick, daß sie alt war, daß nichts mehr vor ihr lag, als einige düstere einsame Jahre, bis ihr Leben beendet. Und wie einst mit sechzehn Jahren träumte sie wieder süße Träume. Die Zukunft erschien ihr im rosigen Licht, aber dann überkam sie plötzlich das Gefühl der Wirklichkeit, und gebeugt stand sie auf, als wäre eine schwere Last auf sie niedergefallen und zermalmte ihr den Rücken. Langsam ging sie dann nach Hause und flüsterte:

„Ich alte verrückte Frau! Ich alte verrückte Frau!"

Jetzt sagte Rosalie alle Augenblicke:

„Aber bleiben Sie doch ruhig, Frau Gräfin, warum regen Sie sich nur so auf?"

Und Johanna antwortete traurig:

„Weißt Du, ich bin wie Massacre in seinen letzten Tagen."

Eines Morgens trat die Dienerin früher ins Zimmer als sonst und stellte den Milchkaffee auf den Nachttisch:

„Trinken Sie schnell, Denis erwartet uns vor der Thür, wir müssen nach Les Peuples, ich habe dort zu thun."

Johanna war so erschüttert, daß sie meinte, die Besinnung verlieren zu sollen, so verstört und erschrocken bei dem Gedanken daran, ihr liebes altes Haus wieder zu sehen.

Ein strahlender Himmel wölbte sich über ihnen, und der Graue setzte sich in fröhlicher Laune ab und zu in Galopp. Als sie in die Nähe von Etouvent kamen, fühlte Johanna, daß sie nur mühsam atmen konnte, so schlug ihr das Herz, und als sie die beiden Ziegelpfeiler des Thores sah, sagte sie mechanisch zwei- oder dreimal vor sich hin:

„Oh, Oh, Oh!" Wie wenn einem etwas entgegen tritt, das einem tief in die Seele greift.

Bei Couillards spannten sie aus, und während dann Rosalie und ihr Sohn ihren Geschäften nachgingen, boten die Pächtersleute Johanna an, da die Herrschaft abwesend war, sich einmal das Schloß wieder anzusehen, und man gab ihr die Schlüssel.

Sie ging allein, und als sie auf die Seeseite vor dem alten Schloß kam, blieb sie stehen, um es zu betrachten.

Außen war nichts verändert. Auf die gedunkelten Mauern des weitläufigen grauen Gebäudes warf die Sonne heitere Lichter. Die Läden waren alle geschlossen.

Ein kleiner, dürrer Zweig fiel auf ihr Kleid, sie blickte auf, er kam von der Platane herab. Sie trat an den dicken Stamm mit seiner hellen Rinde, streichelte ihn mit der Hand wie einen Hund. Ihr Fuß traf im Gras ein Stück morsches Holz, der letzte Überrest der Bank, wo sie mit den Ihren so oft gesessen, die Bank, die man an dem Tage gesetzt, als Julius seinen ersten Besuch gemacht.

Dann schritt sie zur Hausthür. Sie öffnete mit Mühe. Der schwere verrostete Schlüssel wollte sich nicht drehen. Endlich wich das Schloß, die Federn knarrten laut, der Thürflügel, der selbst etwas widerstand, ging auf, als sie dagegen stieß.

Johanna ging sofort in ihr Zimmer hinauf, sie lief fast. Sie erkannte es nicht wieder, da es hell tapeziert war, aber nachdem sie ein Fenster geöffnet, blieb sie aufs Tiefste erschüttert stehen, als die geliebte Aussicht, das Wäldchen, die Ulmen, die Heide und das Meer mit grauen Segeln übersäet, die in der Ferne still zu stehen schienen, vor ihr lag.

Da begann sie durch das große, unbewohnte Haus zu irren: auf den Mauern sah sie Flecken, die ihren Augen bekannt vorkamen. Sie blieb vor einem kleinen Loch stehen, das der Baron einmal in den Gypsverputz gestoßen, als er, wie er es gern that, in Erinnerung seiner Jugendzeit, mit seinem Stock wie mit einem Degen herumgefuchtelt hatte.

In Muttings Zimmer fand sie hinter einer Thür, in einer dunklen Ecke beim Bett, eine feine Nadel wieder mit goldner Kuppe, die sie einmal früher, jetzt erinnerte sie sich dessen genau, dort hinein gebohrt und die sie seitdem Jahre lang gesucht. Niemand hatte sie gefunden.

Sie nahm sie wie ein unschätzbares Heiligtum an sich und küßte sie.

Überall ging sie hin, suchte und erkannte beinahe unsichtbare Spuren an den Wänden der Zimmer, die man nicht verändert, sah jene seltsamen Figuren wieder, welche die Phantasie oft den Mustern der Stoffe, dem Marmor, den Schmutzflecken an der Decke verleiht.

Stumm ging sie hin, ganz allein schweigend durch das Schloß, wie über einen Kirchhof. Ihr ganzes Leben lag hier begraben. Sie ging in den Salon hinab, wegen der geschlossenen Läden war es dunkel, und sie brauchte einige Zeit, ehe sie etwas unterscheiden konnte. Als sich ihr Blick an die Dunkelheit gewöhnt, erkannte sie allmählich die hohen Gobelins mit den Vögeln darauf. Zwei Stühle waren am Kamin stehen geblieben, als ob man sie eben erst verlassen, und sogar der Geruch in dem Raum, ein Geruch, den er immer gehabt, wie jedes Wesen einen hat, ein unbestimmter Duft, der dennoch genau zu spüren ist, der süße ungewisse Duft alter Räume schlug Johanna entgegen, umhüllte ihre Erinnerungen und berauschte ihr Gedächtnis. Sie blieb tiefatmend stehen und sog diese Luft der Vergangenheit ein, den Blick auf den beiden Stühlen, und plötzlich in einer jähen Hallucination, die diese fixe Idee gebar, meinte sie Vater und Mutter zu sehen, so wie sie sie oft erblickt, wenn sie am Feuer saßen und sich die Füße wärmten.

Entsetzt fuhr sie zurück, stieß mit dem Rücken gegen die Thürfassung und mußte sich daran halten, um nicht zu fallen, wahrend sie immer noch auf die beiden Stühle blickte.

Die Erscheinung war verschwunden.

Ein paar Minuten blieb sie erschrocken stehen, dann faßte sie sich langsam wieder und wollte fliehen, sie fürchtete wahnsinnig zu sein. Zufällig fiel ihr Blick auf die Thürfassung, an die sie sich stützte, und sie sah Pullchens Leiter.

In ungleichen Zwischenräumen kletterten da auf dem gemalten Holz die Spuren empor. Zahlen die mit dem Messer eingeschnitten worden, bezeichneten Alter, Datum und das Wachstum des Sohnes. Manchmal war es des Barons Schrift, etwas groß, hier und da ihre eigene etwas kleiner und dann wieder ein wenig zitterig, Tante Lieschens Hand, und es war ihr, als ob wie früher das Kind dort vor ihr stünde, mit seinem blonden Haar und sich gegen die Wand lehnte, um gemessen zu werden.

Der Baron rief:

„Johanna seit sechs Wochen ist er um einen Centimeter gewachsen."

Da küßte sie das Holz mit liebender Inbrunst.

Aber sie ward hinaus gerufen. Rosalies Stimme klang:

„Frau Johanna! Frau Johanna! Man erwartet Sie zum Frühstück."

Ganz verwirrt ging sie fort, und sie verstand nichts von dem, was man mit ihr sprach. Sie aß, was man ihr vorsetzte, hörte zu, ohne zu wissen was, antwortete wohl auch den Pächtersleuten, die nach ihrem Befinden fragten, ließ sich umarmen, küßte selbst die Wangen, die man ihr bot und stieg wieder in den Wagen.

Als das hohe Dach des Schlosses zwischen den Bäumen ihr aus den Augen schwand, war es ihr, als zerrisse etwas in ihrer Brust. Sie fühlte in ihrem Herzen, daß sie ihrem Vaterhause für immer Lebewohl gesagt.

Man kam nach Batteville zurück.

Im Augenblick, als sie in ihre neue Wohnung eintreten wollte, sah sie etwas Weißes unter der Thür leuchten. Es war ein Brief, den der Briefträger in ihrer Abwesenheit darunter geschoben. Sie erkannte sofort Pauls Handschrift und öffnete ihn zitternd.

Er lautete:

„Meine liebe Mama! Ich habe Dir nicht eher geschrieben, weil ich nicht wollte, daß Du unnütz nach Paris kämst, da ich Dich längst hätte besuchen müssen. Ich stehe in diesem Augenblick einem großen Unglück gegenüber und befinde mich in schwierigster Lage. Meine Frau liegt im Sterben, nachdem sie heute vor drei Tagen von einem kleinen Mädchen entbunden worden ist.

Ich habe nicht einen Pfennig. Ich weiß nicht, was ich mit dem Kinde anfangen soll, das unsere Portiersfrau, so gut wie sie es kann, mit der Flasche aufzieht. Aber ich fürchte, das Kind zu verlieren. Kannst Du nicht dafür sorgen? Ich weiß wirklich nicht was ich thun soll, und habe kein Geld um es zu einer Ziehfrau zu geben. Antworte postwendend. Dein Dich liebender Sohn Paul."

Johanna sank auf einen Stuhl, sie hatte kaum mehr die Kraft, Rosalie zu rufen. Sobald die Dienerin da war, lasen sie zusammen den Brief noch einmal durch. Dann blieben sie lange schweigend vor einander stehen.

Endlich sagte Rosalie:

„Ich werde die Kleine holen, Frau Gräfin. Dort kann sie nicht bleiben."

Johanna antwortete:

„Geh, Rosalie!"

Sie schwiegen noch, dann sagte das Mädchen:

„Frau Gräfin setzen Sie Ihren Hut auf, wir wollen nach Goderville zum Notar, wenn die da drüben stirbt, muß sie Herr Paul vorher heiraten, es ist wegen der Kleinen, für später.

Und Johanna setzte ohne ein Wort zu sagen ihren Hut auf.

Eine tiefe Freude, die sie sich nicht einzugestehen wagte, durchströmte sie, eine niederträchtige Freude, die sie um alles in der Welt verbergen wollte, ein gemeines Triumphgefühl, über das man errötet, aber das man glühend genießt, im Geheimen der Seele. Die Geliebte ihres Sohnes würde sterben!

Der Notar gab Rosalien genaue Auskunft über alles, und sie mußte jedes mehrmals wiederholen. Dann war sie sicher, keinen Irrtum zu begehen und erklärte:

„Haben Sie keine Angst, ich werde die Sache schon machen."

In derselben Nacht fuhr sie nach Paris.

Johanna verbrachte zwei Tage in einer Gedankenumwälzung, die sie unfähig machte, überhaupt nachzudenken. Den dritten Morgen erhielt sie von Rosalien einen Brief, nur ein paar Zeilen, die ihre Rückkehr mit dem Abendzug anzeigten. Weiter nichts.

Gegen drei Uhr ließ sie den Wagen eines Nachbarn anspannen, der sie an den Bahnhof von Beuzeville fuhr, um ihre Dienerin abzuholen.

Sie blieb auf dem Bahnsteig stehen, immer hinausblickend auf die geraden Linien der Schienen, die sich weit, weit am Ende des Horizonts zu vereinigen schienen. Ab und zu sah sie nach der Uhr. Noch zehn Minuten, noch fünf Minuten, noch zwei Minuten, es war soweit. Nichts näherte sich auf der weiten Strecke.

Da plötzlich sah sie einen weißen Fleck: Rauch, und dann darunter einen schwarzen Punkt, der größer ward, immer größer und mit aller Schnelligkeit heranstürmte. Endlich kam die große Maschine, ihren Gang verlangsamend, pfauchend an Johanna vorüber, die gierig nach den Fenstern des Zuges blickte. Ein paar Thüren öffneten sich, Leute stiegen aus. Bauern in der Bluse, Bäuerinnen mit Körben, kleine Bürgersleute in weichen Hüten, endlich erblickte sie Rosalie, die eine Art Wäschepaket auf dem Arme trug.

Sie wollte ihr entgegen eilen, aber sie fürchtete zu fallen, so schwankten ihr die Kniee. Als ihre Dienerin sie gesehen, ging sie mit ihrer gewöhnlichen, ruhigen Miene auf sie zu und sagte:

„Guten Tag Frau Gräfin, da bin ich wieder, aber leicht ist es nicht gewesen."

Johanna stammelte:

„Und?"

Rosalie antwortete:

„Sie ist die Nacht gestorben. Sie sind verheiratet, und da ist die Kleine."

Sie hielt ihr das Kind entgegen, das man in seinen Decken nicht sah.

Mechanisch nahm es Johanna. Sie verließen den Bahnhof und stiegen in den Wagen.

Rosalie sagte:

„Herr Paul wird kommen, sobald das Begräbnis gewesen ist, ich glaube morgen so um die Zeit."

Johanna flüsterte:

„Paul!"

Weiter sagte sie nichts.

Die Sonne sank am Horizont hinab, indem sie die grüne Ebene, die hier und da unterbrochen war durch blühenden goldenen Raps und blutroten Mohn, mit ihrem Licht überflutete. Unendliche Ruhe lag auf der stillen Erde, aus der die Keime schossen. Der Wagen fuhr schnell dahin, der Bauer schnalzte mit der Zunge, um seine Pferde anzutreiben.

Johanna blickte gerade vor sich empor zum Himmel, den die Schwalben im Bogenflug, wie Raketen, durchschossen, und plötzlich durchströmte ihre Kleider eine süße Wärme, die Wärme des Lebens und drang ihr ins Fleisch. Es war die Wärme des kleinen Wesens, das auf ihren Knieen schlief.

Da kam unendliche Bewegung über sie. Schnell entschleierte sie das Gesicht des Kindes, das sie noch nicht gesehen: die Tochter ihres Sohnes. Und als das zarte Geschöpfchen, wie es das helle Licht traf, die blauen Augen aufschlug und den Mund bewegte, hob es Johanna in den Armen und bedeckte es mit Küssen.

Aber Rosalie störte sie, zufrieden und doch etwas brummig:

„Na, na Frau Johanna, lassen Sie mal gut sein. Sie wird gleich schreien."

Dann fügte sie hinzu, wohl ihre eignen Gedanken wiedergebend:

„Sehen Sie, das Leben ist niemals so schön, aber auch niemals so schlimm, wie man glaubt."